COLLECTION FOLIO

Henri Pourrat

Contes

Gallimard

Henri Pourrat est né le 7 mai 1887 à Ambert, dans l'Auvergne des monts du Livradois et du Forez. Il part pour Paris faire ses études au lycée Henri-IV. Reçu en juin 1905 au concours d'entrée à l'Institut national agronomique, il revient, malade, dans son pays natal qu'il ne quittera qu'à de rares occasions. Dès lors, sa vie est réglée au rythme de la nature qu'il arpente en de longues promenades. Il se met aux écoutes de la littérature orale encore vive. Il écrit. Des feuilletons délirants et des poèmes, sous divers pseudonymes. Mais aussi : les quatre volumes de *Gaspard des montagnes*, de 1922 à 1931 qui lui vaudront le premier prix littéraire du *Figaro* ; des essais, des biographies ; et surtout ce millier de contes publiés en treize volumes dans *Le trésor des contes*, de 1948 à 1962, et repris intégralement en sept volumes dans une édition thématique illustrée, enrichie de soixante inédits.

En 1941, il obtient le prix Goncourt pour *Vent de mars*. En 1953, il est nommé membre correspondant de l'Institut.

Il meurt le 16 juillet 1959. Les contes patiemment recueillis, restitués sous une forme classique accessible à tous, par cet homme qui est resté toute sa vie enraciné dans son terroir, ont atteint une dimension universelle.

La chemise de la fée

Il y avait une fois un garçon qui allait garder ses vaches sur le pâturage, entre les têtes des montagnes. Sa mère et lui, ils avaient leur maison sous une roche haute. La mère mettait le lait à cailler, faisait les fourmes, les rangeait dans la cave, et il y faut du soin. Lui, le matin, dès que le soleil avait levé la rosée, il lâchait ses bêtes et les suivait dans ces déserts. A midi, en leur criant : « A l'ague ! à l'ague ! » comme on fait, il les menait boire dans un bac qui était là, caché derrière les buissons d'alise et de saule. Puis elles se remettaient à brouter. Et le soir, il les ramenait.

Toute la journée, il la passait les mains sur son bâton, le menton sur ses mains. Il regardait couler les fumées, les nuées, ce qui coule entre ciel et terre, au fond du monde. Quand il rentrait à la maison, le soir, il s'asseyait près de sa mère, il mangeait la soupe avec elle. Ils vivaient ainsi tous les deux.

Le canton était retiré. Il n'y passait personne. Ils étaient là plus seuls que deux pierres tombées au fond d'une fontaine.

« Comment prendrai-je jamais femme ? se disait le

berger. Ma mère a beaucoup de secrets ; mais celui de me trouver une femme, elle ne doit pas l'avoir. Qu'il m'ennuie ! Qu'il m'ennuie ! »

Voilà qu'un jour, sur le midi, comme il menait ses vaches boire, il vit trois filles volant dans l'air. Elles étaient vêtues de chemises aussi blanches que l'est la fleur de blanche épine au mois d'avril. Elles se posèrent sur la rive, se dépouillèrent de ces chemises et se mirent à l'eau.

Alors lui, il se tira de ces buissons où il était assis sur un quartier de roche ; il s'approcha. Il regardait ; le cœur lui cognait sous la côte.

Mais tout à coup, elles l'ont vu. Plus vives que la grive qui s'effarouche, d'un bond elles ont jailli de l'eau ; comme d'un autre bond elles ont enfilé leur chemise, puis à l'essor, toutes blanches dans les airs ! En moins de rien, elles n'étaient plus là.

Mais il suffit d'un engagement de regards. Qu'ils se soient croisés, le temps de dire : « Qui êtes-vous ? » Il avait vu les yeux d'une de ces trois filles, ces deux yeux sur les siens. Là-haut, il y a cet air, les eaux brillantes, les fleurs sauvages entre les pierres : la fleur de saint Laurent, comme une étoile rose, la chasse-diable qui est tout d'or rayonnant, et la fleur de gentiane, et la fleur de pensée : grandes comme le doigt, ces créatures de la merveille. Et le berger avait vu aux yeux de cette fille un monde comme cela, de merveille ; non plus monde de l'herbe et des choses sauvages : monde des regards humains, de ce qui vit dans les cœurs.

Mais c'est difficile de parler. A sa mère, le soir, il n'en a pu rien dire.

Le lendemain, il n'a pas attendu que la rosée fût levée pour faire sortir ses bêtes et les mener là-haut. Avant midi, il est allé au lac, ne vivant plus d'impatience.

Et il a vu les trois filles revenir, volant dans l'air comme la blanche colombe. Plus blanche qu'elle, qui est si douce en sa plume. Elles revenaient pour se baigner. De leur chemise, elles se sont dépouillées, dans cette eau de roche ont plongé. Lui n'a pas pu se tenir d'approcher, la tête trop perdue pour savoir ne pas se laisser voir.

Elles l'ont vu soudainement. Et dans le même instant, elles ont repris leur chemise et leur vol.

Le lendemain, il tremblait de ne pas les voir reparaître.

Elles ont reparu. C'était cette eau si claire. Aussi claire que l'air, si bien que dans les fonds de ce lac, les herbes, les pierres faisaient lueur, le floquet de cresson qui ondoie, ou le caillou dont quelque lamelle brasille. Et puis, c'était ce lieu, si loin de tout, si solitaire au-dessus des villages.

Le berger les a donc revues.

Ce n'a pas été pour longtemps. Il ne savait pas prendre assez sur soi pour éviter de se laisser voir.

Ni le soir de laisser voir à sa mère qu'il n'était plus le même. Ses yeux allaient là-bas, par-dessus son écuelle, là-bas dans les espaces, et sa pensée plus en là-bas encore. De sorte que tout à coup il filait un soupir.

Tous les deux, assis sur des souches, ils mangeaient la soupe devant la porte.

C'était au clair de lune. La mère sentait qu'en plein soleil il ne dirait pas les choses. Et dans le noir, on ne peut parler. — Les mots ne disent pas tout : on se parle des yeux, d'un air de tête, d'un mouvement de main. — Elle a su amener le propos, les questions. — Qu'il y eût quelque fille là-dessous, elle s'en doutait. — Fine presque comme les fées, elle a su si bien faire qu'à la fin, de fil en aiguille et de roue en carrosse, elle a tiré de lui ce qu'elle voulait savoir.

Ensuite, il se taisait, tout vergogneux, comme sont les garçons. Il remuait une pierre du bout de son sabot, et puis une autre pierre, sans oser lever les yeux.

« Alors, mère, vous qui savez tout, savez-vous ce que sont ces filles ?

— Hé, fils, je ne le sais que trop. Ces trois filles qui viennent à travers les airs, et qui se baignent dans le lac, ces trois filles sont fées. Elles sont créatures, mais non pas filles comme les filles... Écoute, fils, ne retourne plus au lac. Demain et en suivant n'y mène plus les bêtes. Mène-les boire à la fontaine. »

Il n'a rien répondu. Mais son écuelle a chu sur une pierre et s'est mise en débris ; lui-même a chu aussi, perdant le sentiment.

« Fils, lui a dit la vieille, après lui avoir jeté de l'eau sur la figure, fils, je voudrais te sauver bien des malheurs : cette fée, oublie-la !

— Ce serait bien dit, si je pouvais ! Mais je ne pourrai jamais me l'ôter de la vue. Il faut que je l'aie pour femme ou que je saute de la roche, là-haut. »

Il revenait à lui. Tous les deux ils reprenaient souffle. Ils sont restés sous cette lune deux, trois minutes sans parler.

« Que ferons-nous ? a soupiré la mère... Eh bien, alors, fils, écoute-moi : demain, au pâturage, garde tes bêtes de manger l'herbe. Midi venu, elles n'auront pas soif. Pousse-les cependant vers l'eau. Mais toi, épie ces fées : vois où elles laissent leur chemise... Dis-moi, veux-tu ce que tu veux ?

— Mère, je veux ce que je veux !

— Alors, sache t'y prendre. Fais mine d'être tout à faire boire tes bêtes. Comme la soif ne les pressera pas, tu pourras les faire avancer tout doucement : de buisson en buisson, de bord en bord, rapproche-toi. Tourne et détourne. Prends tes mesures et prends ton temps. Puis tout d'un coup, comme l'éclair, tombe sur la chemise de la fée. Quand tu auras la main sur sa chemise, tu auras la fée même. Elle te priera, te suppliera de lui rendre sa vêture. Tu ne la lui rendras pas.

— Mère, je ne la lui rendrai pas.

— Si tu ne lui rends pas sa chemise, tu vois la fée se rendre à toi, et forcée de te suivre. »

Tout ce qu'il aurait à faire, la mère le lui a dit là, de bouche à oreille, sous la blanche lune. Il faut dire que c'était au vieux temps avant qu'on eût pris la coutume trois coups le jour de sonner l'angélus. Les fées venaient encore se jouer en ce pays. Dans les bois, dans les prés, les bergers, les chasseurs avaient affaire à elles. Et quelquefois, il n'en allait pas bien pour eux.

Lui, le lendemain au pâturage, comme sa mère lui

avait dit, il a pensé ; comme elle lui avait conseillé de faire, il a fait.

Il s'est coulé de touffe de joncs en touffe de joncs, de houppe de saule en houppe de saule. Les bêtes qu'il n'avait pas laissé manger, vaguaient par là, cherchant les herbes plutôt que descendre vers les eaux. Et lui se tenant à couvert derrière elles, il les poussait tout doucement vers le buisson du bord où la fée, celle du beau regard, avait laissé sa blanche chemise.

Tout à coup, plus vite que le vent, il a fondu sur cette chemise. Il s'est jeté dessus, l'a saisie des deux mains. Ni fée ni foudre ne la lui eussent arrachée.

Les trois fées ont fait un grand cri. Les deux qui le pouvaient ont passé leur chemise, dans l'instant se sont mises à l'essor. En un clin d'œil elles ont fui ; on ne les a plus vues au fond des airs.

« Homme, a dit l'autre, la jeune belle, rends-moi ma chemise blanche ! Tu auras de moi tous les trésors cachés dans la montagne. J'en sais d'or et d'argent ! Tu auras tout, mais rends-moi ma blanche chemise ! Il faut que tu me la rendes ! »

Il aurait tant voulu faire ce qu'elle lui demandait de cette voix qui supplie ; genoux pliés, se faire son serviteur. Et elle pleurait, et elle joignait les mains. Mais il se souvenait du dire de sa mère.

« J'ai ta chemise et je dois la garder !

— Je te donnerai des pierres vertes, violettes, plus que les gros marchands n'en ont dans leurs vaisseaux. Je te donnerai les dons des fées.

— J'ai ta chemise et tu es mienne. Moi, je ne veux que toi !

— Alors, alors, je te suivrai, bien forcée ! Mais je ne

serai pas forcée de demeurer, si je peux... Si je vais avec toi dans ton pays d'humains, homme, je viens du pays des fées ! »

Elle l'a suivi à la maison.

La mère a pris des mains de son fils la chemise blanche. Avant toutes choses, elle l'a mise dans l'arche ; puis a fermé cette arche à clef, a pendu cette clef à son cou.

Tant que la chemise y sera,
La fée pareillement restera !

Avec deux anneaux d'or, et de ce mariage qui ne rompt qu'à la mort, on a marié la fée et le berger à l'église de la paroisse.

« Nous aurons des enfants, disait-il à sa mère, c'est comme si je les voyais. »

De fait, au bout d'un an, ils ont eu deux bessons : deux beaux frisés, un garçon, une fille. Et ils ont continué de vivre près de la mère, dans leur maison de la montagne. Lui donc toujours berger ; et de sa femme la fée, n'a jamais essuyé le moindre déplaisir.

Au bout de la deuxième année, sa mère est morte Avant de mourir, elle a passé au cou de son fils le cordon où pendait la clef de leur arche. « Surtout, fils, ne rouvre pas l'arche pour en tirer cette blanche chemise.

Tant que la chemise y sera,
La fée pareillement restera !

Surtout, surtout ne rends jamais cette chemise de fée à ta femme ! »

Et sur ces mots, elle a cessé de vivre.

Au bout de la troisième année, en sortant de leur deuil, ils ont voulu aller à la grande assemblée, celle de la Saint-Jean.

Elle, elle a demandé sa chemise.

Lui, il ne voulait pas lui remettre la clef.

Mais elle a tant parlé, tant prié, tant pleuré...

« Si tu ne crois pas que je suis maintenant d'ici, ne vois-tu pas du moins que mes deux enfants m'y retiennent ? Quitter mes deux petits frisés, tu sais bien que je ne le peux pas. »

Il a senti que c'était vrai. Mais sans se décider, il tenait toujours en sa main la clef suspendue à son cou.

« Rends-moi cette chemise. A quoi songes-tu de te défier encore ? Que je sois belle comme quand tu me voyais, là-haut, venant dans l'air. »

Il a fait passer le cordon par-dessus sa tête ; cette clef, il la lui a tendue.

Alors, elle a tiré la chemise de l'arche. Tout de suite, elle l'a vêtue, laissant là ses autres habits.

Et sitôt vêtue la chemise, elle a pris ses enfants aux bras, le garçon sur celui de droite, la fille sur celui de gauche. Puis, en trois bonds, comme la chèvre, elle s'est vue au haut de la roche.

« Adieu donc, mon mari ! Adieu à toi ! Faut que j'aille au pays des fées, faut que j'aille au Mont des Merveilles ! Tu y viendras, tu viendras m'y chercher ! »

Et s'élançant de la roche, avec ses deux petits, comme un oiseau, elle a pris son vol par les airs.

Et lui, là, seul dans cette maison où soudainement il s'est mis à faire noir…

« Ha, pauvre mère, tu savais…

Tant que la chemise y sera,
La fée pareillement restera !

Si je pouvais me punir assez, de n'avoir pas suivi tout ton commandement… »

Il assommait de coups cette tête qui avait formé une si fausse pensée ; il mordait jusqu'au sang cette main qui avait donné la clef de l'arche.

Mais se lamenter et se maudire n'arrange rien.

« Et si c'est le sort de la chemise qui a tout fait ? Peut-être que ma femme sait tenir encore à moi ? Il faut que j'aille à ce mont qu'elle a dit. »

Le voilà parti au hasard des chemins, — où prendre le Mont des Merveilles ?

A force d'aller par monts, par vaux, il est arrivé en pays qui n'était déjà plus pays chrétien, sans doute. Mais il ne s'arrêtait plus à rien. Il voulait retrouver sa femme et la reprendre.

Un matin, donc, comme il allait, il est arrivé devant deux hommes qui étaient en grande noise. Ils avaient à se partager trois choses : un bâton, une paire de souliers et un manteau. Mais le bâton était de plus de vertu que celui de Jean de l'Ourse qui abattait les chênes : il abattait des bataillons, et des batailles tout entières. Les souliers avaient plus de vertu que les bottes de l'ogre : qui les chaussait volait comme l'hirondelle. Et le manteau plus de vertu que ces bagues qu'il suffit de tourner pour disparaître à tous les yeux : qui s'en couvrait n'était plus vu de personne.

Ils lui expliquent cela. Il leur faudrait se partager les trois choses : comment faire puisqu'elles sont trois et qu'ils sont deux ?

« Il n'y a qu'un moyen, dit le berger, mais qui arrange tout. Voyez ce gros orme, à deux cents pas d'ici, au coude du chemin : allez vous placer à son pied ; quand je lèverai le bras, vous reviendrez à la course. Celui qui me joindra le premier aura manteau, souliers, bâton. »

Ce leur semble bien pensé. Seulement...

Seulement, ils n'ont jamais joint le berger.

Dès qu'ils ont tourné les talons, lui se couvre du manteau qui le fait invisible, se saisit du bâton et, chaussant les souliers, il s'envole à travers les airs.

Les deux autres, peut-être, l'attendent toujours sous l'orme.

« C'est le sort qui le veut ! C'est qu'il entend me servir ! Bon, je reprendrai ma femme ! Je n'ai pas que ce manteau, ces souliers, ce bâton : maintenant, j'ai l'espérance. »

Cependant s'il volait et s'il fendait les airs, c'était à l'aventure. Car où prendre le Mont des Merveilles ? Ce pouvait être aussi bien côté de nuit que côté de jour, côté du soir que côté du matin.

Il arrive chez le roi du pays. Ce roi avait une grande guerre, et les choses tournaient mal pour lui. Les ennemis le resserraient dans sa ville. Ne lui restait ni poudre à canon ni farine. Ses troupes n'avaient plus ni forces ni défense ; et les autres devaient être tout près de les assaillir.

« Ce qu'ils veulent faire, dit le berger, je peux vous l'apprendre. »

Couvert de son manteau, il va au camp, et les chefs pas plus que les soldats ne l'auraient su voir. Il entre dans leur tente, il les écoute tout débattre, tout décider.

Une heure après il revient dire au roi : « Demain à la pointe du jour vous les verrez venir contre vous en bataille, de la montagne à la rivière.

« Que me sert de savoir ? dit le roi. Mon armée ne peut plus combattre.

— Ne vous souciez, dit le berger : ce bâton combattra pour vous. »

Et le lendemain au matin, le bâton a fait son office. Gens de cheval et gens de pied, files sur files, bataillons et batailles, il les a repoussés, renversés, dissipés. Le temps de se moucher, et de ces soudards qui devaient tout dévorer, ne restaient que quelque pan de casaque, quelque panache voltigeant dans un peu de poussière promenée par la brise.

« Berger, berger, a dit le roi, comment te rendre assez de grâces ? Dis, que désires-tu de nous ?

— Seulement que vous me disiez où se trouve le Mont des Merveilles. »

Le roi a fait venir sur l'heure tous les savants de son royaume : ceux qui avaient les plus hauts bonnets et qui montaient sur les plus hautes tours, pour dire à ce roi s'il pleuvait.

Ils ont répondu que bien sûr, ils avaient ouï parler

de cette montagne : qu'elle était au pays des fées et la plus signalée de toutes. Mais que dire comment y aller n'était point leur affaire.

« Et qui nous le dira ?

— Peut-être les oiseaux. »

Le roi a fait venir les oiseaux. Tous les oiseaux, du roitelet jusqu'à l'aigle ! Le grain que les ennemis avaient dans leurs chariots, il le leur a distribué d'un coup. Puis il leur a demandé où trouver le Mont des Merveilles.

« Oiseaux, leur a-t-il dit, un de vous a bien dû y aller ? S'il montre le chemin, je lui donne ma couronne. »

Ils s'entre-regardaient, ils pépiaient et piaulaient : nul ne semblait savoir.

Enfin la pie, qui ne peut se tenir de jacasser, a dit que l'alouette hantait sûrement le pays des fées, qu'elle pourrait en montrer le chemin.

On a cherché l'alouette. Et le roi s'en est avisé : parce qu'elle est couleur des choses, et toujours par les champs, perdue en l'air du temps ou tapie sur la motte, il l'avait oubliée... Le berger, qui avait la voix hautaine et bien houppante, comme tous les bergers, l'a appelée aussitôt.

Mais elle était piquée de ce qu'on ne l'avait pas invitée à ce festin des grains. Elle se tenait dans ses solitudes, ne voulait pas venir... On a dû lui promettre la couronne du roi.

Enfin elle a paru. Et elle a dit qu'elle, elle pouvait conduire le berger à ce Mont des Merveilles.

Le roi, du coup, l'a couronnée ; — c'est depuis qu'elle est alouette huppée, toute fière de sa huppe.

Dans le moment, tant tardait au berger de retrouver sa femme, ils sont partis. Ils ont pris la campagne : la campagne d'en haut ; par-dessus les fumées et les bouchons de brume, celle des vents soufflant, des nuées voyageant.

Ils ont passé au-dessus de la Côte des Treize Vents, au-dessus du Bois Céleste. Mais le berger volait de l'avant, dans son impatience, volait comme une aronde et l'alouette s'égosillait à le rappeler. Elle criait alors en vraie païenne : *Fouti ! fouti ! fouti !* Puis d'épuisement, elle tombait comme une pierre aux creux des mottes. Et quand ainsi elle n'en pouvait plus, toute mortifiée, elle promettait en son langage de ne plus jurer.

Jurerai plus, mon Dieu ! Jurerai plus !

La force lui revenait et repartant à l'essor, elle se relançait dans les airs.

En ce grand voyage, elle a pris l'habitude de ces cris et de ces prières, de ces tombées et remontées : depuis, ils sont restés dans son comportement.

Reste que le berger volait trop vite pour elle. Il lui a fallu déchausser un de ses souliers, qui a chu dans la mer... Ensuite, ils ont volé de concert.

Et le voyage a été encore long. A croire qu'on n'arriverait jamais !

Mais enfin ils se sont vus sur le Mont des Merveilles. L'alouette a dit au berger de se poser près d'une fontaine qui s'ouvrait là, au bas d'un tertre, sous un pommier sauvage. Et elle, elle est repartie pour les landes, les espaces de bruyère où pour soi seule elle a tout l'air du temps.

Le berger n'était pas d'un moment assis au bord de la fontaine, qu'il a vu venir une toute petite frisée portant une cruche de terre verte. Et il a bien cru la reconnaître, mais il n'en était pas certain.

« Petite, qui portes cruche verte, dis-moi où est ton frère ?

— Il est au bois, derrière la maison, qui cueille la fraise.

— Petite, qui portes cruche verte, dis-moi où est ta mère ?

— Elle est dans la maison, qui pétrit une galette ; elle m'a envoyée puiser l'eau. »

Alors il a été sûr-certain d'être près de sa femme.

« Petite, qui portes cruche verte, voudrais-tu me faire boire à ta cruche ? »

Tout en buvant, penché sur cette cruche, il a laissé au fond tomber son anneau d'or.

Et quand, faisant la pâte la fée a versé l'eau, elle l'a tiré du fond.

« Ha, je le reconnais : c'est l'anneau de mon mari ! »

Elle a questionné la petite. Elle a su qu'il y avait un homme qui lui avait demandé des nouvelles de son petit frère, de sa mère, et qu'il avait bu à la cruche.

Sans reprendre haleine, elle a couru.

Se retrouvant, ils se sont embrassés, et comme si c'était pour la première fois.

Aussitôt, cependant, elle s'est arrachée de ses bras.

« Ô mon mari, lui a-t-elle dit, tu es venu à ce Mont des Merveilles ! Aucun humain n'y était venu jamais !

— Ne m'as-tu pas dit de venir t'y chercher ?

— Mais les fées vont passer, mon mari, mon mari ! C'est leur heure, à présent. Elles vont aller dans le pays des hommes. Si elles te trouvaient dans le leur, que feraient-elles de toi ? Elles ont les doigts méchants et les ongles pointus. Vite, vite, repars !

— Je ne repars qu'avec ma femme, avec ma femme et nos enfants.

— Je te promets, je te jure de te rejoindre. Mais vois-tu, c'est leur heure : de leurs ongles, elles vont te mettre en pièces ! Oh, toi, sans m'attendre, repars.

— Je t'attends et je t'attendrai, cours chercher les petits ! »

Elle a couru, elle a volé. Dans l'instant elle est revenue, ses enfants sur ses bras, la fille et le garçon. Le berger a chaussé son soulier — il n'en avait plus qu'un ! Ils sont partis ensemble.

Les fées, tout de suite, l'ont senti. Elles n'ont pas seulement des yeux et des oreilles. Elles sentent les choses, les fées. Elles se sont jetées de furie à leur poursuite. Et le berger n'avait qu'un soulier, et sa femme avait à porter les deux enfants... Les fées gagnaient sur eux à travers la nuée : elles allaient les rejoindre...

Par bonheur, il y avait le manteau. Le berger les a tous couverts de son manteau, et les fées n'ont plus su les voir.

Ils sont revenus à leur maison et à leurs vaches, au pays des chrétiens. Le berger a fait un grand feu sur la montagne, comme au soir de la Saint-Jean. Il y a brûlé la chemise.

Et sa femme n'est plus partie, jamais partie.

Ils ont vécu dans leur domaine, en grand labeur et contentement de cœur. Et comme c'était le temps qu'on en est venu à sonner l'angélus, ils n'ont plus jamais vu les fées volant dans l'air.

Les Fées, 24

Jean-Loup

Il y avait une fois un marquis, grand marquis, mes amis ! Ce marquis avait un fils. Mais il avait aussi un frère. Et ce frère ne lui voulait pas trop de bien, ni à lui ni à l'enfant.

Tandis que le petit attrapait à peine ses quatre ans, son oncle donc, le seigneur frère du marquis, le fit voler. Par deux hommes à lui, qui prirent bien leur moment. Et ni vu ni connu, je t'embrouille.

Que de recherches, que de recherches... Le grand marquis n'y a plaint ni l'argent ni la peine... Rien, on ne retrouva rien. Les voleurs avaient disparu avec ce petit comme s'ils avaient fait quelque trou à la lune.

Pas traces de l'enfant dans les villages, les fermes, ou la moindre cachette à des dizaines de lieues. A qui dirait ce qu'il était devenu, on promettait des monceaux d'or : et pas une commère, pas une vieille aux petits yeux de fouine pour en dire quelque chose... Comme s'il avait été tout de suite égorgé, enterré...

Le frère du marquis n'avait tout de même pas osé en arriver là. Il avait fait jeter cet enfant dans un parc, tout au fond d'un pays perdu. Un parc enclos de murs d'où le petit ne pouvait sortir. Seul, là, tout seul avec une chèvre blanche. On lui avait montré à la traire. Il la trayait, il vivait de son lait. La faim vous apprend bien des choses.

Si tu as faim
Mange ta main
Et garde l'autre pour demain !
Que si la faim
Encore te tient
Mange ton pied
Et garde l'autre pour danser !

La chèvre blanche est morte. Cet enfant était de si vaillante nature qu'il a su s'arranger pour trouver tout de même sa vie.

Il n'avait vu personne depuis des mois, des mois, puis des années. L'oncle avait fait murer les portes de ce parc. Peu à peu ce petit est devenu sauvage. Il avait trouvé dans le parc un souterrain. Ce boyau répondait anciennement à quelque tour plus haut dans les montagnes. Mais la tour partait en décombres : les étages étaient descendus dans les caves. Le souterrain s'était éboulé en partie. L'enfant se retirait dans ce qui en restait. Il se cachait. Il avait bien fini par voir quelques humains, dans les distances : des bergers, des chasseurs avec leur chien et leur tonnerre, et il en avait peur. Il ne sortait que de nuit pour attraper des poissons blancs dans la rivière, pêcher comme font les chats ; ou tuer à coups de pierre un lapin, un levraut.

Il vivait de chair crue, de glands, de faines ; peut-être aussi de cormes, de poires d'oiseau, de gratte-cul, les boutons rouges de l'églantier, — dans la Franche-Comté, où il avait fait trois campagnes de scieur de long, le grand-père disait qu'on les nomme guilleri-boutons. — Il mangeait des salsifis sauvages, et au printemps des châtaignes de terre. On en trouve dans les bois de pins : on dirait une petite pomme de terre, qui a goût de noisette ; la feuille semble celle du cerfeuil en moins vif, mais si on tire sur la tige, la racine n'est que d'un fil, elle casse, il faut déterrer ces châtaignes du bout de quelque bâton pointu.

Tout cela ne le faisait pas tellement fort. Plus maigre qu'un chat maigre : un paquet de nerfs. Les mains pleines de cals, les pieds cornés comme la corne du bélier, et les cheveux tombant tout en broussailles sur les épaules. Adroit de ses mains, surtout à lancer des cailloux, débrouillé et même inventif ; mais hagard, plus que la bête de la haie. Plus il allait, plus il l'était. Il s'était avisé qu'il y avait des personnes jusqu'au fond des campagnes ; et pour les éviter, il ne sortait que de nuit.

Il avait tant de peur d'être surpris par elles qu'il alla se cacher plus haut, dans les déserts. Il se fit une cabane entre deux masses de rocher, qu'il couvrit de branchages et de mottes, en ne ménageant qu'un trou pour la sortie, au ras des roches. Puis il creusa, pour être plus retiré, il s'enfonça comme la taupe. Si bien qu'il perça jusqu'à une mine, une mine de charbon de terre. Mais il vit une lumière au loin, il boucha le passage : les mineurs ne l'aperçurent même pas.

Un jour, des dames étaient venues aux abords de la mine, avec leurs petites filles. Elles se promenaient dans la campagne. Une des petites s'était retardée, — elle cueillait de ces belles fleurs qu'on ne trouve que dans les solitudes.

Cueillir les fleurs
Joie du cœur !

Les dames l'appellent. Elle repart en courant. Et tout à coup, elle choit dans le trou : elle tombe droit sur ses pieds dans ce qui était le grenier du sauvage.

Il était là qui guettait, tout inquiet. Il s'est vu, brusquement, en face de cette petite, blanche et blonde, qui tenait une poignée de fleurs et qui ouvrait de grands yeux.

Il a osé la saisir de ses mains, la hausser entre ses deux bras, et la pousser, la remettre dehors. Puis, comme un fou perdu, il s'est sauvé, lui, de l'autre côté, dans les entrailles de la terre. Plus avant, toujours plus avant, jusqu'à se couler dans quelque galerie du charbon.

On dit que cette fois-là, deux, trois mineurs l'ont aperçu. Mais ceux à qui ils ont parlé de ce garçon sauvage ont cru qu'ils avaient vu un esprit de la mine.

Plus tard, chassant, ou bien cherchant des simples dans la montagne, des hommes ont vu le trou. Ils se sont avisés qu'il y avait là un toit de branches, et en y regardant de plus près, une cabane.

On s'est demandé qui pouvait y loger. Et l'on n'osait pas trop éclaircir cette chose. Les plus hardis disaient seulement : « Il faudrait y voir, quelque jour... Est-ce un humain ? Sinon, quelle créature ? »

La petite fille aux fleurs, arrangez cela comme vous

voudrez, n'avait dit mot de son aventure. Peut-être avait-elle senti qu'il y avait là un secret, et qu'elle ne devait pas livrer aux gens qui vont, qui viennent, qui se mêlent de tout, la retraite du pauvre sauvage. Elle était secrète, lente à parler, lente à sourire, peut-être d'esprit un peu triste.

Qui aime les fleurs,
Aime les pleurs.

Et elle n'a rien dit.

Cependant, dans le pays, on parlait de cette créature, là-haut, des terres vagues.

Un mineur s'est trouvé, plus déterminé que les autres, qui leur a proposé de monter tous à la cabane.

« Et moi si vous voulez, j'y entrerai le premier. »

Ils ont pris jour. Ils y sont montés tous, certain soir de dimanche. Après avoir passé par le cabaret, on l'imagine, et bu rasade pour se donner du cœur au ventre.

Le déterminé a sauté d'un coup dans le grenier. Et le garçon était là qui dormait, étendu sur un tas de feuilles. Il n'a vu qu'une chose : s'enfoncer en ce tas. Il ne faisait pas tellement clair, au fond de son antre. Puis tout le tohu-bohu de ces hommes qui sautaient là d'en haut... Un autre, un autre, encore un autre... Ils ont battu le briquet. Ils sont allés plus avant, de chambre en chambre souterraine.

Et cette première fois, ils n'ont pas vu le garçon sauvage.

Il n'a pas pour cela quitté son coin de solitude.

Peut-être qu'il lui fallait demeurer dans les lieux où il avait vu un jour cette fille et ses fleurs. Il avait peur du monde, mais tout d'un temps il désirait revoir des humains comme il savait qu'il y en avait. Il se cachait plus que jamais, mais plus que jamais aux aguets, d'un des trous de son terrier ou tapi sous le buisson.

L'un l'avait vu rôder de nuit en lisière du bois ; l'autre un matin l'avait surpris dans les roseaux de la rivière.

Les mineurs parlaient de lui. Ils sont revenus un autre dimanche au soir.

Cette fois-là ils l'ont vu dans le fond d'une chambre de terre. Mais si effarouché, qu'eux-mêmes, sans bien savoir pourquoi, se sont senti gagner par la peur. Ils sont repartis sans lui avoir dit mot.

Des gens de marque, cependant, l'ont su. Ils ont remontré à ces mineurs qu'il convenait de faire quelque chose pour ce garçon : ne pas le laisser ainsi à l'abandon dans les entrailles de la roche.

« C'est vrai, se sont dit les mineurs, il est sauvage, le pays par là est désert : il pourrait y jouer quelque tour ; il nous faudra le prendre. »

Et le dimanche qui a suivi, ils l'ont pris.

Ce n'a pas été sans peine. Tout un pourchas aux replis de ce terrier. Toujours fuyant, il s'est jeté dans la mine ; là, d'autres mineurs l'ont entendu. Ils l'ont saisi, et ligoté, et sorti par leur puits à eux, dans une benne.

Enfants
Deviennent gens.

Ce petit, peu à peu, était devenu garçon. Mais comme il a été difficile de lui apprendre à parler, à endurer sur son corps des habits, et surtout à ses pieds des souliers ; et à n'avoir plus cette peur des gens, et la civilité, et tout, et tout. Tant à lui apprendre. Il se débattait, il ne voulait rien savoir. D'abord, ce n'a été que par contrainte et par force qu'on a pu le tenir.

On l'avait baptisé Jean-Loup. Son histoire a couru les pays d'alentour. Mais personne ne pouvait dire d'où il sortait. Des messieurs, des dames lui ont porté intérêt. On l'a apprivoisé, on lui a donné un état, et on l'a mis à même de bien gagner sa vie.

Comme il arrive, un jour, il a fait connaissance d'une jeune fille. On ne sait pas pourquoi cette figure vous parle. C'est un regard, c'est un air de visage. Pour lui, il y a eu en cette fille quelque chose qui l'a attiré.

Elle de même en lui. Ils se sont fiancés.

Un soir ils se parlaient, assis dans l'herbe au fond du clos, sous le gros cerisier des cerises de cœur. Elle lui racontait son temps de petite fille : comme elle aimait aller dans la montagne, y cueillir les fleurs de là-haut.

« Il m'est arrivé une chose, une fois que je courais les champs, jamais je ne l'oublierai... Je suis tombée par un trou dans le grenier d'une cabane, et il y avait là un sauvage, c'est vrai, vous savez, un sauvage... Il m'a prise de ses bras, a grimpé, m'a reportée dehors. Et moi, je n'ai rien dit à personne. J'avais peur qu'on fasse du mal à ce pauvre, qu'on l'enferme en quelque prison... Vous êtes le premier à qui je le raconte. Oui, c'est vrai ; oui, c'est vrai !

— Oh, ma belle, c'est vrai ?

— Vrai comme nous sommes là, dans le clos de mon père ! Une cabane creusée entre les roches, et en ce trou, vivant sous la terre, un sauvage, qui m'a regardée avec une sorte de supplication...

— Ma belle, ce sauvage, c'était moi... »

Il lui a parlé de sa vie d'alors, sans tout lui dire, de crainte de l'effaroucher. Il lui a dit ses peurs, ses peines, et tout ce gré qu'il savait aux mineurs de l'avoir tiré d'une vie si misérable, — et il ne voulait même pas en être tiré ! — de l'avoir mis au point où il en était, parmi les personnes. Oui, il se réjouissait de sa capture ; et avec cela, il a toujours été à la gêne devant les gens, tout son âge aimant à être seul avec sa femme, et elle le comprenait bien. Un peu ours, pour tout dire. Reconnaissant pourtant que sa vie dans la cabane n'était pas une vie.

« Mais tout a commencé le jour où je vous ai vue, et depuis, à travers toutes les filles que j'ai rencontrées, c'est vous que j'ai cherchée, qui étiez tombée dans ma cabane... Oh, ma belle, ma belle, voyez comme tout va ! N'est-ce pas qu'il y a Dieu ? »

Que les mariages sont écrits dans le ciel. Qu'on voit les destinées se faire, menées d'en haut, comme une plante se fait sur son juste contour, pour donner sa fleur même.

Est venu le jour des noces.

Ils étaient tous à table dans la plus grande auberge. Tandis qu'ils festoyaient, est arrivé un général. Il a mis pied à terre devant le perron. L'hôte est allé le recevoir et s'excuser du train qu'il y avait dans son hôtellerie, ce jour-là. Il lui a parlé de la noce, des mariés, puis il lui a conté cette histoire du sauvage...

(Vous allez voir, elle finit comme un conte. Mais mon grand-père qui la récitait l'avait apprise dans la Loire, à Terre-Noire, où il avait travaillé ; et il disait que tout était vrai, de point en point.)

Le général a fait asseoir l'hôte à sa table. Sans s'inquiéter de prendre son repas, il l'a écouté, questionné, les yeux fichés sur lui.

« Ainsi ce jeune homme que vous nommez Jean-Loup vient de se marier ? Il est céans ?... Attendre qu'on sorte de table, que la noce finisse ? Non, voulez-vous : menez-moi près de lui sans attendre. »

Le général se lève, pâle comme la nappe, se fait conduire auprès des mariés.

C'était le grand marquis : désespéré d'avoir perdu son fils, il avait tout quitté, son château et ses terres, il était allé à l'armée ; il avait fait campagne sur campagne, était monté de grade en grade.

Et voilà que son frère venait de mourir, et qu'avant de mourir, il lui avait envoyé une lettre où il confessait tout. Le général revenait en ce pays pour retrouver traces de son fils...

Il salue toute la noce, dit qui il est, que son fils lui a été volé autrefois, et il vient de l'apprendre, l'enfant a été caché dans ce pays ; caché, plutôt laissé à l'abandon, de sorte qu'il a vécu d'une vie toute sauvage... Et il se tourne vers Jean-Loup :

« Oui, je suis votre père... »

Il n'aurait pas eu besoin de le dire : il suffisait de les

voir l'un près de l'autre : Jean-Loup était son portrait, trait pour trait. Et lui, sans le prendre encore dans ses bras, il le regardait, il le buvait des yeux...

« Mon fils, voilà que votre vie va changer de nouveau. Mais que ce soit, cette fois, pour le bonheur ! Oui, votre bonheur à vous, à celle que vous venez d'épouser, je veux le faire, mes enfants ! »

Comme il l'avait dit, il l'a fait.

Les Fées, 73

La branche qui chante, l'oiseau de vérité et l'eau qui rend verdeur de vie

Il y avait une fois un roi un peu sur l'âge, mais de sang jeune encore, et le cœur tout de feu. Il aurait voulu qu'en son pays tout le monde fût heureux sur terre. C'est belle chose de le vouloir quand on ne s'en tient pas au désir.

Ce roi donc s'était mis à faire le tour du pays, de maison en maison. Il entrait dans chacune ; il se faisait dire comment tout y allait pour toutes les personnes. Et quand il trouvait quelque jeune fille, il lui demandait ce que la nuit d'avant elle avait vu en rêve. Il avait tant à cœur le bonheur de chacun, qu'il avait oublié de songer au sien propre : il ne s'était pas marié. Mais il aimait beaucoup parler aux jeunes filles.

Sur la fin de son tour, retournant au château, il entra un matin chez son voisin le plus proche.

L'homme avait trois filles, trois jolies plantes de filles. Le roi, donc, entre, il les salue, il s'adresse à l'aînée. — Nous, à la campagne, nous disons la plus vieille. Que de fois ma mère me l'a conté, ce conte, pendant qu'elle me coiffait, pour me faire prendre patience...

« Quel rêve avez-vous fait, cette nuit, demoiselle ?

— Oh, sire, je n'oserais, j'ai grand'peine à le dire !... S'il faut pourtant, je dis... Sire, voici mon rêve : c'était que j'épousais votre chef-cuisinier...

— Très bien, mademoiselle, ce que vous avez rêvé cette nuit s'accomplira. »

Il s'adresse à la cadette :

« Quel rêve avez-vous fait cette nuit, demoiselle ?

— Sire, cela me fait grand-peine de le dire. S'il le faut cependant, mon rêve, le voici : c'était que j'épousais votre valet de chambre !

— Très bien, mademoiselle, ce que vous avez rêvé cette nuit s'accomplira. »

Enfin, il s'adresse à la plus jeune :

« Mademoiselle, et vous ? »

Celle-là le regarde : voilà qu'une rougeur lui monte aux joues, qui la fait plus rouge qu'une cerise. Et ses yeux brillaient comme l'étoile dans la fontaine. Mais pas le mot.

« Et vous, mademoiselle ?

— Sire, le dire me fait plus peine encore.

— Mademoiselle, il le faut, pourtant... »

Alors voyez la folle ! Quelle hardiesse ! Ou plutôt non : c'était le sort, et elle fut forcée de confesser la vérité : naïvement, d'une voix où tout le cœur passait, comme elles étaient elle dit les choses :

« Sire, mon rêve, c'était que je vous épousais vous-même.

— Mademoiselle, ce que vous avez rêvé cette nuit s'accomplira. »

Sur ces mots, le roi est parti.

Mais les deux sœurs ! Alors, ah, alors !... Déchaînées d'envie, et tout le sang en mouvement dans leur malice. Des chattes en furie. C'était à croire qu'elles allaient de leurs griffes déchirer leur plus jeune. « La voyez-vous, cette sucrée, ce joli cœur d'amour ! Dire qu'elle a osé ! Et le roi qui s'est laissé prendre à ses façons ! Elle, l'effrontée, il aura suffi qu'elle se jette à sa tête, elle sera madame la reine ! Et nous, ses aînées, femme d'un cuisinier, femme d'un valet de chambre !... Nous serons quoi ? ses domestiques ! »

Ce qui les enrageait, ces deux mauvaises, c'était de penser que si elles avaient eu seulement l'idée, cette couronne de reine était leur. Car elles n'allaient pas penser le moindre mal de leur petite personne : elles croyaient passer de beaucoup leur plus jeune et en beauté et en mérite.

Elle, la pauvre, devant cette fureur, elle ne sut que s'en prendre doucement à ses yeux. Rouge, plus rouge encore, comme la fraise des bois, mais embaumée comme elle, qui de l'aspic et de la salamandre lui soufflant leurs poisons, jamais ne prend aucun venin. Le venin, plût à Dieu que les deux autres l'eussent alors jeté en paroles et en criailleries. Mais il s'amassa en leur cœur. Dès cette heure, à part soi, elles formèrent le dessein de prendre quelque jour leur vengeance. Mon Dieu, mon Dieu, si on avait su...

Un peu plus tard, en ce beau mois de mai, les trois noces se firent. Tout alla comme sire le roi l'avait dit : les plus vieilles, les deux aînées, furent femmes d'un cuisinier et d'un valet de chambre, la plus jeune madame la reine.

Et des mois ont passé. Puis s'est élevée quelque grande guerre. Il a fallu que le roi partît. Tandis qu'il n'était pas là, la reine a mis au monde un fils. Ses deux sœurs étaient auprès d'elle. Elles n'ont pas voulu que personne d'autre reçût l'enfant ni le portât baptiser à l'église. En revenant de ce baptême, elles l'ont mis dans une corbeille, et la corbeille au fond du jardin sur la rivière. Il s'est trouvé qu'elles ont vu là un petit singe. — Peut-être ce roi avait-il par curiosité des bêtes sauvages dans son château. — Elles, elles ont pris ce bout de singe, et à la place du petit garçon, elles l'ont remis à leur sœur...

Plus loin, plus loin, dans un coude de la rivière, était assis au bord de l'eau le jardin d'un vieux jardinier et d'une vieille jardinière. Ils demeuraient tous les deux là, dans une pauvre maisonnette. Le jardinier venait de repiquer ses laitues : il veut les arroser : il descend à la rive, sous un saule, avec ses arrosoirs. Là, voilà qu'il entend pleurer. Il regarde : au milieu des glaïeuls et des menthes, il découvre cette corbeille, ce tout petit enfant...

Vite il le prend, vite il le porte à la maison.

« Té, pauvre femme, devine ce que je t'apporte ?

— Et que m'apportes-tu, pauvre homme ?

— Un tout petit garçon ! Nous n'en avions jamais eu : ce nous en fera un. »

Le roi, cependant, était revenu de guerre. Sa femme a cru lui présenter leur fils et elle lui a présenté le petit singe. Le roi ne pouvait revenir de son étonnement...

Et des mois ont passé. S'est élevée peut-être une autre guerre. Toujours est-il que le roi est reparti. Et tandis qu'il était au loin, la reine a eu un autre fils. Et les deux aînées, ces deux vipères, ont su refaire en trahison leur mauvais coup. Mais cette fois au lieu du petit singe, ç'a été le petit d'un lion.

La corbeille est venue aborder tout de même chez le jardinier. Lorsqu'il l'a apportée à sa femme, elle, cette fois, elle a levé les mains en l'air.

« Ô pauvre homme, est-ce que nous n'en avions pas assez d'un ?

— Que veux-tu, pauvre femme ? Je n'ai pas eu le cœur de l'entendre pleurer. Le bon Dieu nous en donne un autre, il faut le prendre.

— Eh bien, ils s'amuseront tous les deux. »

Et le roi, quand il est revenu, et qu'on lui a présenté comme son enfant ce lionceau, ce petit de bête féroce !... Qu'était-ce bien que cette sorcellerie ? Il s'y est repris à trois coups avant de pouvoir parler. Enfin, il aimait tellement sa femme qu'il lui a dit passer sur tout pour cette fois encore : mais il ne faudrait pas qu'on revît chose pareille !

S'est élevée une troisième guerre. Le roi est reparti. Et des mois ont passé. De la reine dans son château est née une jolie petite fille. Et ce sont les deux sœurs qui l'ont portée au baptême à l'église. Et au retour, elles ont remis à la reine le petit d'un caïman.

Le jardinier en descendant à la rivière a entendu pleurer, et dans les joncs, les menthes, sous le saule, il est allé chercher cette toute petite.

« Té, pauvre femme, voilà encore pour nous ! La rivière nous en veut.

— Nous avions déjà deux garçons, tu m'en apportes un autre ?

— Mais cette fois, c'est une fille, pauvre femme. Elle t'aidera au ménage. »

Le roi est revenu. Sa femme, croyant lui présenter leur petite fille, lui a présenté ce petit de bête féroce.

Lui, il a reculé de plus de quatre pas. Puis, la main sur les yeux, il a quitté la chambre. Et il a fait enfermer sa femme dans une tour.

La malheureuse ! Elle qui était allée son chemin de droiture, et sans jamais gauchir...

Le roi y repensait souvent. Il la revoyait comme il l'avait vue à ce premier matin, avec ce beau feu de candeur, qui lui montait à la face. Toute rose et rouge, et qui le regardait bien droit, forcée de lui dire son rêve, parce que c'était le sort ; tout simple comme la fleur de trèfle, et comme elle, sentant si bon... Voilà que tout avait tourné à ces horreurs...

Peut-être qu'il était trop bon, ce roi ; et on dit bien :

Bon et bête
Commencent par la même lettre

Il n'allait pas imaginer des scélératesses comme celles des deux sœurs de sa femme.

Des mois ont passé, des étés et des hivers. Il semblait avoir pris plus de trente années d'âge.

Les trois enfants, cependant, grandissaient chez le jardinier. Ils avaient entendu dire, — peut-être aux mendiants qui passaient, ou peut-être au vent dans les arbres, — que devant eux, du côté du soleil, il y avait une fontaine. A cette fontaine, on trouvait la branche qui chante, l'oiseau qui dit la vérité, et l'eau qui rend verdeur de vie.

Le jardinier leur avait donné à chacun son jardin où chacun avait un rosier. L'aîné, enfin le plus vieux, voulait partir à la recherche de cette fontaine. « Je vous rapporterai de son eau », disait-il au jardinier et à la jardinière, qu'il voyait pouvant à peine marcher, maintenant, cassés en deux sur leur bâton, tout branlants de décrépitude. Eux ne consentaient pas à le laisser partir. Mais lui, ce qu'il voulait, c'était bien voulu. Il a dit à son frère :

« Si tu vois mon rosier qui dépérit, ce sera signe que je serai en grand péril. »

Et il est parti devant soi, du côté du soleil.

Il a marché, il a marché. Sur le bord d'un vert pré, il a rencontré une vieille femme.

— Garçon, où vas-tu ?

— Je vais chercher la branche qui chante, l'oiseau qui dit la vérité, et l'eau qui rend verdeur de vie !

— Eh bien, écoute : quand tu auras un peu avancé, mets tes deux doigts dans tes oreilles ; tu entendras les tambours et la grande musique, mais toi, ne bouge pas, ne va pas écouter : va ton pas, va toujours ! »

Bon, le garçon se l'est tenu pour dit. Il a tout fait comme le voulait cette femme. Il a avancé le pas et il s'est bouché les oreilles. Mais lorsqu'il a entendu la musique, comme de tambours et de flûtes, de violons et de vielles, qui montait avec une force d'orage et qui l'enlevait tout, aussi, c'était trop beau : il n'a plus su que cette grande musique. Il a ôté ses doigts afin de mieux l'entendre. Et il a chu, changé en pierre.

A la rosée tombante, tous les matins et tous les soirs, son frère descendait au jardin ; et il allait voir le rosier. Un jour il a vu que le rosier commençait de jaunir ; puis aussitôt, qu'il était mort. Vite, vite, il est revenu trouver sa sœur et il avait perdu toute couleur de vie.

« Veille sur mon rosier, veille sur nos parents. Mon frère est mort, je veux partir. »

Loin, là-bas, sur le chemin, au bord de ce vert pré, il a rencontré la même vieille femme : « Garçon, où vas-tu ? » Ils se sont dit les mêmes paroles. Tout de même que son frère, il a écouté la leçon. Allant vers la fontaine, il s'est bien bouché les oreilles. Mais cette grande musique qui lui arrivait, si belle, il a voulu l'entendre. Et il a chu, changé en pierre.

Le soir dans le jardin, la jeune fille a vu que le rosier venait de mourir. Toute blanche, elle a couru à la maison ; elle a dit qu'il lui fallait partir à son tour.

Alors le jardinier, la jardinière de se désoler. Ils tâchaient de la retenir avec leurs vieilles mains.

« Non, non, ne t'en va pas, nous n'avons plus que toi ! Tu vois, tes frères sont morts. Reste avec nous dans le jardin de la rivière ! Si tu pars, toi aussi, tu ne reviendras plus.

— Oh, si, je reviendrai ! Je vous promets, et c'est promis, mais laissez-moi partir. »

Sur le chemin, là-bas, tout au bout du vert pré, a rencontré la vieille femme.

« Fille, où vas-tu ?

— Je vais chercher la branche qui chante, l'oiseau de vérité, et l'eau qui rend verdeur de vie. Et puis aussi, je vais chercher mes frères.

— Eh bien, écoute... »

Comme elle l'avait faite aux garçons, la vieille lui fait la leçon. Et tout s'est répété une troisième fois : le chemin continué, les doigts dans les oreilles et la grande musique.

Mais la jeune fille, elle, quand elle a entendu cette musique qui lui enchantait la tête, elle a marché plus vite. Et en marchant, en marchant, au milieu des pierres et des genêts, des églantiers, elle est arrivée à la fontaine. De sa serpette, qui lui servait à couper l'osier dans le jardin, elle a coupé la branche. La branche ombrageant la fontaine et d'où sortait cette musique qui vous prenait au corps : comme celle des hautbois, des fifres, des bombardes, qui vous lance à la danse, et vous ferait à mille bonds, mener le bal. Elle l'a prise, avec l'oiseau qui était sur cette branche ; puis à la fontaine, elle a puisé une cruche d'eau. Et elle s'est mise au retour, tenant la cruche d'une main et la branche de l'autre.

Voilà qu'à la première goutte qui saute de la cruche, la pierre qui la reçoit se tourne en un garçon. Alors, elle, tout en faisant chemin, sur chaque pierre verse une goutte d'eau. Et chacune, sur-le-champ, de se tourner en garçon ou en fille...

Ainsi elle est arrivée à celle qui était le frère aîné, à

celle qui était le frère cadet. L'aîné a passé à sa droite, le cadet a passé à sa gauche ; et tous les trois en grande allégresse de pas et de paroles, sur ce vert chemin sont revenus à la maison.

Or, le vieux jardinier, tout transporté, accourait comme il pouvait sur ses jambes tremblantes ; du dehors, au soleil, il criait à sa vieille jardinière :

« Les rosiers ont reverdi ! Nos enfants sont vivants, pauvre femme, et nos enfants vont revenir. »

Là-dessus, ils arrivent. Quels moments ! Mais sans attendre, la jeune fille soulève sa cruche, verse une goutte sur le front de son père, une sur le front de sa mère. Les deux pauvres, qui étaient tout chenus, tout ridés comme une écorce d'arbre, les voilà plus drus et plus verts que la romaine en sa saison ou que le bouton de la rose. Ils avaient repris leurs vingt ans ! — Les enfants, eux, pouvaient avoir de quatorze à seize.

La petite a posé la branche et son oiseau sur le manteau de la cheminée. Les deux frères en ont décroché le fusil. Ils étaient si contents d'être revenus, qu'ils voulaient faire une fête : fêter leur sœur et fêter leurs parents. Une pièce de gibier, voilà ce qu'il leur fallait, ce jour, pour le dîner ; et ils ont demandé de partir pour la chasse.

Ils vont au bois. Tout justement, ils lèvent un chevreuil : les voilà donc lancés à la poursuite, d'une salle de mousse et de feuillages à une autre salle de feuillages et de mousse, entre les châtaigniers, les fayards et les chênes. Toujours allant, dans leur ardeur, de sorte que, sans bien s'en aviser, ils passent de la forêt dans le jardin du roi : dans son parc, c'est le mot. Au détour de l'allée, entre ces gros vieux arbres, soudainement ils sont tombés sur le roi même.

Chasser chez le roi, dans son parc ! Et cependant, voyez, ils n'ont pas eu tellement, tellement peur. Peut-être qu'ils pensaient simplement : le bon Dieu nous est tant venu en aide qu'il voudra nous aider encore. Ou même pas. Ils n'avaient pas peur, voilà tout.

Ils regardaient le roi avec des yeux bien francs, bien ouverts, et le roi ne se lassait pas de les regarder, les yeux sur leurs yeux. Eux, un genou en terre, et le bonnet à la main, ils répondaient à ses questions. Ils ont dit pourquoi ils poursuivaient le chevreuil, pourquoi ils voulaient faire leur dîner, ce même jour, et pourquoi une fête...

S'enhardissant, ils ont raconté comment leurs parents s'étaient vus rajeunir sous la goutte d'eau de la cruche ; et ils ont ajouté que si le roi voulait venir à leur maison du bord de la rivière, leur sœur lui verserait aussi sur la tête la goutte d'eau.

Et le roi, remué, aimait ce que lui disaient ces deux garçons. Il se sentait comme un rosier quand il va reverdir. Il a tout quitté pour suivre ses chasseurs. Avec eux, il est allé dîner dans la maison du jardinier et de la jardinière.

Au milieu du dîner, l'oiseau s'est mis à chanter sur la branche :

Sire, voilà tes trois enfants,
Singe, lion et caïman !

Par trois fois il a répété la même chose : que c'étaient là le singe et les deux autres bêtes. Le roi ne pouvait pas comprendre encore. Mais il voulut comprendre. Il a forcé le jardinier, la jardinière, à dire comment ils avaient ces enfants. De peur d'avoir à les rendre, eux ne s'en souciaient pas trop. Enfin, — il a fallu le leur tirer du corps, question par question — ils ont raconté comment ils les avaient découverts, l'un, puis l'autre, puis l'autre encore, chacun dans une corbeille, sur la rivière, au milieu des joncs et des sabres de glaïeuls.

Sire, voilà tes trois enfants,
Singe, lion et caïman !

L'oiseau de nouveau a chanté cela sur la branche. Le roi s'est fait montrer les trois corbeilles. Peut-être a-t-il reconnu celles de son château : toujours est-il qu'il a compris.

La jeune fille a pris la cruche. Elle a versé un fil d'eau sur la tête du roi. Le voilà, lui aussi, au jour de ses vingt ans : rajeuni de figure, de corps et de maintien, ainsi qu'il venait d'être rajeuni dans son cœur.

Tout de suite il a fallu courir, voler, avec les trois enfants, et bien sûr avec la cruche : aller délivrer leur mère enfermée dans la tour. Lui faire oublier la misère de ces années, à elle, la toute bonne, la toute vraie, la toute claire !

Ensuite, le roi donna ses ordres. Ses deux belles-sœurs, il ordonna qu'on les attrapât, qu'on les pendît comme des traîtres, entre deux murailles, et que tout le monde vînt leur cracher à la figure. Les gens ne se firent pas prier : elles ne s'étaient pas fait trop aimer, ces deux-là.

Le jardinier, la jardinière, le roi ne voulait pas les séparer de ses enfants. On alla les chercher pour les mettre dans le château. Et depuis ce jour-là, tout le monde est heureux, près de cette eau qui rend verdeur de vie, de cet oiseau qui dit la vérité, et de la branche, quand il faut, qui chante la grande musique.

Les Fées, 119

Le grain de blé

Il y avait une fois un homme qui allait à l'aumône le sac sur l'épaule. On l'appelait Jean-Jean. Il faisait son tour, de ferme en ferme et tirant des croûtons de son sac, il tâchait de se faire tremper une soupe, puis de se faire donner d'autres croûtons, voire un bout de fromage, quand les gens étaient bien donnants.

Mais la fois dont parle le conte, il ne ramassait pas grand'chose. De si loin qu'on le voyait venir : « Lâche le chien, disait le maître, ferme la porte ! » Depuis deux jours, Jean-Jean marchait, le ventre creux.

Il faisait si pauvre mine, son sac tout plat sur l'échine, et traînant ses sabots, qu'une certaine vieille qui le vit passer en eut pitié. Elle filait sa quenouille au milieu de la pâture. Elle avança jusqu'au chemin.

« Pauvre homme, écoutez ici ! »

Lui s'approche. Dans le creux de la main, elle lui met un grain de blé.

« Tenez ! Gardez bien ce grain. »

Toute porte où vous frapperez,
Bien voulu vous serez.

— Merci à vous, pauvre femme, merci à vous ! »

Il glisse le grain dans son gousset. Et chemine que chemineras-tu, dans les bruyères et les déserts. De temps en temps il posait le doigt sur le gousset pour s'assurer que le grain y était toujours. Cependant la nuit venait. Enfin, il avise de loin une maison, au bord d'un bois : il y va, il toque à la porte.

« Bien le bonsoir, la maîtresse et la compagnie. Vous ne me coucheriez pas, moi et mon grain de blé ? »

On l'accueille. Bonnement, on lui trempe la soupe ; on lui fait place au feu ; la maîtresse lui prépare un lit dans la fenière. Il faut croire que le grain avait bien sa vertu !

Avant d'aller coucher, comme d'usage, il remet au maître ses allumettes et son couteau. Il lui remet aussi le grain de blé en recommandant de le garder précieusement jusqu'au matin, qu'il le redemanderait. Puis bonsoir. Il va à la fenière, faire sa nuit dans le foin.

Le maître pose le grain sur la table et ma foi, il le laisse là, il l'y oublie... Les gens, souvent, ont à penser à tant de choses !

Le lendemain matin, première, la maîtresse se lève. Elle rallume le feu, ouvre la porte, va voir les vaches à l'écurie. Par cette porte ouverte, entre une poule blanche : il y a toujours quelques miettes à picorer dans une maison. Cette poule tourne la tête de droite, de gauche, saute sur la table. Le grain de blé y était encore. Pic ! Un coup de bec et ce fut fait : voilà le grain avalé, disparu...

Pauvre Jean-Jean ! Il arrivait tout juste, et c'est pour

voir la chose. Il veut se jeter sur la poule : mais trop tard.

« Mon grain de blé, misère de misère ! J'y tenais ! j'y tenais ! autant et plus qu'à la prunelle de mes yeux ! Faut-il que j'ai eu du malheur de votre poule ! »

Le maître était brave homme. Voyant Jean-Jean tant regretter ce grain et tant se lamenter, il lui propose quelque dédommagement. La maîtresse apportait déjà ses pleines mains de blé.

« C'est que ce n'est plus mon grain de cette femme. Oui, ce qu'il me faudrait, ce serait mon grain à moi !

— Pauvre homme, que voulez-vous que je vous dise ? Il est encore dans la poule : eh bien, prenez la poule. »

Jean-Jean part, la poule sous le bras, continuant sa tournée. Il pensait vendre cette poule grasse à la ville prochaine. Mais la nuit le prit avant d'arriver. Il lui a fallu s'héberger encore dans une ferme.

« Bonsoir, la maîtresse et la compagnie. Vous me coucherez bien, moi et ma poule grasse ?

— Entrez, pauvre homme. On mettra votre poule au poulailler, vous, vous coucherez dans la paille. »

Il a fait sa nuit comme un roi. Mais la poule blanche, elle, elle n'a pas eu toutes ses aises. Les poules de la maison l'ont prise à coups de bec. Elles l'ont menée si dur qu'à la fin, toute saignante et demi-morte, elles l'ont fait choir dans l'auge du cochon ; et le vorace l'a dévorée.

Au matin, le Jean-Jean n'a trouvé que les plumes.

« Ma poule ! ma pauvre poule ! Non, non, ce n'est pas une autre poule que je veux, ni deux poules. Si l'habillé de soies l'a mangée, c'est l'habillé de soies qui doit payer pour elle. »

Et des plaintes, des doléances, des requêtes, si bien que le maître a eu la tête rompue.

« Le cochon a fait le mal : prenez le cochon, que voulez-vous que je vous dise ! »

Ce porc n'était pas de ces épais, de ces énormes. Jean-Jean le charge dans son grand sac. Et il repart pour sa tournée. Sous ce faix, ce jour-là, il ne fit guère de chemin.

De bonne heure, il demande le gîte à une maison de bonne apparence.

« Bonsoir, brave monde. Me coucheriez-vous pas, moi et mon cochon ?

— Ça peut se faire, brave homme. Mettez le cochon à l'écurie, et vous, on vous arrangera un coin près du valet. »

Cependant, la nuit, ce cochon dépaysé a voulu faire le tour de son nouveau logis. Il a passé trop près de la vache rousse, et la vache rousse lui a décoché un coup de pied qui l'a tué tout comptant.

Le lendemain, lorsque Jean-Jean a vu cela ! Ha, il ne faisait pas beau à son entour.

« Vous aviez pris en charge mon cochon ! Maintenant, il faut me le rendre ! Non, non, pas un cochon plus gros. C'est mon cochon que je veux, ou alors la vache qui l'a tué... »

Et je ferai, et je dirai, je plaiderai ! Tant et tant qu'à la fin, ce monde s'est cru forcé de lui abandonner la vache.

Il se fait donner une corde, l'attache par les cornes et s'en va avec elle. « J'en ferai, des sous, j'en ferai, des sous ! » Il se voyait parti sur le chemin de la fortune : il n'y avait plus qu'à rouler.

Le soir, il arrive à une autre ferme.

« 'Soir, brave monde ! Aurez bien quelque coin pour ma vache et quelque paillasse pour moi ? »

Oui, oui, on met la vache à l'écurie ; lui, on le couche.

Le lendemain matin, il demande sa bête.

« Ah, dit la maîtresse, lonla, la pauvre bête ! cette nuit elle a eu le malheur de se détacher, elle a passé derrière notre cheval, qui est chatouilleux, et le cheval l'a assommée, d'une ruade...

— Oh, mais, ça ne se passera pas comme ça ! Ma vache, eh bien, ma vache !... Non, non, pas de vache plus belle ! Il me faut maintenant ma vache ou bien le cheval qui l'a tuée. »

Et je ferai, et je dirai, je plaiderai ! Tant et tant il fit, demanda, pailla et cria, que ces gens, bonnes gens, finirent par lui remettre le cheval. Il exigea encore la bride.

Le voilà parti sur ce cheval, chevauchant, le poing à la hanche, fier comme un pou sur l'épaule d'un prêtre. « J'en ferai de l'argent ! j'en ferai de l'argent ! »

D'un grain de blé à un cheval ! La fortune lui en voulait, et tout roulait des quatre roues. Pourquoi n'aurait-il pas demain une maison, une femme dedans, un beau bien à l'entour ? Du haut de sa monture, trônant sur son sac plié en quatre en guise de selle, il passait le regard sur les prés et les terres, comme s'il était déjà le seigneur du pays.

Le soir, il arrive à une grosse auberge, *on loge à pied et à cheval.* Sur la porte, prenait le frais une gente garce, comme on dirait chez nous, une jolie fille ; et aussi une grosse chienne torte, tout estropiée, — quelque charrette de roulier qui avait dû lui passer sur les reins… Il s'arrête, il met pied à terre, et jette fièrement la bride à cette fille.

« Me loger, moi et mon cheval ?

— Monsieur, tout à votre service. »

On le fait souper, on lui donne un bon lit. Il fait sa nuit sur ses deux oreilles. Le lendemain matin, il descend en la salle, ordonne qu'on selle son cheval et qu'on lui porte à boire.

« Ha, monsieur, c'est qu'un malheur est arrivé… Notre fille a mené votre bête à la mare ; il faisait nuit, la bête a glissé sur le bord… en fin finale, cette bête s'est noyée. On n'y peut rien, que de vous en donner une autre, une plus belle…

— Oh, mais non, pas de ça ! Non, non, pas de cheval plus beau : ce qu'il me faut, mes braves gens, c'est mon cheval à moi, le même ! »

Et je ferai, et je dirai, je plaiderai ! Tout un sabbat d'enfer. Jean-Jean se démenait, criait à pleine tête. Il était dans son droit, et il exigeait sa bête ou bien alors la fille qui l'avait menée à la noyade.

Tant et tant il cria qu'il lui fallait la fille, — sinon il mettrait la Justice en mouvement, qu'à la fin, l'aubergiste dit :

« Eh bien, tenez, taisez-vous. Je vous donne ce qu'il vous faut. Mais ma femme ne souffrirait pas de vous voir emmener la petite. Passez-moi votre sac, je la fourre dedans et vous l'emporterez. »

De fait, il lui rapporte le sac ficelé, tout pesant, tout

remuant. Jean-Jean le charge comme il peut, sur son échine, et prend la route.

Ce sac était lourd à la côte. Mais Jean-Jean marchait de bon cœur. Il se disait : « J'ai eu la fille. Je reviendrai demain, j'aurai aussi l'auberge ! » Et remontant le sac sur son dos, il repartait à chanter sa chanson :

Quand je serai au fond du bois
J'embrasserai ma mignonnette...

Il allait ainsi, il allait, montant vers le bois, au haut du chemin.

Arrivé sous l'ombrage, il décharge le sac, et d'un coup de couteau il tranche la ficelle.

Le sac s'ouvre. D'un bond en sort, plus grosse qu'un dogue, la chienne torte. Grondante, elle s'élance au nez de Jean-Jean, le lui happe d'un coup de gueule, et puis se sauve.

Jean-Jean culbuté se ramasse, tout hurlant, tout saignant ; le voilà qui se met à la course, courant derrière la chienne, comme s'il voulait ravoir le morceau :

Arrêtez la chienne torte
Qui le nez m'emporte !

Mais cette chienne de galoper, tout en jetant le train d'arrière de droite, de gauche, et Jean-Jean de galoper à la suite, toujours bramant, le sang lui découlant de ce qui lui restait de nez comme d'une fontaine. Cette diablerie dévalait la côte, pire qu'un ouragan, tandis que Jean-Jean tout défiguré criait de plus belle :

De grain de blé à poule grasse,
De poule grasse à un verrat,
De ce verrat à une vache,
De cette vache à un cheval,
Du cheval à la jolie garce
De la garce à la chienne torte,
Qui maintenant le nez m'emporte !

Mais tout ce qu'on put pour Jean-Jean, ce fut de faire façonner pour lui un nez de bois. Même, si moi je sais le conte, c'est parce que ce fut mon grand-oncle, Robert, le sabotier du bourg, qui creusa ce nez comme un sabot, dans le bois rouge d'une souche de vergne.

Les Fées, 243

La demoiselle au long nez

Il y avait une fois un garçon, assez léger de cervelle, qui sortit de sa maison par un matin de brouillard et qui ne put pas la retrouver.

Il ne la chercha pas beaucoup. Il n'avait plus ni père ni mère. Depuis longtemps il désirait rouler la France. Libre comme l'air, il partit, ne se chargeant que des trente sous qu'il avait et de sa belle humeur.

Ses sous ne firent pas longtemps. Il continua la route, y ramassant la pomme dans l'herbe — *pomme qui tombe au fossé sera pour le soldat* — et couchant à l'auberge de la belle étoile.

Un matin qu'il allait, suivant la sente aux peupliers, il arriva à un moulin qui ne tournait ni trop vite ni trop fort, qui ne tournait pas du tout.

Dans un coin d'ombre était assise une fille, qui ne semblait pas bien joyeuse. Mais sur sa figure tachetée de rousseurs comme un œuf de caille, elle avait quelque chose de si bon, de si vrai, qu'on était tout content de la regarder un peu.

« Votre meunier, fit le garçon en la saluant d'un

coup de tête, votre meunier s'est trop réveillé et le moulin s'est endormi ! »

Il n'eut pas plutôt dit qu'il vit une larme rouler des yeux de cette fille. S'approchant alors, il demanda s'il y avait quelque malencontre ?

Cette fille lui répondit qu'elle demeurait seule ici avec son père, que son père était mort, que le trac du moulin s'était détraqué, et que pour le réparer ne se trouvait personne dans le pays.

« Sans avoir appris, je suis un peu charpentier de mes mains, dit le garçon : voyons cela ! »

Et ayant ainsi demandé la permission, il entra dans le moulin. Il regarda l'engin, il vit quelle pièce de la mécanique était cassée. Il alla au galetas prendre ce qu'il fallait parmi les ais, les planches, et, empoignant une scie, il se mit au travail.

« Mais, disait cette fille, c'est que je n'ai pas d'argent... Et d'avouer sa pauvreté la faisait rougir comme braise au four. Comment vous payer de vos peines ? »

Lui, continuant de clouter, trois pointes entre les lèvres, faisait signe qu'il n'y avait pas à s'embarrasser de la chose.

« Voyez : ce ne sera pas long : tout sera fait avant la chute du soleil. »

L'après-dînée, tout était fait.

« Un grand merci je peux vous dire ! Les gens reviendront dès qu'ils sauront que le moulin tourne. Je mettrai l'argent de côté ; et quand vous repasserez, je vous paierai votre dû.

— De ce dû, ne vous tracassez pas.

— Mais je sais ce que je vous donnerai en attendant : ce sera ce que j'ai trouvé dans un coffret, sous une pierre : à savoir une bourse vide, une ceinture de cuir et un cornet de cuivre comme en ont les chasseurs... »

Pour lui faire plaisir, le garçon accepta les trois choses : mit la bourse en sa poche, se ceignit de la ceinture, se pendit le cornet au col par un cordon. Puis, avant de se remettre en route, il requit la petite meunière d'un baiser par-dessus le marché. Elle, elle se laissa embrasser, toute rouge, sans penser à mal. Mais tant fût-elle bonne à regarder, lui ne la regarda pas trop.

Il aurait pu comprendre qu'il faut un homme pour faire tourner un moulin. Oui, s'il avait su s'ouvrir les idées, voir ce que valait cette fille, parler un peu, s'en faire entendre, qu'avait-il besoin d'aller plus loin rouler le monde ?

Seulement, étourdi comme le premier coup de matines, il partit. Il prit le chemin qui dévale. Et la petite meunière le regarda partir.

Il allait vers un pays dont il avait ouï parler. Tous les gens y étaient gourmands, toutes les filles y étaient jolies, et la fille du roi plus gourmande et plus jolie que toutes les autres. « Il ne me déplairait pas de la voir, cette fille ! Et il ne me déplairait pas de faire bonne chère. Qui sait, tout peut venir ! Je n'avais rien : j'ai déjà une bourse. C'est vrai qu'elle est vide. Il y faudrait cinquante écus. »

Au même instant, lui semble que quelque chose s'est mis à peser en sa poche. Il y met la main, tire cette bourse, voit de l'argent luire à travers les mailles.

« Mais, je rêve... » Il vide la bourse au creux de sa main, compte les pièces : cinquante écus...

« Ah ça, suffirait-il de dire : cinquante écus j'y veux ! » Il en fait l'essai : sous ses yeux, voilà la bourse garnie. Il recommence, saisi de joie et quasi fou ! Autant de fois qu'il lui chante, la bourse s'emplit de beaux écus bien ronds...

« Quand elle m'en a fait don, la petite meunière ne savait point cela ! En conscience, je dois lui rapporter la bourse. »

Il le ferait, bien sûr ! Mais il pouvait d'abord se fournir un peu lui-même, puisqu'elle, elle n'y perdrait rien.

Riche comme le roi. Plus riche que le roi ! Ô la bénédiction ! Et de faire ruisseler ces écus d'une main dans l'autre, — qu'importe même si deux ou trois roulent dans la poussière ! Et de sauter, et de crier, et de chanter... Il pouvait s'en donner puisqu'il était tout seul dans un pays perdu ; rien que genêts, broussailles à l'entour, et bandes sur bandes de forêts par les lointains.

Dans son transport, pourtant, ce fol a mené un tel train que d'une lieue on a pu l'entendre. Les voleurs ont l'oreille fine. Le métier veut cela.

Tout à coup lui tombe sur le poil une compagnie de larrons. Et lui, là, au milieu de ces landes, tout seul et sans recours... Par je ne sais quelle idée qui lui vient, il saisit le cornet, il le porte à ses lèvres.

Comme s'ils sortaient des buissons, au son de cette corne, apparaissent autant de gardes qu'il le faut. A eux de tomber sur les voleurs. En moins de rien, ils les mettent en fuite et les pourchassent jusqu'aux bois.

Un peu plus loin, la même histoire.

N'en pouvant croire encore ses yeux, le garçon avait puisé de nouveau dans sa poche : il s'amusait, tout hors de soi, à regarder ce flot d'écus. Le soleil donna dessus, sans doute. Sortant comme le loup de derrière les buissons, parut une autre compagnie de voleurs... Le garçon eut juste le temps d'emboucher son cornet. Les gardes arrivèrent et firent leur besogne. Lui, pourtant, il avait eu chaud.

« Quel chien de pays, se disait-il en avançant le pas. Je voudrais déjà être dans la ville du roi, attendant de voir passer sa fille ! »

Il crut s'éveiller d'un songe, se voyant à l'instant devant le château du roi, au premier rang des gens. La demoiselle passa, dans son carrosse d'or. Et belle, belle à en faire perdre le boire et le manger... Voilà ce garçon amoureux des pieds jusqu'à la tête.

Si étourdi fût-il, il comprit que la ceinture était fée, comme le cornet et la bourse. « Il faudra les rendre tous trois à cette fille ; mais tant que je suis dans ce pays, je peux bien en user un peu... »

C'est facile de se fournir de tout, quand on n'a qu'à puiser dans une bourse que rien n'épuise. Ce garçon s'habille en seigneur, tout de velours et de drap d'or ; il achète un château, il donne bals et fêtes ; une vie à massepains de noisille et vin de Malvoisie. Surtout on jouait gros jeu, à sa table. Lui, il perdait tout ce qu'il voulait : car il voulait bien perdre, ne lui en coûtait pas davantage. Sur ce pied-là, comptez qu'il se fit des amis.

Ce ne fut qu'un bruit de ce seigneur, de ses richesses. Et la fille du roi aussi voulut en être : jouer aux cartes contre lui, gagner ses écus comme les autres. Elle aimait les craquelins, la tarte aux amandes, les confitures, les flacons de vin vermeil et doré. Mais elle aimait encore plus le bel argent.

Elle vient, avec son air de chatte blanche. Le nouveau seigneur lui offre la collation. Puis il la mène au jeu. Quand il n'aurait pas voulu perdre, ce jour-là la tête à l'envers d'amour et de simplesse, il perdait à tout coup. Et toujours tirant de sa bourse des poignées d'argent blanc, et toujours mettant sur la table. La demoiselle se dit, à la fin, que ce monceau d'écus n'aurait pu tenir dans une poche : il y avait là, c'était forcé, quelque mystère.

L'heure venue de partir, elle fit monter le seigneur tête à tête avec elle en son carrosse d'or. Là, elle l'entreprit. Elle savait filer le propos et parler doux ! Une maîtresse mouche... Lui, simple toujours comme un linot, finit par donner ouverture au secret. Il montre la bourse. Pour en faire l'essai, il la met même dans les mains de la demoiselle.

Elle souhaite les écus : elle voit les écus venir. Elle s'émerveille. Seulement, elle, elle ne perd pas la tête. On arrivait au château de son père. Elle descend, toujours tenant la bourse, et soudain, faussant compagnie à son amoureux, elle entre, et elle lui fait jeter la porte au nez.

Tout pantois, il s'écrie. Il tape des deux poings à cette porte. Commence un beau vacarme. Alors, envoyé par la demoiselle, débouche, tambour battant, le régiment du roi. Le garçon, houspillé, doit se sauver chez lui...

S'arrachant les cheveux : « Comment, se disait-il, je lui ai confié le secret et la bourse, et elle, elle me chasse, elle se joue de moi ! Qui l'eût cru, à la voir si belle ? Faite comme un ange, avec son air de marcher sur les nuages ! Elle sait bien pourtant que cette bourse est mienne. Oui, mienne, puisque la fille du moulin me l'a donnée. »

Toute la nuit, il se désespéra de cette scélératesse. Allant et venant par la salle, il ne cessa d'adresser tout haut des reproches à la demoiselle. Comme si elle pouvait l'entendre !

Mais au matin, tout à coup, il se met à rire. Le cornet ! Il n'avait qu'à recourir au cornet... Il l'embouche. A plusieurs reprises il en sonne. Encore, encore. Autant qu'il le faut pour avoir auprès de lui des centaines de gardes.

Alors il marche sur le château du roi.

Son monde fit merveille. En moins de rien, tapant comme des sourds, ils déconfirent les autres ; et le garçon se trouva maître de la place.

La demoiselle parut, effarouchée, l'air plus que jamais chatte blanche.

« Qu'avez-vous à mener ce tapage ? Ne pouviez-vous me prêter un moment votre bourse ? Je ne voulais que la faire voir à mon père. Pour cela, j'ai donc tant démérité auprès de vous ? »

« Te tairas-tu, langue dorée ? » Voilà ce qu'il aurait dû dire. Mais les regards de la demoiselle lui prenaient le cœur. L'innocent ! Il n'osait seulement se saisir de sa bourse et la fourrer dans sa poche.

La demoiselle se met sur les cajoleries. Certainement, il fallait qu'il fût grand seigneur, et de grand savoir-faire, pour être entré en possession de cette bourse des fées... Même il fallait qu'il fût le fils de quelque roi, puisque, subitement, on l'avait vu entouré de gardes et en termes de faire la guerre ?

« Je vous donne donc permission d'aller demander ma main au roi mon père : nous ferons les noces dès ce soir ! »

L'étourdi croyait déjà entendre les cloches de ces épousailles, et ces cloches lui tournaient la tête. Le voilà, tout éperdu, tout confié, tout abandonné à cette demoiselle. Parce qu'elle, la fine mouche, se doutant bien de quelque autre mystère, elle l'a entrepris sur ses soldats. Comment se fait-il qu'en si peu de temps il ait levé si belle troupe ? Il y faut encore de la magie ! Puisqu'ils sont pour être mari et femme, ne doivent-ils pas partager leurs secrets ? Et lui, — ah ! qu'il était jeune, et sans méfiance ! — lui, ne va-t-il pas lui faire part du sien ! Il tire le cornet de sa chemise, il le montre, il raconte.

Elle, lorsqu'elle sait que ce garçon n'est ni fils de roi, ni grand seigneur, et qu'il a cru pourtant devenir son mari, d'orgueil et de fureur, elle manque d'étouffer. Pleine d'envie, aussi, à l'idée du cornet merveilleux. Ce n'était pas seulement l'avarice qui la mordait, la gourmandise qui la tenait : c'était l'envie, l'orgueil et la colère. Comme une chaîne d'or, cette fille du roi avait autour du cou les sept péchés mortels.

Elle se contint, cependant. Elle n'avait pas lâché la bourse. Comme par jeu, elle étendit la main, se saisit du cornet, y souffla une fois, deux fois, assez de fois pour avoir une troupe plus forte encore que celle du garçon... Et lui, — à force d'être amoureux, qu'il était bête ! cela passe la permission, tant de bêtise ! — il admirait la bonne grâce qu'elle avait, à souffler dans ce cornet !... Jusqu'au moment où, ne prenant plus la peine de feindre, elle lança sa troupe.

En un moment, tout change. C'est bien juste si le garçon peut échapper, s'en tirer sans perdre la vie. Elle l'aurait fait tuer aussi allègrement qu'on écrase une mouche. Il se cacha dans un pommier, au fond du clos, — bien lui en prit de savoir grimper, — et là, sur la branche comme l'écureuil, il attendit nuit faite.

« Est-ce bien Dieu possible ! M'avoir trompé de la manière, moi qui aurais de bon cœur donné mon sang pour elle !... » Il ne faisait que tourner et retourner cela ; il en aurait séché d'indignation. « Si je la tenais, maintenant, je crois que je l'égorgerais, de cette lame ! Que ne suis-je au fond de sa chambre ! »

A peine le souhait formé, il est réalisé. Car le garçon était ceint de la ceinture et il n'y pensait pas... Sa lame à la main, il se trouve en la chambre de la demoiselle, à côté de son lit. Elle s'éveille et l'a devant les yeux, furibond, prêt à lui couper le cou.

« Hélas ! vous m'en voulez ? Je désirais seulement voir si ces soldats surmonteraient les vôtres... Pourquoi vous être enfui ? Me jugez-vous de mauvais cœur ? »

Au lieu de reprendre bourse, cornet, et de disparaître aussitôt, il était là, roulant les yeux et se demandant ce qu'il devait faire. Point encore arrivé tout à fait à comprendre qu'il n'y avait aucune fiance à avoir en cette demoiselle. Oh ! la bête, la bête, la bête !

« Même s'il y avait faute, ne pourriez-vous me la remettre ? Ah, je vois bien que vous ne m'aimez guère ! Le traître ! Tout de suite, il a mal pensé de moi ! Et je ne souhaitais ces soldats que pour être sa reine, dans son royaume au bout du monde ! »

Cela donne une idée au garçon. Il la prend des deux bras, il souhaite comme elle avait dit d'être au bout du monde avec elle...

Les y voilà, dans la minute. Là où le monde s'arrête : il y finit en queue, fermé par les rochers : barré, bouclé, après quoi plus rien... Mais la fille du roi n'allait pas s'amuser à contempler ce bout du monde au clair de lune. Si confondue qu'elle fût, sa malice ne la quitta pas. Elle était dans les bras de l'autre : elle y resta, et en un moment, elle sut lui donner d'abord un grand repentir d'avoir voulu la tuer, ensuite un grand désir de se racheter, en prouvant à sa belle qu'il se fiait tout à elle. Ainsi lui fit-elle dire le secret de la ceinture...

Qui s'abuse une fois n'est pas à condamner. Deux fois, passe encore. Mais celui qui trois fois tombe dans le même panneau ? Celui-là mérite qu'on lui attache une queue de renard au collet et qu'on le mette hors de cause à coups de pied au derrière.

Pour montrer au garçon comme elle était touchée de sa confiance, la demoiselle lui fit un doux baiser. Par curiosité, cependant, elle voulut voir la ceinture... Le temps de dire pipe, elle la dénoua, s'en ceignit. Et comme elle avait souhaité d'être derechef en sa chambre, elle y fut.

Et le pauvre garçon se trouva seul au bout du monde.

Seul. Sans sa bourse, sans son cornet, sans sa ceinture, sans aucune ressource, sans espoir aucun. Si démonté pour le coup, si abattu de chagrin, qu'il ne sut que tomber au pied d'un arbre. Le cœur crevé par la perfidie de la demoiselle, il se prit à verser des larmes grosses comme des pois. Et sous l'ombrage, si bien l'accablèrent et sa détresse et sa fatigue qu'il s'endormit.

Peut-être dormit-il le reste de la nuit, un jour et une nuit encore ? On peut le croire, car lorsqu'il s'éveilla, au grand jour, il mourait de faim. Quelle fringale ! Il aurait donné tout au monde, même la demoiselle et ses belles façons, pour une de ces soupes de maçon où la cuillère se tient droite. Mais il était au bout du monde, et pas de soupe.

Il ne s'était rien mis sous la dent depuis le moment qu'il avait joué aux cartes. Coûte que coûte, il lui fallait manger.

Alors, il s'avisa que l'arbre sous lequel il avait dormi portait des pommes, point tout à fait pommes, mais aussi rouges que pomme peut être rouge. Rondement il en abattit cinq, et tout aussi rondement les croqua.

Il aurait juré que jamais il n'avait rien mangé de meilleur. Par leur goût, ces pommes passaient tous les fruits des vergers. Il aurait dû pourtant s'en défier un peu. Sitôt ce repas de semble-pommes fini, il sent au bout du nez une démangeaison. Le nez se met à lui pousser. Et lui pousser comment ? D'un pied pour chaque pomme !

Le malheureux ! Il lui fallut aller avec ce boudin de nez qui traînait jusqu'à terre. Eh bien, voyez : la trahison de la demoiselle l'avait tellement chaviré que le reste ne lui était rien. Il avait mis cinq autres de ces pommes en une de ses poches avant de savoir leur vertu : il ne les jeta même pas... Cependant avec ce nez qui brinquebalait, ce jour-là, il n'alla pas loin. Sur le soir il s'arrêta sous une autre espèce de pommier qui portait d'autres semble-pommes : celles-là plus jaunes que l'or.

Le garçon était payé pour se défier des fruits, en ce pays du bout du monde. Mais quoi : il fallait qu'il mangeât... Et puis, du moment que la fille du roi lui avait joué ce tour affreux, les semble-pommes pouvaient bien lui jouer celui qu'elles voudraient. « Quand elles devraient me faire pousser des oreilles d'âne!... »

Il cueillit une pomme jaune. Il la croqua. Et si bonne à croquer! Or, il s'aperçut que le nez lui redémangeait, mais cette fois pour raccourcir. De tout un pied, il raccourcit.

Le garçon croque une deuxième pomme : elle a pareil effet. De même une troisième, puis une quatrième. A la cinquième, le nez reprend au milieu de la figure sa vraie façon de nez. Sur une sixième, sans doute qu'il lui rentrait dans la tête...

Revoilà donc un nez comme en ont les personnes. Et quoi qu'il se fût dit, le garçon en fut aise.

Toutes ces aventures, cependant, lui avaient ouvert les idées. Il abat cinq des pommes jaunes : il les fourre en une autre poche ; et de son pied leste, il repart pour le pays de la demoiselle.

La route était plutôt longue. Les semble-pommes pourtant ne vinrent pas à pourrir. Aussi fraîches qu'au premier jour. Aussi rouges, aussi jaunes. Mais le garçon se donna bien garde d'y mordre. Il avait son idée. Plutôt que de toucher à sa provision, il eût mangé des glands. Il vécut du fruit des buissons, s'il le fallut.

Enfin, il arriva au pays des gourmands, et là, il put manger comme mangent les personnes.

Va pour se refaire ! Mais il avait un petit compte à régler, il ne l'oubliait pas. Il s'habille en manière de roi mage, il se passe la face et les mains à la suie. Puis un dimanche, à la sortie de la grand'messe, ayant mis les pommes rouges dans une corbeille, il va les crier sur le passage de la fille du roi. Il la savait gourmande comme chatte de chanoine.

Et la voilà curieuse autant qu'un matou qui a senti la souris. Elle vient à ces semble-pommes. Elle les flaire. Le prétendu nègre montre sur ses doigts qu'il en demande cinq pièces d'or. — Mais sitôt le marché fait, il se tire de là. Il savait que dans un quart d'heure il ne ferait guère bon ici pour le marchand.

De fait, ces pommes si friandes, la fille du roi les croque l'une sur l'autre ; et le nez se met à lui allonger : jusqu'au creux de l'estomac, jusqu'aux genoux ; pour finir, jusqu'à ses pantoufles.

Elle si recueillie toujours en sa beauté, et qui prenait tant de plaisir à faire l'ange, se voir avec ce nez ! Imaginez quelle fureur ! On cherche le nègre, qui ne se trouve plus. On envoie quérir des médecins, des apothicaires ; mais de remède, aucun n'en imagine.

La demoiselle, elle, en aurait dansé, comme un coq sur des braises. Si on ne lui enlevait pas ce nez, elle allait mourir ! Le roi, pour faire quelque chose, fit pendre six des médecins et autant des apothicaires...

Le troisième jour on vient dire qu'un sorcier est là qui veut parler.

Entre une sorte de Maure, tout brun de peau et barbu comme un bouc, que coiffe un chapeau de verveine. De sa souquenille, il tire une pomme plus jaune que l'or et fait savoir que la demoiselle sera délivrée de son infirmité si elle la mange.

On montre au sorcier, d'une part, un sac d'argent et de l'autre, une corde ; on lui remettra l'un en main ou on lui passera l'autre au cou selon que son remède agira ou n'agira point. Il dit qu'il le veut bien et présente derechef la pomme.

La demoiselle se décide à la manger. Et, — ô la merveille ! — son nez diminue d'un bon pied tout aussitôt.

« Mais il aurait dû redevenir ce qu'il doit être, dit le sorcier en approchant... Il faut qu'ait été empêchée la vertu du remède. La demoiselle aurait-elle sur soi quelque trésor qu'elle ne devrait pas avoir ? En ce cas, qu'elle me le remette ; nous essaierons d'une deuxième pomme. »

Sa beauté, sa figure de toute belle, c'était encore le trésor qu'elle préférait à tous les autres, cette fille. Elle tire la bourse magique de son corsage, la tend au sorcier. Lui prend la bourse et la met en sa poche.

La deuxième pomme jaune a son effet : le nez raccourcit d'un pied encore.

« Il faut qu'il y ait quelque autre chose de prix que détienne sans droit la demoiselle ?

— Mon Dieu, dit-elle, si peu que rien, alors : ce cornet de cuivre que j'avais gardé par mégarde. »

Elle tend le cornet, reçoit une troisième pomme, la mange, voit son nez raccourcir d'un nouveau pied.

Mais restaient deux pieds de trop.

Et le sorcier de reprendre son refrain.

« Ah ! fit la demoiselle : j'oubliais ! mais c'est si peu de chose : une sale vieille ceinture que j'ai là sous ma robe... »

Elle s'en défait. Le garçon la passe autour de soi.

Depuis qu'il avait vu la fille du roi avec ce nez ballant comme une saucisse, et ces yeux rouges, et cet air de furie, tout délivré de ses chaînes d'amour, il ne sentait plus qu'une envie de rire comme à la farce.

Il regardait donc la demoiselle manger la quatrième pomme. Et n'ayant pas plus de fiel qu'un pigeon, il tenait en sa main la cinquième, tout prêt à la lui tendre, — car tout un pied de nez encore pendait à ce visage de princesse.

A ce moment, elle regarda aussi le sorcier. Elle ne le reconnut pas sous son brou de noix et sa barbiche de bouc ; mais elle s'avisa de son envie de rire. Furieuse comme une chatte, elle décida que dès que le remède aurait opéré, on passerait à l'homme pour prix de ses services non pas le sac d'argent, mais la corde de chanvre.

De cette belle pensée vint le reflet sur sa figure. Sans la deviner tout à fait, le soi-disant sorcier frémit. Tout lui revint. Il vit à plein la fausseté de la demoiselle. « Qu'il ferait meilleur, se dit-il, être près de quelque bon naturel de femme ! »

C'était un vœu : eut son effet la ceinture magique. Le garçon se trouva, avec sa pomme, dans le moulin, près de la petite meunière à laquelle il pensait peut-être sans le savoir, celle qui avait l'air si bon, si vrai, qu'on aimait la regarder...

Et la belle princesse resta dans son château, avec, pour le reste de son âge, ce nez qui lui pendait jusque sur le menton.

Ainsi, le bon Dieu fit ce que l'autre n'aurait pu se résoudre de faire.

Mais déjà ce garçon ne pensait plus guère à la fille du roi. Cette même saison, la fille du moulin et lui se marièrent. Elle remit sous la pierre bourse, cornet, ceinture ; sans tant chercher, ils vécurent heureux, ils eurent beaucoup d'enfants,

et barra, barri,
le conte est fini.

Les Fées, 292

Les chausses fines

Il y avait une fois une femme de la montagne. Elle gardait ses moutons, au bout du pâturage. Et tout en les gardant, assise dans sa mante, les lunettes sur le nez, elle ravaudait ses bas.

Comme elle était bien empêchée à son ouvrage, tout à coup elle entend son labri s'ensauver en hurlant ; et ses brebis, tout piétinant, bêlant, qui s'étaient mises en tas et s'ensauvaient aussi...

Sortait du bois un loup énorme. Au grand galop, gueule béante, il accourait.

Elle empoigne les bas, des bas d'épaisse laine, sentant encore le suint, comme on en a là-haut, d'un tournemain les met en boule ; et vlan, par la tête du loup !

La pelote l'attrape sous l'oreille. Mon loup tourne trois fois sur soi, comme un chaton qui joue avec sa queue, et puis s'écroule dans la fougère, tout à plat sur le flanc...

Lui demeurait pourtant un brin de sentiment, puisqu'il en eut assez pour se relever. Sitôt relevé, il détale.

« Chance pour toi, lui cria la bonne femme, en allant ramasser ses bas, chance pour toi que ce soient mes chausses propres, les fines du dimanche : avec celles que j'ai aux pieds, celles de tous les jours, va, je t'étendais raide mort ! »

Au Village, 386

La fille à l'esprit délié

Il y avait une fois à la Ribeyre, sur la rivière, un pêcheur et sa fille. Ils s'entendaient bien tous les deux. Et lui s'entendait pareillement avec sa rivière, sa barque, ses filets, et ses collets, car il braconnait par les champs ; mais moins bien avec les humains, étant d'humeur assez sauvage.

Sa fille aurait bien eu la même humeur. Seulement, elle, elle avait l'esprit délié. On la disait si adroite de ses doigts qu'elle aurait fait des plumes à un crapaud : elle suivait son père à la rivière, l'aidait à pêcher au tramail, à placer des sanglons, coupait des brins d'osier, en tressait quelque nasse, rapportait le poisson, en faisait de la soupe, de l'étuvée, de la grillade, et raccommodait les filets, aussi leurs pauvres hardes... Eh bien, elle avait dans l'esprit la même adresse que dans les doigts.

Un jour le père se prit de querelle avec un voisin, mi-laboureur, mi-habitant de campagne, un homme riche. Lui, il se sentait dans son droit : il malmena l'autre de paroles, le menaça d'un procès...

C'était dit : il ne voulut pas s'en dédire. Du reste,

pierre lancée n'a pas de queue. Rattraper le défi, trop tard.

Le voisin avait des sous. A pris un avocat procédurier en diable qui a poussé l'affaire.

Vingt fois le jour le pêcheur se disait : « Qu'ai-je été chercher là ? » et se rongeait l'esprit. La petite le démêlait bien. Elle essaya un soir de le réconforter, de lui remontrer son bon droit.

« Hé, dit le père, tu n'étais pas devant le juge ! Tu ne sais pas quelles couleurs cet avocat a données à la chose.

— Quelles couleurs, mon père ?

— Ha, que te dire ? Moi, je n'ai pu m'en dépêtrer. Mais j'ai vu de quel air le juge nous écoutait. D'avance, je vois comment cela tournera. »

Le lendemain, jour de dimanche, en se levant, la petite sent une idée lui chauffer la cervelle. Et en mangeant la soupe, elle décide de suivre cette idée.

« C'est dit ! J'irai parler au juge... Ce n'est pas qu'on m'ait bien fait le fil. Mais j'ai démêlé où est le bon droit. Et j'ai une telle passion de le faire voir au juge que je dois en venir à bout. »

Elle prend son cotillon rayé, son beau corsage ; elle met dans un panier, sur un lit d'herbe fraîche, un barbeau de trois livres pour faire son entrée ; et elle part pour la ville.

« Monsieur le juge, mon père est le pêcheur de la Ribeyre, et il se trouve en procès devant vous. Il peut bien vous sembler qu'il n'y a que de l'huile au saladier de notre voisin ; mais c'est que la finesse et ses petites anicroches de poivre et de vinaigre sont cachées sous les feuilles. »

Le juge l'envisage, ouvre tout grand les yeux, lève une main, se met à rire.

« Tu n'as que quinze ans entiers, peut-être, ma pauvre enfant, et tu voudrais me remontrer le vrai de cette affaire, où en est le nœud et comment le dénouer ?

— Monsieur le juge, pourquoi pas ?

— Tu sors à peine du berceau, tu n'es pas sèche derrière l'oreille, et tu veux apprendre à ta mère à faire les enfants !

— Si j'ai l'esprit assez délié pour découvrir le vrai qu'on a su voiler et cacher, monsieur le juge, laissez que je vous le montre.

— L'esprit délié, à ton âge ! Je le croirai quand tu reviendras ici ni nue ni habillée, ni à pied ni à cheval, ni les mains vides ni garnies de quelque présent que je puisse prendre. »

Là-dessus, il lui tourne le dos.

En sortant de la maison du juge, elle ne savait trop que penser de ces trois pêle-mêle de ficelle. En passant la porte de la ville, elle s'est dit que si elle appliquait bien son esprit au bon endroit, elle les débrouillerait peut-être. En arrivant à la Ribeyre, ellc les avait débrouillés.

« Ni habillée ni nue : il me faut donc un habit qui ne soit pas du tout un habit... Ni à pied ni à cheval : il me faut donc une monture qui ne soit pas une monture... Les mains vides ni garnies : il me faut donc un présent pour le juge dont il ne puisse se saisir... »

A midi, en servant son père de barbillons frits, elle n'a rien dit encore. Mais le soir en mangeant la soupe, elle lui a parlé.

« Pauvre père, peut-être gagnerez-vous votre procès. Donnez-moi seulement ce qu'il faut pour cela.

— Que te faut-il, ma fille ?

— Père, que vous me prêtiez votre grand filet, l'épervier. Et que vous m'apportiez, en vie, un lièvre et une caille.

— Fille, tu perds le sens.

— De sens, mon père, jamais je n'en ai tant eu. Fiez-vous à moi. Faites de grâce ce que je vous demande. »

Il a haussé l'épaule. Mais le lendemain, sans manquer, il a piégé une caille et aussi un gros lièvre.

Et la petite est partie pour la ville.

Elle s'est présentée chez le juge, toute vermeille de hardiesse et d'espérance.

« Monsieur le juge, me voici comme vous m'avez mise au défi de ne pouvoir être. »

Elle était vêtue du filet seulement et montée syr ce gros lièvre qu'elle tenait d'une main par les oreilles, ni à pied ni à cheval... De l'autre main elle apportait la caille. Mais quand le juge a voulu prendre ce cadeau, elle a ouvert la main, l'oiseau s'est envolé... Les mains n'étaient pas vides, et cependant de ce cadeau le juge n'a pu se saisir.

Il a hoché le chef, une fois, deux fois, trois fois. « Fille au filet, tu as l'esprit bien subtil. Démêle donc pour moi toute l'affaire de ton père. »

Elle l'a si bien démêlée, si finement et clairement, qu'elle a su emporter la décision du juge. Elle n'est repartie pour la Ribeyre qu'ayant gagné le procès.

Elle y est encore, je crois bien, et vous pourrez demander à la voir quand vous passerez par l'endroit. Elle y façonne des nasses ; et elle façonne pareillement des devinettes.

Qu'est-ce qui a l'œil à la pointe de la queue? et *Qu'est-ce qu'on pend par les yeux?* c'est elle qui les a inventées, en regardant la grande poêle à frire, et les ciseaux pendus à son tablier au bout d'une chaîne.

Aussi : *Chemine sans avoir de pieds et retourne au sein de sa mère.*

C'est l'Allier, la rivière qui retourne à la mer d'où montent sur les vents les nuées et les pluies.

Aussi :

Leur mère les fait pâtir.
Leur père les fait mourir.

C'est les étoiles que la lune efface à moitié, que le soleil tue tout à fait...

Et beaucoup d'autres, beaucoup d'autres. Si vous allez la voir, elle en fera pour vous.

Les Fous et les sages, 29

La fille sauvage

Il y avait une fois, on ne savait où, au cœur des bois, — on disait du moins qu'il y avait, — une fille sauvage. Certains assuraient l'avoir vue à travers la ramée, en allant courre le lièvre ou bien chasser le cerf. Baissant la voix, comme quelqu'un qui se souvient, ils murmuraient qu'elle était belle, qu'il n'y avait pas plus belle !

Mais on n'avait fait que l'entrevoir, non pas même l'approcher. Une blancheur au plus épais du bois, derrière toutes ces branches tremblant et balançant, de retraite en retraite, — et la mousse mouillée est plus fraîche en ces fonds que l'eau de la fontaine.

On la voyait, la fille blanche, et dans l'instant on ne la voyait plus, tant elle savait se glisser au buisson, se couler sous la grande herbe. Ou peut-être bondir, se hisser, se blottir sous les paquets de feuilles. Plus d'un veneur avait tenté de la suivre à la piste : tous y avaient perdu leur vénerie. Elle allait au taillis comme la biche, à l'étang comme l'anguille. Elle se jetait au noir de l'eau, sous les grandes rames des chênes ; en trois brassées elle touchait l'autre rive, s'y enfonçait entre les joncs, se jetait dans un saule, du saule dans un vergne. Et toujours la rapidité, et la volte, et la grâce des créatures sauvages.

Un jour, en une de ses chasses, le fils du roi la vit. Un jour, dans ces hautes forêts ombrageuses.

Il avait laissé là les veneurs et les chiens pour boire à la fontaine. En écartant les branches, il fut soudainement devant une place de gazon, entre deux, trois bouleaux. Et là, plus blanche qu'eux, était la fille blanche.

Un instant ils s'entre-regardèrent. Puis, elle, elle s'effaroucha.

Elle fit un bond de côté, comme un cerf qui s'enlève ; et il n'y eut plus que sa fuite, un remuement de verdures, un friselis de feuilles.

Lorsque le fils du roi voulut se mettre en quête, un vent subit s'éleva dans le hallier. De partout les verdures allaient, venaient, battaient : fuite de la fille ou passage du vent, on ne pouvait plus dire, et le fils du roi ne sut plus par où prendre.

Il est revenu tête basse à son cheval. En l'enfourchant il s'est fait une promesse. Il s'est juré que de ce jour, il ne suivrait biche ni daine, sanglier ni chevreuil qu'il n'eût d'abord gagné cette fille sauvage.

Dès le soir il s'en mit en peinc.

C'était un samedi. Le lundi sans attendre, le mardi sans tarder, il revint en forêt. Avec sa meute, et ses veneurs, ses rabatteurs. Il avait donné tous les ordres et bien monté la chasse. Il a fait entourer le bois ; à peine s'il a voulu trois valets avec lui, les plus affidés et prudents. Sur la lisière, il leur a parlé encore. Ses limiers, avant de les découpler, il leur avait fait lier la gueule d'une courroie de cuir. Ce n'était plus la chasse à cors, à cris, au galop des chevaux, mais une quête, menée couvertement, dans un quasi-silence, à travers la fougère, la ramée, le brouillard.

Le premier jour, on démêla les pistes. Le second jour, on découvrit la fille.

Ils étaient revenus au bois de grand matin. Dans le coton qui glisse entre les arbres, leurs casaques de laine s'emperlaient de bruine. Ils tendirent de partout leurs filets et leurs toiles.

Quand la fille se vit entourée, — elle avait entendu ces bruits, de gauche, de droite, démêlé ces dispositions, ces approches —, elle s'affola. Elle avait arraché quelque rejet de chêne, poussé en crosse, plus lisse que l'argent. Elle s'en servit comme d'un cimeterre. Les chiens ne pouvaient la mordre, muselés qu'ils étaient ; ils voulurent se jeter sur elle. Elle se défendit, elle, furieusement, les rejeta, en fit comme un massacre.

Deux fois, trois fois, on pensait la saisir sous leur troupe : elle se dégagea. Le fils du roi avait fait ce commandement d'y aller retenu : de ne pas la blesser surtout, ni la meurtrir. Il était là, le plus en avant, ne vivant plus, lorsqu'il la voyait panteler, assaillie et griffée, hors d'haleine, hors de soi. Trois fois par le plus épais du hallier, elle s'est évadée.

Mais à la fin, en resserrant toujours le cercle, on est venu à bout de l'envelopper dans les toiles.

Le fils du roi l'a portée de ses bras en un chariot, sur un lit de feuillage, et il l'a fait conduire au château de son père. Là, on l'a mise entre les mains des femmes. Il a fallu la garder dans une tour aux fenêtres grillées. Plus hagarde que la jeune louve prise au piège ! On a cru l'habiller comme une demoiselle : la robe de velours et la guimpe de lin. Toute vêture, elle l'a fait voler en pièces. Elle ne voulait rien manger qui fût chaud, ni mordre au pain ni boire un peu de vin en une tasse d'argent. Parler même, elle ne savait : elle n'avait pas de langage. Et son regard, dès qu'on approchait d'elle, se faisait fou.

Il n'était bruit que de la fille sauvage, et à la cour du roi et dans tout le pays. Au bout de trois jours, comme elle avait déjà fort dépéri, on croyait bien, qu'ainsi captive, elle ne vivrait pas.

Vint une dame, la veuve d'un seigneur.

« Dans un naufrage, autrefois, sur la mer, j'ai perdu mon enfant : elle aurait les seize ans que doit avoir cette fille sauvage : le flot l'a enlevée, la mer l'a emportée. Je n'ai pas pu l'arracher à la mort, au jour de la tempête. Aujourd'hui, cette pauvre que les veneurs du roi ont prise dans le bois, je voudrais la sauver et la rendre à la vie, en souvenir de mon enfant. »

On a mené la dame à la fille sauvage. Elle s'est faite sa servante. Une patience d'ange, une douceur de sainte. Par la douceur, elle l'a rassurée. La captive, d'abord, ne souffrait pas son approche. Elle lui a donné de l'eau à boire. Comme c'était le printemps, la saison où la vigne débourre, elle s'est ingéniée à lui présenter ce qui pouvait se trouver dans les bois : des châtaignes de terre, du cresson de fontaine. Puis elle a su lui faire manger des œufs d'oiseaux, un rayon de miel roux. Elle tâchait de voir les choses par les yeux mêmes de cette créature. Elle avait l'idée bonne en tout. Comme une mère, elle a pris soin d'elle. Elle l'a pansée, et elle lui a parlé. Surtout elle l'a aimée.

Ce qu'elle a compris, c'est que la pauvre allait mourir, si on continuait de la tenir en cette tour comme en une prison. Il lui fallait l'air libre, et qu'elle revît les branches bouger, les arbres ployer et se rasseoir aux mouvements de l'air. Elle l'a menée dans le parc, au milieu des verdeurs, là où tout n'est que verdeur : d'herbe et de mousse ou bien de feuille. Le vent s'y assoupit en berçant la futaie et on n'y a que cette compagnie des cris d'oiseaux, des rayons et des souffles.

Seulement, le fils du roi brûlait de revoir la blanche fille. Un jour, il n'a pu se retenir de paraître au fond du parc, au bout d'une percée. La fille sauvage l'a vu là-bas, dans le rond de soleil. S'est-elle souvenue de la chasse et des chiens ? Tout à coup — la dame n'y a rien pu, — elle s'échappe, elle prend la fuite sous le couvert.

D'un trait, comme une flèche, elle part vers le lac. Dans un tourbillon d'eau, d'écume, elle s'y plonge, faisant envoler à grands bruits d'ailes tous les oiseaux du bord. Puis gagne l'autre rive ; dans les joncs elle aborde, et là se tient cachée.

La dame a supplié le fils du roi de ne pas la poursuivre. Et le fils du roi l'a suppliée de le laisser demeurer là, près d'elle, derrière le buisson.

Plus tard, lorsqu'elle s'est crue seule, la belle a

arraché une branche, l'a parée, puis, ce bâton en main, s'est tenue aux aguets, du milieu des verdures, en surveillant l'étang.

« Si elle nous voit venir, disait la dame, elle escaladera la muraille du parc, elle se sauvera au hasard dans les champs ; elle mourra d'épuisement et de misère plutôt que de se laisser reprendre.

— Qu'est-ce qu'elle croit faire ? » disait le fils du roi.

Et il disait encore :

« C'est trop grande pitié qu'une créature baptisée, et dont le regard est si beau, si parlant, faite pour être reine au milieu des humains, couche dans les taillis comme une bête bourrue ! »

Tous auraient pensé comme lui : que si belle, elle était faite pour aimer et pour être aimée, pour avoir un bel époux, de beaux enfants, connaître en leur douceur les amitiés humaines. Mais comment la rejoindre, et s'en faire écouter, et gagner sa confiance ?

Le grand calme revint, comme le plat des eaux se fit sans rides sur le lac. Il n'y eut plus rien dans le soir que les bruits tranquilles des arbres, des eaux, de l'air : le vent berçant la branche, l'étang battant la rive. Alors, cette fille sauvage, blottie dans les grands joncs, a fait comme elle faisait jadis au cœur des bois : elle a pépié, chanté. Enfin à s'y méprendre, elle a imité les appels de tous ces oiseaux d'eau. Et les oiseaux peu à peu ont reparu.

Volant à tire-d'aile, on les a vus tous arriver du haut des airs : les gris, les verts et les petites canes ont tournoyé un moment sur le lac et les chênes, puis se sont rapprochés, se sont abattus, ont repris leur nage et leur train.

Soudain, la fille sauvage a lancé son bâton. Ç'a été avec tant d'adresse, qu'elle a rompu le col à deux canards. Avec la même adresse, elle a su les retrouver parmi les joncs et s'en saisir, et boire leur sang. Ce sang lui a donné des forces. Elle est montée, comme en trois bonds, dans un grand orme. Elle s'est prise à gazouiller, — on aurait dit d'une troupe de fauvettes. On sentait que ce n'était plus un appeau, dans cet instant : comme lorsqu'elle courait les bois à la joie de son cœur, elle chantait sa liberté.

Et les oiseaux voletaient à l'entour : ils se laissaient charmer par elle. Ils se posaient sur son épaule, elle les prenait en ses mains, elle les caressait, ainsi chauds dans leur plume.

« Si, se dit la dame, on cherche à la saisir de force, elle se désespérera. A corps perdu, comme une folle, elle se jettera du haut d'un arbre, ou bien fuira jusqu'à forcer son souffle et tomber morte... Seulement si nous la laissons libre dans le parc, le mur d'enceinte ne l'arrêtera pas longtemps... Mon Dieu, ne permettez pas qu'elle retombe à sa sauvagerie ! »

A l'ange gardien de sa fille morte, elle a demandé de conduire cette vivante et de l'inspirer, elle, sa gardienne.

Alors, à découvert, et seule, elle est allée sous le grand orme. Elle a pleuré, elle a tendu les mains, se fiant à l'amitié qu'elle se sentait au cœur pour la fille des bois, à cette amitié maternelle. Et ce qui est ainsi vrai, qui n'est pas imité, qui n'est pas concerté, a une force dont on ne peut rendre raison.

Cette sauvage est descendue sur l'herbe. Elle a posé la tête sur la poitrine de la dame ; avec un muet soupir, elle s'est prêtée à la caresse, comme un de ces oiseaux de l'air qu'elle charmait tantôt en pépiant.

Puis elle s'est laissé ramener dans une petite maison de chasse, au fond du parc. Elles ont vécu là toutes les deux, rien qu'elles, et dans la compagnie de la biche et du lièvre, ou de la tourterelle et de l'oiseau du hêtre. Cachées au monde dans leur maisonnette brune où tout était de bois, en un bonheur de mousses et de parfums d'écorce, de chant de grive après la pluie, de soleil vert dans la feuille dansant.

La dame avait bien cru ne plus jamais chanter, du jour où sa fille était morte. Elle a appris pourtant à chanter à la belle, à chanter, à parler, à démêler les mots, tandis qu'elle lui démêlait ses longs cheveux avec un peigne d'argent fin. Elle l'a nourrie, elle l'a vêtue comme une fille de bien et d'honneur. Elle l'a instruite, elle l'a formée, elle lui a enseigné la croyance : que Dieu a envoyé son Fils nous dire notre vraie nature, qui passe la nature des bêtes : qu'une âme nous est donnée pour aimer, aimer nos frères humains, aimer Dieu notre père ; et gagner ainsi la vie de paradis qui nous attend, comme la chenille gagne une vie de papillon, et le germe dans l'œuf la vie d'oiseau qui vole.

Elle l'a menée au baptême dans la chapelle de l'ermite, à la lisière du bois. Voilà la fille sauvage peu à peu mieux apprise qu'un enfant de famille ; œil clair, face riante, parlant doux comme un ange.

Quand le fils du roi l'a revue, si claire, si douce, il a

juré qu'il ne prendrait jamais une autre fille pour femme. Et il était le seul qu'elle ne frémît pas de voir, elle, la farouche : le seul que dans le grand pourchas elle eût senti tout tremblant devant elle et qui l'avait tirée de la main des veneurs, de la gueule des dogues...

A ses dix-sept ans qu'elle avait, qu'elle semblait avoir, elle a fait sa première communion dans l'églisette au bord du bois.

« Mon enfant, lui a dit comme d'inspiration le vieil ermite, la grâce que vous aimeriez que Dieu vous fît, en ce jour demandez-la-lui. »

« Oui, a-t-elle songé, il y a cette chose que je désire tant. Le jour où Dieu Notre-Seigneur viendra en moi, fera de mon corps, de mon sang une même chair que lui, je lui demanderai cette chose. »

C'était, — elle le souhaitait si fort, la fille sauvage ! — qu'il lui souvînt du nom de ses parents, du lieu de sa naissance, de toute son enfance.

Et le jour où elle a été blanche sœur de son Fils, Dieu lui a fait cette grâce.

La dame avait pris ce jour-là un joyau d'or et de pierreries bleues qu'elle ne portait plus jamais. Quand la fille sauvage a vu le bleu joyau, tout lui est revenu. Elle a parlé comme en un songe, a dit qu'elle vivait en un château, dans une terre à peupliers ; qu'elle avait une biche apprivoisée, qu'elle menait par une cordelière, et qu'elle allait dans le verger pour s'asseoir sous la tour, au pied du romarin ; que sa mère portait ce joyau-là, le même, qu'un jour, avec cette mère qui l'aimait tant, elle était montée dans une nef, et c'était pour aller de l'autre côté de la mer. Mais sur elles était venue une grande tempête. Une vague l'avait arrachée au navire, l'avait jetée à la côte. Sa tête avait porté contre une roche : depuis, elle ne s'était plus souvenue de rien. Elle n'avait plus su que fuir le bruit et la fureur de cette mer tonnante. Elle s'était réfugiée dans les bois, s'y enfonçant, s'y ensauvageant, apprenant à y vivre de racines, de glands, quelquefois de gibier...

La dame l'écoutait, pâle comme cire d'église. Sans plus se contenir, elle l'a reprise contre elle. Et elle la tenait serrée entre ses bras.

« Mon enfant, mon enfant, ma fille tant pleurée, que j'ai crue morte dans le naufrage ! Tout ce que tu as dit, de la biche, et du romarin, et de la tour, c'est vrai, c'était chez nous ! Et tu ne pouvais pas le savoir, je ne te l'ai jamais raconté. Mon enfant que je croyais morte, mon enfant, mon enfant, voilà qu'elle m'est rendue ! »

Le bruit en a volé à la chambre du roi. Et dès le lendemain, il a marié son fils à celle qui était devenue la plus douce des belles.

Mais tout son âge elle a gardé quelque chose de prompt, d'effarouché, de pur, comme un ramier des bois, comme une grande biche ; et toujours, dans la mémoire des gens de ce pays, elle est restée la fille sauvage.

Les Fées, 304

Le fondeur de vieilles

Il y avait une fois un grenadier qui revenait des Flandres. On le nommait Nicolas. Il rentrait au village, les guerres venaient de finir.

Il se redressait comme un sergent, tenant à porter beau sur les routes de France. Mais il n'était pas tellement beau : tout tanné, décharné, et plus grêlé qu'un dé de tailleur, — lui eût-on envoyé une jatte de pois à la figure qu'il n'en eût pas roulé à terre. — Il n'était pas non plus tellement riche. Son habit se délabrait, et surtout se touchaient les doublures de ses poches. C'était là ce qui l'enrageait le plus. Il en avait appris de toutes, dans ses campagnes, et finalement il n'était pas plus avancé.

« Je reviens au pays aussi gueux que j'en suis parti. A peine cinq sous dans la bourse, pour que les chiens ne viennent pas lever la patte contre mes jambes ! Mon père n'a pas de terre, moi, je n'ai pas d'état : des filles de bien et d'honneur, laquelle me donnera-t-on en mariage ? »

Dans quelques mois il serait ce vieil escogriffe, grand licheur, grand videur de chopines, qui a trente-six métiers, et encore plus de misères. Celui qui piège les taupes, fait récolte de simples dans les champs, pêche les grenouilles, raccommode les horloges. Et quand il irait à la ville, dans son habit bleu à boutons de cuivre, les gamins le suivraient en chantant leur rengaine :

Nicolas, Barbara,
Marchand d'allumettes,
A vendu sa femme
Pour une poire blette !

En attendant, Nicolas donc allait les mains aux poches, sur le pavé du roi. D'un pont, entre les peupliers, sur la rivière, à la passerelle sous un saule, enjambant le torrent ; d'une auberge, au haut de la montée, près d'un tilleul, à un château sur sa colline, au bout d'une avenue de chênes. Et lui, il passait l'œil sur tout ce gras pays. Il était peut-être brave garçon, dans le fond, mais la guerre n'arrange pas les hommes. « C'est résolu ! Avant de rentrer, il faut que je me fasse des écus. Que mon saint patron m'aide, ou bien le diable, alors ! »

Voilà que d'un chemin de traverse il a vu venir un vieil homme. Vieux, oui, la barbe d'argent, comme ruisseau dans les roches, mais tout riant, les yeux en point de feu, les joues presque aussi vives, plus vermeilles que les braises qu'on ramène du four.

Ce bonhomme l'ayant rejoint s'est mis à marcher à son pas.

« Salut, soldat.

— Salut, brave homme.

— Ou je me suis bien trompé, ou tu rentres au pays ? Comment t'appelle-t-on ?

— On m'appelle Nicolas.

— Tiens, moi aussi ! Nous faisons route ensemble ? »

Ils ont fait route ensemble, portant chacun son baluchon au dos. Marchant le long des champs où la caille va volant.

« Dis donc, soldat, a fait le vieil homme, l'inspectant d'un coup d'œil, il nous faudrait faire un métier. Sinon, de quoi vivrons-nous ? Quel métier sais-tu faire ?

— Un métier ? Je n'en sais point, brave homme ! Mais je suis bien décidé à me faire des écus. Ah, ma foi oui ! Il m'en faudrait cinq cents. Si je les avais, arrivé au pays, je demanderais ma payse, — j'ai su par une lettre qu'elle n'était pas mariée. Alors, toi, dis, quel métier sais-tu bien ?

— J'en sais un qui gagnerait gros, si tu veux tant gagner... Mais il faut être adroit de ses doigts, à ce métier-là.

— Écoute, sans vouloir me vanter, moi, je ferais des yeux à un chat, comme on dit... »

Le grenadier se met sur ses petits talents. Il ne voulait pas se vanter, mais comme un charlatan au milieu d'un foirail, il se faisait valoir.

« Et puis, vois-tu, j'ai si grande envie de faire des écus que je dois en avoir les moyens !

— Ha ! soldat Nicolas, ne sois pas convoiteux, pas plus que tu n'es fanfaron. Nous reparlerons de ce riche métier. Pour l'instant, ce qu'il nous faudrait, ce serait manger quelque morceau. »

A la corne d'un bois, un troupeau de moutons pâturait.

« Tiens, soldat, dans ma poche, je retrouve trois écus : va, au pâtre, acheter un agneau. »

Trois écus, c'était dix fois trop. Mais le soldat empoche cette monnaie sans rien dire.

Il va trouver le pâtre, fait marché pour un quart d'écu, rapporte la bête, et ne rend pas l'argent. — Puisque le camarade de son métier gagne ce qu'il veut !...

Sur la lisière, tous les deux, ils s'installent. Ils font un peu de bois mort, allument un feu entre trois pierres.

« Pendant que je mets l'agneau à la broche, dit le vieux bonhomme, toi, Nicolas, va me chercher de l'eau dans ce pot. »

Le soldat prend le pot, descend à la rivière. Mais là, il a beau puiser et repuiser, le pot reste vide.

Il revient donc, tout déferré.

« Que veux-tu ? C'est un pot qui n'aime pas les trompeurs. Combien as-tu payé l'agneau ?

— Hé, trois écus.

— Ha oui ? Tu es soldat qui revient de la guerre. Il t'a fallu faire bien des tours. Passe pour celui-là. Mais n'en fais plus. Donne-moi le pot, et tandis que je vais à la rivière, tourne la broche. »

Le soldat se met à tourner la broche. Cette odeur de rôti lui chatouillait le nez. « Bon sang de bon sang du diable ! J'ai faim de toutes mes dents... » Ma foi, après un coup d'œil à la rivière, comme le camarade ne revenait pas, il n'y tient plus : il arrache la fressure de l'agneau et il la mange.

L'autre pourtant revient, apportant le pot rempli.

Ils dépècent l'agneau, ils en font leur dîner.

Et ils avaient un si bel appétit, par ce temps frisquet, qu'ils laissent juste les os sur l'herbe.

« Mais, dit le vieil homme en passant la main sur sa barbe, manquait quelque chose à cet agneau : où donc est la fressure ?

— Ha, dit le soldat, il ne devait pas en avoir.

— Tu as vu des agneaux sans fressure ?

— Eh bien, j'ai vu celui-là, puisqu'il n'en avait pas.

— Un agneau sans fressure, quel drôle d'agneau !

— Que vas-tu chercher ? En route, mauvaise troupe ! »

Ils reprennent leur route. Et, bien lestés, ils font lestement lieue sur lieue, de verte campagne en verte campagne.

A deux heures de relevée, ils arrivent dans une ville.

« Grosse ville, dit le vieil homme. Ici, je vois bien que le métier se pourrait faire.

— Et alors, quel métier ?

— Celui de fondeur de vieilles !

— Fondeur de vieilles, camarade ? Que diable veux-tu dire ?

— Soldat Nicolas, tu vas voir ! Toi qui es si adroit de tes mains, voilà un bon métier pour toi. »

Ils entrent donc en ville. Ils passent de rue en rue, criant tous les deux à tue-tête : « Fondeurs de vieilles ! Fondeurs de vieilles ! »

Dans la grande rue habitait une vieille dame tout en frisettes et en faveurs, parée de dorures comme une châsse. Seulement si flageolante qu'elle ne quittait plus son fauteuil. Et si cliquetante que les deux seules dents qu'elle eût en bouche remuaient au moindre courant d'air.

Mais à quatre-vingt-dix et des ans, alors qu'il n'y avait de mariage pour elle qu'avec M. des Quatre-Planches, elle n'avait pas renoncé à faire quelque conquête !

Elle entend ce cri : « Fondeurs de vieilles ! Fondeurs de vieilles ! » Elle sonne sa chambrière. « Toinon ! Toinon ! Cours vite voir ! Fondeurs de vieilles ? Qu'est-ce que cela veut dire ? »

La voilà se réinstallant dans son fauteuil, tendant l'oreille et surveillant la porte, tandis que la servante allait voir en courant.

Deux minutes passent. La servante revient poussant devant elle le bonhomme et le soldat.

« Vous êtes fondeurs de vieilles ?

— Madame, pour vous servir !

— Ha, misère de moi ! Si vous pouviez me ramener à mes jolis quinze ans !...

— Madame, nous le pouvons.

— Et que demandez-vous ?

— Trois cents écus, madame.

— Ho, je vous les donnerai... Alors, que vous faut-il ? »

Le bonhomme a fait allumer un grand feu au fond de la cour ; il s'est fait apporter une chaudière pleine d'eau.

Lorsque l'eau s'est mise à bouillir, il a pris doucement la dame.

« Vous ne me ferez pas mal, au moins ?

— Madame, n'ayez crainte. »

Il l'a mise à bouillir. Ensuite, il a tiré les os de la chaudière, les a bien nettoyés, raclés, les a serrés dans une serviette blanche, a fait trois fois le tour du puits, en les secouant comme une salade. Le soldat, cependant, le suivait pas à pas sans le quitter de l'œil ; et il mettait par ordre dans sa tête toute la manière de s'y prendre.

Puis le vieil homme à face vermeille est retourné dans la chambre, il a rangé ces os comme il le fallait, sur le lit.

Et la dame a reparu, revenue à ses jolis quinze ans.

La chambrière n'en croyait pas ses yeux. Sa dame, cette antiquaille, changée en jouvencelle, en petit poulet de grain ! Chaude comme la caille dans sa plume, pimpante comme la mésange !... Oui, la chambrière demeurait là, ouvrant des yeux plus grands que des soucoupes.

Le soldat tout pareillement.

« Vive la joie ! L'hôpital brûle ! »

« Camarade, dit-il au vieil homme, voilà un fameux tour. Je t'ai bien regardé faire : maintenant, je saurai.

— Tu sauras ? » fait le vieil homme en caressant sa barbe. Et il fichait sur lui des yeux vifs comme le feu. « Ne te vante pas trop.

— Va, je me sens sûr de moi ! J'aurai bonne main pour faire ! Ce métier de fondeur de vieilles, le beau métier ! Allons boire bouteille, camarade ! »

Ils entrent sur la place, dans la plus grosse auberge. Et tout de suite, le soldat, en coupant l'air de son bâton :

« Du meilleur ! C'est bien bon pour nous ! »

La fille leur apporte du vin blanc cacheté. Ils trinquent, ils boivent. Sur la table, le vieil homme fait trois parts des trois cents écus.

« Mais, dit le soldat, trois parts ? Nous ne sommes que deux.

— Nous sommes trois.

— Ha, voyons ! toi et moi.

— Il faut qu'il y en ait un troisième : celui qui a mangé la fressure.

— Hé, mais alors, c'est moi qui l'ai mangée, j'aurai droit à deux parts !

— Eh bien, prends ces deux parts. »

Le soldat les empoche sans se le faire redire.

Il vide son verre, jette la dernière goutte par-dessus son épaule. Puis il se lève.

« Adieu donc, camarade ! J'en sais assez. Je vais faire le métier : ce n'est pas sorcier, et on y gagne honnêtement sa vie.

— Tu en sais assez, tu crois ?

— Ma foi, plus besoin de toi. Séparons-nous, plutôt que de nous porter tort pour notre clientèle. Tire de ton côté, je tirerai du mien.

— Si tu le veux, je le veux bien, soldat... Ainsi, tu penses n'avoir plus besoin de moi ? Eh bien, soldat Nicolas, adieu donc ! »

Le soldat prend la porte, plus redressé que jamais. Les écus allaient choir à gros flots dans sa poche. Il se voyait riche dans quatre matins, à faire bâtir château.

« Fondeur de vieilles ! Fondeur de vieilles ! »

D'une voix à fendre les pierres, le voilà à crier, tout en battant le pavé.

Il n'était pas au bout de la place qu'une chambrière l'appelle.

C'était une autre dame, de cent ans, celle-là. Tremblante comme une queue de chèvre. Si encroûtée qu'on l'aurait dite faite d'écorces d'arbres. Quand du fond de son fauteuil elle entend ce « fondeur de vieilles ! » elle cogne de son bâton, appelle la servante.

« Allez voir, vite et vite ! Cet homme qui crie, tout de suite amenez-le-moi ! »

La chambrière le lui amène, qui salue, qui se présente, d'un air délibéré.

« Quel est ce métier que vous faites, de fondeur de vieilles ?

— Oui, madame, il y en a qui fondent les vieilles cuillères et ils vous les rendent neuves. Moi, je fonds les vieilles dames. Je sais les faire revenir à leurs jolis quinze ans.

— Ha, j'ai eu mon temps comme une autre ; mais j'ai cent ans un peu passés : si vous me faisiez revenir à vingt ans seulement ! Disons donc à dix-huit ; si vous voulez à seize... Vous le pourriez, mon ami ?

— Madame, je le peux. Pour vous, ce ne sera que cinq cents écus.

— Eh bien, je vous les donnerai. Et une bouteille de ratafia par là-dessus, si je suis contente. Faites-vous apporter ce qu'il vous faut. »

En frisant sa moustache et d'un air d'importance, le soldat commande tout : la chaudière, le tas de bois. Il fait courir le valet, trotter la chambrière. Au fond de la cour, il fait allumer le feu. Et lui, là, les jambes écartées, il le regardait monter.

Quand la chaudière a bouilli, il s'est fait amener la dame. Sans balancer, comme il avait vu faire au camarade, il la plonge en cette eau bouillante.

Mais ces cris ! Mais ces cris !

— Ho ! Ho ! Ho !!! Retirez-moi ! Ho, c'est l'enfer ! Maudit fondeur de vieilles ! Tirez-moi de ce chaudron ! »

Et de rejeter la tête, et de tordre le cou, d'envoyer bras et jambes et de droite et de gauche, dans les cris, les glapissements.

Lui la prêchait, s'empressait autour d'elle, la renfonçait dans ces bouillons de l'eau, non sans y attraper quelques bonnes échaudures. Il ne trouvait peut-être plus le métier si fameux...

« Madame, il faut souffrir un peu pour être belle. Ce n'est qu'un moment à passer. Endurez, endurez ! Vous voyez ça, ça va déjà mieux ! »

De fait, la dame avait tout dit, n'avait plus rien à dire ! Encore quelques gémissements ; elle s'habituait à l'eau bouillante... Elle s'y habituait si bien qu'elle n'en voulait plus sortir : ne restaient là que ses os.

Le soldat Nicolas tire ces os de la chaudière ; il les nettoie, les met dans une serviette blanche et fait trois fois le tour du puits en les secouant comme une salade. Puis revient à la chambre, les range sur le lit, bien par ordre...

Mais pas de nouvelles. La dame ne ressuscite point. Pas plus à ses jolis quinze ans qu'à ses cent ans si décrépits.

Le soldat, démonté à ne plus savoir où il en était, piétinait devant ce lit. Il s'arrache les cheveux, se baratte la cervelle.

« Que le diable me torde l'échine si je sais que faire à présent ! »

La servante rôdait dans le couloir. En l'entendant sacrer, elle ouvre la porte. Elle risque un œil.

— Quoi ?... Mais comment ?... Ho ! Ho !! Ho !!! Au secours ! Au secours ! Venez voir ce que ce scélérat a fait de Madame !

— Pas un mot, malheureuse ! Vous arrêteriez tout le mystère.

— Hé, c'est vous qu'il faut arrêter et qu'on vous pende. Je cours chercher les gens du guet !

— Attendez, attendez... Ne manque qu'un petit ingrédient de rien du tout ! Je vais le quérir ! »

Le soldat Nicolas se précipite dans l'escalier, dévale les degrés quatre à quatre, enfile la porte sans reprendre son havresac.

La servante cependant s'était jetée à la fenêtre. Elle y faisait tant de carillon qu'elle commençait à ameuter tout le quartier.

Nicolas tout courant, prend par une venelle, de là gagne un boulevard ; de là, il pensait se jeter dans la campagne. Et tout à coup — Dieu soit béni ! — il tombe sur l'autre Nicolas, le vieux camarade aux joues en pommes rouges, à la barbe de neige.

« A l'aide, camarade ! Au secours ! J'ai affaire de toi, vite et vite !

— Affaire de moi ? pourquoi ?

— Pour refondre une vieille qui n'a pas su se bien

laisser fondre... Ils sont tous à japper, là-bas... On va me pendre, on va me pendre ! Viens vite y mettre la main !

— Ha ! je te croyais sûr de ton coup... Mais allons voir. »

Et le camarade y va. Le soldat suivait, à quatre pas derrière. C'était l'oreille basse et en rasant les murs.

Comment le vieil homme savait-il bien chez qui aller ? Le soldat Nicolas avait la cervelle trop renversée pour se le demander.

Du reste, il n'en eut pas le temps.

A peine paraît-il sur la porte que, — « Le voilà, le brigand ! C'est lui ! » — les cris de la servante éclatent. Aussitôt les archers du guet lui sautent au collet, l'agrafent de partout.

« Laissez, dit le vieil homme en riant, — et il levait la main, — laissez-nous donc finir l'ouvrage. Je ne vous demande que trois minutes. »

Il pousse le soldat dans la chambre. Il va au lit, remet les os dérangés dans l'ordre, souffle bonnement dessus...

Et de ce lit la dame se lève, toute reverdie, toute refleurie, fraîche comme la rose !

« Madame, vous plairait-il d'apaiser votre chambrière et les archers ?

— Ha, pour vous, oui, je les apaise. Vous aurez les cinq cents écus et la bouteille de ratafia. Mais l'autre fondeur de vieilles, le jeune, qu'on le jette au fond d'un cachot !

— Voyez, madame, nous travaillons ensemble. Archers, laissez, que je l'emmène : c'est mon aide, et Madame est contente de nous. »

Ils sont partis tous deux. Sans une parole, ils ont quitté la ville. Le soldat suivait, le dos rond, la mine morte, piteux comme un chien qu'on vient de battre.

A l'entrée d'un petit bois, le vieil homme s'est arrêté. La bourse des cinq cents écus, il l'a remise au compagnon.

« Mais, crois-moi, ne te fie plus à faire ce métier-là.

— Il faut, a dit le soldat, que vous soyez le bon Dieu ?

— Nicolas, je suis Nicolas comme je te l'ai dit. Des ossements d'une vieille femme, je peux refaire une fille de quinze ans. Toi, le peux-tu ?

— Vous êtes le grand saint Nicolas, mon patron, vous avez tiré du saloir, chez le boucher, les trois enfants qui y étaient depuis sept ans et coupés en morceaux. Être fondeur de vieilles, comme vous, je vois bien maintenant que je ne le peux pas.

— Rentre donc au pays, soldat Nicolas, mon ami. Vis-y de la peine de tes bras, de bonne soupe, de sagesse sans vantardise : tu auras encore assez à faire ! »

En lui donnant l'adieu, le saint a disparu. Le soldat est reparti avec la bourse d'écus.

Et le conte finit là-dessus.

Les Fées, 442

La Patte-Pelue

Il y avait une fois, là-bas, au fond des terres, un petit ménage de sabotier, sabotière, chargé d'argent comme un œuf l'est de laine. Quand ces deux-là s'étaient épousés, ç'avait été Misère épousant Pauvreté.

Quitte la rose, prends le souci,
Quitte la rose du perron,
Prends le souci de la maison !

Mais leur plus vraie détresse était de n'avoir point d'enfant.

Logis sans enfant
Journée sans soleil rayant.

Un soir vint à passer une vieille mendiante — et c'était une fée. Vous savez comme tout va en ces contes, plus elles sont vieilles, chenues, ridées, et la roupie au nez, plus elles sont fées. La sabotière, qui n'avait rien, trouva moyen de lui donner quelque chose, une pomme rouge ou une poignée de noix. S'excusant du peu que c'était là.

« Eh bien, lui dit la vieille, dites-moi, pauvre femme, que voudriez-vous avoir comme chevance ?

— Ha, bonne vieille, nous ne demandons au ciel que des enfants, garçons ou filles !

— Enfant vous aurez, pauvre femme, si vous faites ce que je dirai.

Au tilleul devant votre porte
Ce soir même entaillez l'écorce.
Demain matin avant la soupe
De sa sève buvez trois gouttes.

Le soir même la sabotière de la gouge du sabotier a entaillé le tilleul qui devant la porte jetait son ombre. Le lendemain, à coq chantant, y est allée boire trois gouttes de sève.

Les deux premières douces comme miel,
La troisième amère comme fiel.

Trente-six semaines après, elle a eu trois jumelles — on dit en ce pays trois bessonnes. Deux jolies comme un petit jour, promettant d'être plus roses et blondes que n'est fleur de bouquet. On les a nommées Perrine et Perrette. Et la troisième, Pernette, qui était fort petite ; fort brune aussi, toute de brun duvet couverte. Par la suite, quand on a vu qu'elle avait la vue basse, des mains pas plus grosses que celles d'une taupe, et qu'elle faisait un peu boule de fourrure, on l'a appelée la Patte-Pelue.

Lune après lune des années ont passé. Un jour le père est mort. Il a fallu ne manger que pain d'orge, ne boire qu'eau de fontaine. La mère, se souvenant d'avoir été lingère dans un château, leur a appris le métier. Et si bellement, si finement que pour ce qui est d'ouvrer le linge, pas une, jeune ou vieille, ne leur eût passé la plume par le bec.

Combien gagnez-vous,
Petite lingère ?
Jamais je n'ai vu
Si menu, si menu coudre,
Jamais je n'ai vu
Coudre si menu !

Cependant la mère n'était pas forte. Depuis la mort de son mari elle ne vivait plus qu'à demi. Un jour de samedi, il lui a fallu prendre le lit. Un jour de dimanche, il lui a fallu partir pour l'autre monde.

Avant de mourir, elle a appelé ses trois filles, Perrine, Perrette et Pernette.

« Ha, mes filles, que ferez-vous ? Je ne vous l'ai point dit jusqu'à ce jour — les compliments ne valent rien aux filles, — mais il est peu de lingères qui vous passent. Même toi, ma Patte-Pelue ! De tes toutes petites mains tu suis l'ouvrage aussi bien et mieux que tes sœurs. Ainsi je sais ce que vous ferez. Dès que vous m'aurez mise en terre, partez d'ici sans attendre que le toit vous tombe sur la tête. Allez vous présenter droit au château du roi. Mais même si vous touchez ensuite à des grandeurs, soyez toujours simples devant Dieu, comme l'est la Patte-Pelue. »

Elle les a regardées, bien angoissée, la pauvre, leur a souri, a rendu l'âme.

Sitôt après l'enterrement, chacune portant son baluchon, où étaient les ciseaux, les aiguilles, le dé, elles sont parties pour le château du roi.

Mais le château du roi, ce n'était pas là, ni derrière ces côtes ! Il y avait plus de pas à faire qu'elles n'avaient de cheveux à la tête. Plus de pas, plus de lieues. Et Perrine et Perrette, qui à tout carrefour décidaient de la route à prendre, se sont fourvoyées.

Elles sont arrivées aux montagnes de verre, dans le royaume de Mataquin. Là, ce n'est plus pays chrétien ! Passé celui de l'eau qui danse et de la pomme qui chante, le pays des ogres, des géants. Chaque soir l'ogre-maître y décroche le soleil quand il est devenu tout rouge ; et il le fourre dans une caverne, d'où ses valets le font rouler, rouler, et il va ressortir là-bas, de l'autre côté de la terre.

Mais qui dira ce qu'on voit en ce pays où des traits d'enchantement vous donnent par les yeux...

Et Perrine et Perrette se sont encore fourvoyées. Du haut de la côte des Treize Vents, elles ont vu deux maisons, l'une blanche, l'autre rouge. Elles ont choisi d'aller à la rouge parce qu'elles l'ont trouvée la plus belle. Or, c'était celle de l'ogre-maître ; la blanche était celle de la bonne fée aux trois gouttes de sève.

L'ogresse est venue leur ouvrir.

« Entrez, entrez, fillettes ! Et de ressortir, ne vous mettez pas en peine. Vous êtes tombées chez l'ogre.

Mais je vous garderai de lui
Vous ferai plutôt passer par un petit pertuis.

— Ho, madame l'ogresse, que nous vous en remercions ! ont fait ensemble Perrine et Perrette.

— Vite, vite, venez par là ! Il va rentrer tantôt et il aura grand faim aux dents. »

Elle les a cachées au fond de la souillarde, dans le garde-manger à barreaux.

L'ogre est rentré. Tout de suite à peine tirés ses bottes, humant l'air de la maison et sentant la chair fraîche, il a voulu se mettre en quête. Pour finir, il les a trouvées...

« Ha, tu as tes cachettes ! Ha, pour ta fine gueule, tu sais mettre en réserve de petites provisions ! »

Et empoignant une de ses pantoufles, il a favorisé son ogresse d'une mornifle bien appliquée.

Si bien appliquée que l'ogresse est tombée le nez sur le plancher, sans plus remuer ni pieds ni pattes. Il l'avait assommée.

Le voilà, lui, parti en cris et en déplorations.

« Ha, le beau coup que je viens de faire ! Reviens à toi, ma mie, ma belle, mes amours !... Si je ne t'ai pour faire ma soupe, qui la fera ? Toi qui réussissais si bien le bœuf en daube ! Où prendre une autre ménagère ? »

Au fond du garde-manger, Perrine, Perrette se rencoignaient tant qu'elles pouvaient, le cœur pantelant. Sans s'étonner de rien en sa simplesse, la Patte-Pelue a vu dans le trépas de l'ogresse une occasion à saisir aux cheveux.

« Sire l'ogre ! A nous trois, nous serons votre ménagère. La soupe aux choux, le bœuf en daube, vous les aurez ! Nous manger, sire l'ogre, ce ne serait rien faire. Voyez ma main, voyez ! »

Elle passait sa main à travers les barreaux. « Nous sommes si petites ! Y en aurait-il pour votre dent creuse, seulement ? »

« Soupe aux choux », « bœuf en daube », avaient tiré l'ogre de son deuil. Dessant l'oreille, il écoutait la Patte-Pelue. Mais quand il était question de mangeaille, il ne voulait rien perdre.

« Passe pour toi qui sembles un souriceau. Tu seras ma ménagère. Tu feras la cuisine. Et tu engraisseras tes sœurs jusqu'à ce qu'elles soient viande de boucherie. Voilà, c'est dit à n'y plus revenir. »

S'il ne les a pas mangées tout de suite, c'est que ce malheureux coup de pantoufle lui restait sur l'estomac. Il ne se sentait pas en appétit. Il s'est donc contenté ce soir-là de ce qu'il a trouvé dans l'office : deux langues fumées et trois jambons, une encablure de cervelas et la moitié d'un bœuf rôti, douze tourtes, une fourme ; pour dessert un baquet de moutarde.

Le lendemain, il a tiré du garde-manger la Patte-Pelue.

« Oui, si tes sœurs sont comme toi, vous êtes bien petites ! Bon ! tu vas les nourrir. Gave-les-moi de soupe. Pour elles, fais-la comme tu voudras. Mais pour moi, fais-la bonne. Aux choux, au lard, au vin, à l'oignon, aux poireaux ! Allez, à la marmite ! Et maintenant, bon train ! »

Patte-Pelue a fait la soupe. Elle a vite été au fait de

tout, vu comme tout roulait dans le pays. Mais elle voyait aussi qu'un de ces soirs l'ogre couperait le cou à ses sœurs. Il fallait aviser.

Elle l'a fait, du fond de sa simplesse. Une nuit elle s'est levée. Puis, quand tout a été préparé et paré, du bas des degrés, soudain :

« Sire l'ogre, a-t-elle crié, ha, descendez, et vite, et vite ! Mes sœurs se sauvent, mes sœurs prennent la clé des champs ! »

Réveillé en sursaut, l'ogre s'est jeté dans l'escalier. Quatre à quatre l'a dévalé — pour à la dernière marche se prendre le pied dans une corde tendue. Et elle avait ouvert la trappe de la cave.

Il y a plongé, tête première, est allé s'abîmer au fond.

Elle n'a pas eu le temps de lui demander s'il s'était fait bien mal. A rabattu la trappe. L'a clouée de quatre clous de charrette, en six coups de marteau. Et vite, et vite ! A ouvert leur cage à ses sœurs, a débarré la porte de la maison, puis les a entraînées sur le chemin qu'elle savait être le bon chemin. Et vite, et vite ! Sauve qui peut ! Malheureux qui est pris !

Pour faire court, je dirai qu'elle les a amenées en cette journée au pays des chrétiens, en cette semaine au château du roi.

Et le ministre les a engagées comme lingères.

Mais Perrine, Perrette se sont dit que la Patte-Pelue allait faire rire d'elles, qu'elle leur porterait tort dans l'esprit du château.

« Notre sœur serait surtout bonne pour faire la soupe. C'était ce qu'elle faisait dans le grand château où nous étions. Ho, mais, des soupes fines, potage aux mousserons, potage aux herbes ! On devrait la mettre aux cuisines du roi. »

Dans sa simplesse, la Patte-Pelue ne l'a pas trouvé mauvais. Avec les filles qui torchent les plats, les gâte-sauce qui récurent les casseroles. Oui, elle l'a trouvé bon, la pauvre Patte-Pelue.

Les gens du château l'ont aimée, pour son humeur candide. Elle savait si bien tout bien prendre ! N'était que d'hier le malheur de sa pauvre mère : elle n'avait pas trop le goût de rire ; et cependant à la voir on croyait qu'elle riait à tout.

Si bien qu'il se disait, de l'office à la chambre de parade :

Quand la Patte-Pelue ne rira plus
C'est que le rire sera perdu.

On en a fait proverbe. Et le proverbe est revenu aux oreilles du roi. Le roi a désiré connaître cette Patte-Pelue dont il se parlait tant. — Il était un peu vieux, le roi, un peu retourné à ses enfances, aussi friand de ce qui se disait dans les cuisines que de ce qui s'y cuisinait.

Perrine, Perrette en ont crevé d'envie.

« Ha, ont-elles conté au ministre, ce n'est pas seulement pour les potages que la Patte-Pelue est bonne. Du grand château où nous étions, elle a démêlé les mystères du royaume des ogres. Elle sait où l'ogre-maître cache chaque soir le soleil rouge. Plus besoin de luminaire ici, si l'on avait le soleil qui éclaire ce pays à sept lieues à la ronde. Le roi notre sire devrait donner commission à la Patte-Pelue d'aller le chercher dans sa caverne et de le lui rapporter. Elle est bien taillée pour ce faire. »

Le ministre a parlé au roi. Et le roi a parlé à la Patte-Pelue.

Elle, dans sa simplesse, à peine si elle a su se défendre.

« Sire le roi, comment voulez-vous que j'aille?...

— Comment je le veux? Je le veux de tout mon vouloir de roi!

— Mais voyez, si chétive je suis...

— Pas de raison, Patte-Pelue. Va chercher ce soleil. Rapporte-le-moi et je te fais princesse! »

Ma foi, il lui a fallu partir.

On ne peut pas historier tout par le menu. La chose s'est passée en un pays où tout va de si drôle de façon...

La Patte-Pelue a cheminé le long du gué, ce joli mois de mai! A pris ses mesures, s'est cachée sous un romarin, aux abords de la caverne; a guetté l'ogre-maître, qui avait la tête un peu lourde depuis sa chute dans la cave, l'ogre-maître et le soleil rouge, a fait tout ce qu'il fallait faire, évité de faire ce qu'il ne fallait pas.

Si elle avait décroché le soleil et l'avait emporté, comme une autre aurait fait, elle aurait de sa lumière réveillé l'ogre-maître, ainsi que toute sa compagnie d'ogres-géants. Et aurait mal passé son temps.

Peut-être que la fée, la bonne fée des trois gouttes, l'a aidée aussi en l'affaire. Aidée à décrocher le soleil rouge de son croc derrière la montagne. Puis à le faire rouler de l'autre côté de la terre, le suivre en sa dévalée, ressortir avec lui, et le pousser devant soi comme un tonneau, comme une roue, jusqu'au château de sire le roi. Et le soir elle l'a fait rentrer et accrocher à quelque clou, car enfin, il faut que les nuits se fassent, le monde a besoin des nuits quand ce ne serait que pour dormir, — ou pour veiller.

Le vieux roi a été tout aise d'avoir ce beau soleil neuf.

« Dieu y ait part ! C'est pour nous ! »

Il a appelé son fils, le lui a fait admirer et le savoir-faire de la Patte-Pelue.

Pauvre Patte-Pelue ! Dans sa simplesse, toujours, elle voyait ce fils du roi plus resplendissant que le soleil. Elle aurait bien donné dix pintes de son sang pour qu'il fût aussi content d'elle que l'était son seigneur de père.

Mais Perrine, Perrette ? A quoi passaient-elles le temps, ces bonnes sœurs ? Elles le passaient à crever en leur peau d'envie et de fine rage.

Elles ont su parler au ministre pour qu'il allât parler au roi.

« Pendant qu'elle y était, la Patte-Pelue, elle aurait bien dû rapporter au roi notre sire le sifflet de l'ogre-maître. Si l'ogre est maître, c'est par ce sifflet. Il en tire le meilleur de ses pouvoirs. Un sifflet qui est fée ! Suffit qu'il le porte à sa bouche : tous sont forcés d'entrer en danse ou de se ranger à son commandement. »

Lorsque le roi a appris cette affaire du sifflet, il a fait dare-dare revenir devant lui la Patte-Pelue.

« Que ne me l'as-tu rapporté ! Moi qui ne peux plus me faire obéir de nos gaillards... Ha, vous la sauterez, mes amis ! Tiens, je le sens, je ne vivrai plus que je n'aie ce sifflet pendu au col ! Va, ma Patte-Pelue ! Va vite me le quérir !... Qu'est-ce que tu chantes ? »

Elle chantait qu'elle ne saurait ; que c'était chose impossible ; que l'ogre-maître certainement savait qui avait dérobé le soleil ; que si jamais elle reparaissait en ce royaume, les ogres-géants lui feraient aussitôt un sort.

Mais elle se tut bien court, parce que sur ces entrefaites paraissait le fils du roi. Et le cœur lui tapait trop fort pour qu'elle pût davantage parler.

« Écoute, Patte-Pelue, reprit le roi, ne t'avais-je pas dit que je te ferais princesse ? Et bien, si tu rapportes le sifflet, princesse tu seras. Et même en mariage je te donnerai mon fils. »

Le fils du roi montrait un visage froid et fermé comme s'il n'avait rien entendu, mais la pauvre Patte-Pelue n'osait seulement jeter l'œil sur lui.

Et elle est repartie pour le pays des ogres, le long du gué, ce joli mois de mai.

Elle allait, elle allait sur l'herbette naissante. Pour avoir avec soi son riant bon courage, elle regardait ces gros bouquets des pommiers doux.

> — *Pommier, mon beau pommier,*
> *Que tu as donc de fleurs !*
> — *Je n'ai pas tant de fleurs*
> *Que d'amour dans ton cœur !*

Elle a pris ses mesures, la fée lui a donné un coup de main. De nuit elle s'est frayé chemin dans le logis de l'ogre, comme la taupe en terre sous l'herbe de la prairie. Sans faire craqueter le plancher, sans faire grincer une escabelle. Est arrivée dans la chambre de l'ogre, au coffre de chêne où était serré le sifflet. A pris ce sifflet de sa petite main.

Mais le couvercle était si pesant — elle s'était aidée de la tête pour le soulever, — qu'au baisser, il lui a échappé.

Ha !

Quel coup de canon ! Quel sursaut de l'ogre !

Il s'est dressé sur son séant, a battu le briquet, a vu la Patte-Pelue, a bondi pour la mettre en pièces... Tout volait, quel vacarme !

Au moment où il abattait sa poigne sur elle, elle, qui avait porté le sifflet à sa bouche, elle a sifflé.

Et à ce même moment, à l'instant même, il a fallu à l'ogre entrer en danse. Danser à effondrer le plancher, danser à se rompre les os...

Les autres ogres qui arrivaient au sabbat, allez ! Pareillement en danse ! Une bourrée à faire trembler le royaume.

La pauvre Patte-Pelue, tout a été bien simple pour elle. Sa musique la parait de tout, la couvrait toute. A cette musique, elle n'a eu qu'à s'en tenir. Jusqu'à ce qu'elle ait vu tous les ogres par terre, pêle-mêle, en long, en travers, les bras des uns sur les jarrets des autres, la hure de ceux-ci sur le séant de ceux-là. Un c'en dessus dessous comme d'une futaie que vient de jeter bas l'ouragan.

Elle n'a plus eu qu'à se retirer en tapinois, se couler dans le bois, disparaître.

Il a passé par ici,
Le furet du bois mesdames,
Il a passé par ici
Le furet du bois joli !

La bonne fée l'attendait au tournant de la sente.

« Pernette, mon enfant, tu ne seras plus la Patte-Pelue ! Suis-moi. Je vais te mener à l'eau qui danse. Tu te baigneras dans la fontaine et, Pernette, qui vivra verra ! »

Dans l'eau qui danse, Pernette s'est plongée.

Ho, la merveille ! Tout ce noir duvet est parti de sa lèvre et de ses mains. Son corps a pris du jet, sa figure de la clarté. Elle est devenue la plus belle des demoiselles ; faite pour charmer les cœurs.

Pauvre Patte-Pelue ! Elle baisait les pieds de la fée, elle jetait des larmes de joie, elle ne se sentait plus elle-même. Et c'était cela : elle n'était plus la pauvre Patte-Pelue, mais la belle Pernette.

Lorsque le fils du roi l'a revue, qui rapportait le sifflet, ce sifflet-fée de l'ogre-maître, il n'en pouvait revenir.

« Sire mon père, a-t-il dit au roi, vous aviez fait une promesse. Vous la tiendrez, elle est parole de roi.

— Hé oui, mon fils, a dit le roi, je ne mange pas mes promesses. Quand vous devriez gémir et lamenter, vous êtes promis en mariage à la belle.

— Sire mon père, obéi vous serez !

— Ha, ha, maintenant que j'ai le sifflet, on se met à m'obéir ! Eh bien, les noces vont se faire. Et il y ferait beau voir qu'après avoir mangé et bu comme il convient, on ne sût pas danser ! D'un petit air de mon sifflet-fée, je ferai danser tout le monde.

— Sire le roi, a murmuré Pernette, dont la figure se parait d'une rougeur éclatante, sire le roi, si c'était un effet de votre bonté...

— De ma bonté, mais oui, bien sûr : dites, ma fille ?

— Ne pourrait-on, a dit Pernette, toujours dans sa simplesse, ne pourrait-on profiter de ces noces pour marier aussi mes sœurs ?

— Ma fille, bien pensé. Je leur donne à chacune un de mes capitaines. »

Il avait le sifflet-fée, qui eût été assez osé pour rester sourd à son commandement ?

Les noces se sont faites avec tout ce qu'il fallait de festins et de danses.

Perrine, Perrette, par la suite s'en sont tirées comme elles ont pu en leur ménage. Et puissent-elles avoir compris que le meilleur est de se faire un cœur tout bon, tout simple.

Pernette, elle, la Patte-Pelue, savait cela de naissance. Elle a été heureuse avec son fils de roi tout du long de sa vie.

Sur ce, le conte est achevé.
J'avais promis de le conter
Voilà ma parole acquittée.

Les Fous et les sages, 220

Le diable en bouteille

Il y avait une fois un garçon, un surnommé Pipette. On ne pouvait pas le dire la crème des garçons. Mais, tout bien vu, c'était un bon enfant, et qui prenait tout ça en riant.

Un drôle de vive tournure, de figure heureuse et de cœur hardi.

Avec ces avantages — comprenez cela, — il ne sut pas se faire bien voir de la Madelon, cette tant jolie fille, la fille de l'aubergiste. Le père, l'aubergiste, ne voulait d'abord rien savoir de Pipette qui logeait le diable en sa bourse. Et la Madelon, elle préférait Parpaillon, un compagnon de Pipette, un beau garçon matois qui portait gilet de velours et savait parler aux demoiselles.

« Allons, se disait Pipette, tant pis ; si la Madelon ne veut pas de moi, la Madelon ne m'aura pas ! Moi, je veux trouver tout bon sans sauce. »

Il y eut pourtant une chose qu'il ne sut pas trouver trop bonne, même avec la science qu'il y mit, certain soir.

Il avait joué aux cartes, à l'auberge, contre le Parpaillon et quelques amis de bouteille, joué à la bête hombrée, au bézigue, au brelan, et il était tout aise parce qu'il avait gagné le quart d'un petit écu.

Voilà qu'en retournant par les fonds du moulin, il a rencontré Rapatou.

Rapatou, celui qui, en fin finale, attrape tout ce qui ne se met pas sous le rayon de Dieu. Et ils sont entrés en propos, comme de vieilles connaissances. La lune se trouvait ronde, on y voyait comme en plein jour. Là, au bord du pré-pacage, Rapatou proposa à Pipette une petite partie.

La petite partie tourna en grande joute. Pipette gagna d'abord, perdit ensuite, voulut se rattraper, s'enfonça, s'enfonça...

Il avait assez de tours, pourtant. Mais contre Rapatou, et au jeu de cartes !... Sur la mi-nuit, Rapatou lui avait gagné tout son bien, jusqu'à sa blague à tabac, et jusqu'à ses culottes !

Pipette, cependant, à la dernière retourne crut voir, oui, crut bien voir que l'autre faisait sauter la carte.

Il ramassa le jeu et l'envoya dans le gourg, le trou d'eau qu'il y a là, sous la Pierre du Diable. Puis, d'une poussée, il y rua Rapatou lui-même.

Mais ce bain-là ne fit que rafraîchir le sire. Pipette s'était trouvé de l'ouvrage. Rapatou lui tomba sur le râble. Et Rapatou se mit à l'épousseter et l'étriller si bien que, n'eut été que le coq chanta, ce qui força l'autre à regagner ses quartiers, il ne serait pas resté grand-chose de Pipette.

« J'ai eu cette chance que notre petite contestation soit survenue au chant du coq. Enfin, ces torgnoles-là ne sont que fleurettes ; elles ne changent rien à la bonne entente. Je ne vais pas m'en soucier longtemps. Mais j'aurai du malheur si je ne les lui revaux pas avant le prochain dimanche. »

Pipette rentre chez lui le chapeau sur l'oreille.

Cependant, de temps en temps, il lui fallait se frotter les reins et répéter qu'il rattraperait le camarade au tournant.

Trois jours et trois nuits il y pense. Le troisième jour, il fourre une fiole en sa poche et il retourne dans ces fonds du ruisseau, près du moulin.

« Mon maître, dit-il à Rapatou, qu'il trouve par là rôdant, avant-hier tu m'as tout gagné, jusqu'à ma blague et jusqu'à mes culottes. Mais ça ne fait rien, nous allons jouer encore. Si fort que tu sois au jeu, je pourrais gagner, ce soir !

— Toi, l'emporter sur moi ? Pauvre petit Pipette ! Et puis, que veux-tu jouer ? J'ai déjà tout le tien.

— Jouons, jouons : si tu gagnes, tu me prends.

— Hé, qu'est-ce que je fais de toi ? Je n'ai guère affaire de Pipette, il ne saurait que mettre du désordre en ma boutique...

— Que non, je t'aiderai, j'entretiendrai les feux... Jouons ; tu ne veux pas me refuser la revanche.

— Jouons, alors, tant tu veux jouer ! A quel jeu faisons-nous ? Au bézigue ou au biribi ?

— Biribi, bézigue, ça ne me dit pas grand-chose.

— Au mistigris, alors ?

— Diable, tes cartes !

— Je pensais, à l'écarté ?

— Non, tout au contraire : au serré !

— Et quel jeu est-ce là ? Nous n'avons jamais fait à ce jeu.

— Justement, si nous y avions fait, tu ne m'aurais pas défait.

— Ha, tu crois, pauvre enfant ! Tous les jeux sont miens, je te dis.

— A savoir !

— C'est tout su. Au serré ? Comment le joues-tu, ce jeu-là ?

— Eh bien, c'est celui qui se serre et se rapetisse le plus qui a gagné. Commençons. Tu vois la porte du moulin ? Je passerai par le trou de la chatière.

— Hé, n'est-ce que ça ? Moi, pauvre drôle, je passerai par le trou de la serrure !

— Ho, ho, dit Pipette en tirant la bouteille de sa poche, tu te vantes un peu trop. Par le trou de la serrure ? Passerais-tu seulement par le goulot de ma bouteille ?

— Hé, pauvre innocent ! Tiens, regarde ! »

Rapatou en deux coups déchausse ses sabots. Sur-le-champ, le voilà dans la fiole.

Pipette, même promptitude ! Dans l'instant, voilà cette fiole bouchée d'un fort bouchon, et le bouchon enfoncé, ficelé, reficelé, cacheté d'un gâteau de poix.

« Ha, Rapatou, disait Pipette, en élevant la bouteille à hauteur de sa vue, et il la regardait au clair de lune comme pour voir la couleur du vin, ha, Rapatou, tu es fort à tous les jeux ! Tout ce que j'avais, tu me l'as attrapé. Mais moi, j'ai inventé un jeu où je t'ai attrapé, toi, ta queue, tes cornes ! Et je te tiens ! Voilà ! »

L'autre dans la bouteille rageait, ronflait comme un guêpier. A ce bruit de frelons, Pipette riait plus qu'un cent de mouches. Et parti pour le rire, il secouait la bouteille comme si c'était des coquilles d'œuf qu'il venait d'y mettre, et qu'il ne s'agît que de la rincer, par propreté.

« Va, je te retrouverai, Pipette, criait l'autre d'une voix de rat ; quand je sortirai, tu paieras tout !

— Mais tu n'es pas sorti encore. Le bain du gourg, ce n'était rien, j'ai un autre bain à te faire prendre. »

Et Pipette, de tout son cœur balançant cette fiole, enfile le chemin du moulin, remonte vers les têtes de roche, vers le découvert et la chapelle du pèlerinage entre ses quatre sorbiers caducs. Rapatou commençait à se douter de quelque chose. Il ne fringuait plus tant au fond de la bouteille.

Pipette, arrivé là-haut, pousse délibérément la porte et d'entrée plonge la fiole dans le bénitier de pierre.

C'est là que commença le grand règlement de comptes ! Quelle bramée dans cette eau bénite, quels piaillements comme d'une nichée de rats, quels ronflements de frelons, quels démènements de rage.

Pipette, plus aise qu'un roi, menait sa petite besogne de bénédiction. Il sauçait l'autre dans l'eau bénite, le resauçait en conscience.

« Tu me bûles, brigand, tu me brûles ! »

Pipette, tout pantelant de rire, reprenait souffle et se remettait à l'œuvre avec encore plus de goût.

« Pipette, dis, bandit, Pipette, quand finis-tu ?

— Si tu veux que je finisse, laisse d'abord que je commence !

— Va, malheureux ! viendra bien le moment que je sortirai de la bouteille. A ce moment-là, tu passeras mal ton temps. Ha, Pipette, ha, un jour, va, tu le sentiras passer, Pipette !... Écoute, Pipette ! Camarades comme avant. Veux-tu que je te montre un trésor ?

— Et où serait-il, ce trésor ? demandait Pipette, tout en sauçant de plus belle Rapatou dans le bénitier.

— Écoute, écoute, mon petit Pipette ! Toujours nous nous sommes entendus tous les deux. Tire-moi de là ! Je te dis où déterrer vingt mille écus ; ce n'est pas loin, non, pas bien loin d'ici !

— Dis-moi d'abord, je te tirerai ensuite. Tu rendras ce que tu m'as gagné, y compris ma blague à tabac — ma culotte, elle était percée, je te la laisse. Mais en premier, montre-moi le trésor ; après quoi, nous verrons. »

Rapatou, sans plus marchander, a dit où était le trésor : à trois pas d'un de ces sorbiers. Pipette n'a eu qu'à prendre un des bancs de la chapelle, s'en servir de levier. Il a soulevé une pierre large comme un ventre, il a trouvé dessous un pot plein d'écus d'or resplendissants.

Il n'a pas replongé l'autre dans l'eau bénite. Est convenu ce qui est convenu. Rapatou a rendu tout ce qu'il avait gagné, y compris la blague à tabac et même la culotte. Mais Pipette n'a pas pour autant rendu la liberté à Rapatou. Il a gardé le diable en bouteille, la bouteille dans sa poche.

C'était bien trop avantageux, aussi. Suffisait de menacer Rapatou d'une bonne saucée dans l'eau bénite : le sire, pour finir, en passait par où on voulait.

« Rapatou, écoute-moi bien, tu vas t'arranger pour que la Madelon me prenne en gré, maintenant. Ou mieux, qu'elle me prenne pour mari.

— Ha, toi, tu crois ! Tu crois que j'arrive en soufflant dessus à me faire obéir des femmes ? Eh bien, mon petit, fais tes affaires toi-même avec les demoiselles.

— Allons faire un tour par là-haut, Rapatou. Un bain dans le bénitier de la chapelle te rafraîchira les idées. »

Une ou deux fois, il l'y porta. Et sauce que sauceras-tu. Rapatou blasphémait à faire éclater les murailles. Cinq minutes n'avaient pas passé qu'il avait tout dit à Pipette ; oui, quel biais suivre, en quelle guise. Et Pipette le suivait en cette guise dite. Et Pipette bientôt arrivait à ses fins.

En moins d'une semaine, la Madelon ne vit plus son Parpaillon d'aussi bon œil. En moins d'un mois, la compagnie de Pipette lui agréa si bien qu'elle fit de Pipette son prétendu. Le père aubergiste, lui, ma foi, les écus d'or l'avaient retourné tout de suite, comme on retourne un gant.

Et ce n'était pas la Madelon seulement, c'était tout · la chasse au lièvre, les trafics, le bézigue et le biribi. Tout le monde dans le pays disait que Pipette avait une chance du diable. On en faisait proverbe à trois lieues à l'entour.

Mais Parpaillon, depuis que la Madelon l'avait rebuté, avait de bonnes raisons pour penser à Pipette d'un peu plus près que les autres. Les déconvenues font travailler la tête. Parpaillon avait remarqué cette fiole dans la poche du camarade. Pipette n'allait jamais sans son flacon. Et n'était-ce pas depuis qu'il l'avait toujours avec soi que la chance lui en voulait tant ? Que diable pouvait-il y avoir dans cette bouteille ?

Un soir — c'était le samedi, veille de la Pentecôte ; on s'en est bien souvenu et vous verrez pourquoi, — Parpaillon arrive, remorquant Pipette à l'auberge. Depuis l'avant-veille, les compagnons s'étaient donné le mot. Ils avaient obligé Pipette de se mettre en ribote, et ils le traînaient ainsi de taverne en taverne. Ils font apporter la chopine, ils trinquent, ils boivent, ils jouent aux cartes, à la drogue, à ce jeu des soldats, où le perdant se voit planter un bout de bois à cheval sur le nez ; ils reboivent chopine sur chopine. Pipette cependant tombait de sommeil. C'était ce que voulait Parpaillon. Vint le moment où Pipette n'y tint plus. Il laisse glisser les cartes, pose les bras en rond sur la table, sa tête au milieu, et s'endort.

Parpaillon aussitôt s'approche, fait signe aux compagnons, et de la poche lui tire la fameuse bouteille.

Qu'y eut-il à ce moment ? Cette bouteille brûla-t-elle les mains de Parpaillon ? Le Rapatou vit-il venir sa délivrance ? Comme un frelon ne put-il s'empêcher de frémir ? Pipette s'éveilla-t-il, comprit-il ce qui se passait, sursauta-t-il pour reprendre la fiole ? Ceux qui étaient dans l'auberge n'ont jamais pu dire ce qui arriva.

Toujours est-il que Parpaillon s'effare. Il lâche la bouteille, elle tombe sur les dalles, en trente éclats se brise…

Ce fut comme un éclair. On vit au même instant Parpaillon chaviré, bourré, crossé, pillé — ce ne fut pas long, mais ce fut du bel ouvrage — et Pipette affolé se jeter vers la porte, on ne savait quoi, on ne savait qui à sa poursuite.

La place est traversée par ce tourbillon en un clin d'œil. Pipette s'engouffre dans l'église. Voyez sa chance ! C'était, rappelez-vous-le, la veille de la Pentecôte ; le curé avait fait au matin le plein cuvier d'eau bénite. Pipette, d'un bond, plonge en cette eau, s'y enfonce jusqu'aux cheveux.

Certaines bonnes femmes, qui croient bien s'y connaître, prétendent que l'eau bénite faite la veille de la Pentecôte n'est pas la vraie. La vraie, ce serait celle du samedi saint, veille de Pâques. Mais Rapatou la trouva vraie, celle-là…

Emporté par l'élan, il s'était jeté dans le cuvier, derrière Pipette. On a cru que le clocher s'écroulait ; avec le clocher en a tremblé toute la paroisse.

On dit que Rapatou n'a jamais plus recherché la compagnie de Pipette, qu'il l'a depuis craint comme la teigne…

Mais l'eau bénite, faut croire, eut effet sur Pipette aussi. Ou bien alors, ç'a été le mariage. Pipette y vit qu'en fin finale, rien n'est mieux que de vivre proprement. Et ne pas jouer Rapatou, qui ne veut être happé au grand passage. Comme disent les petits quand ils font un échange :

Deux fois le tour de l'enfer :
Si tu le reprends,
La troisième fois dedans !

Le Diable et ses diableries, 70

L'adroit filou

Il y avait une fois un filou si adroit qu'il gagea de voler les deux flambeaux d'argent qui se trouvaient tout allumés sur le comptoir d'une boutique. Et la boutique était pleine de chalands.

Il entre, il demande quelques marchandises. Pendant que les commis les cherchent, il s'amuse à causer avec la marchande et les messieurs qui se trouvent là. De fil en aiguille, il fait tomber le propos sur les tours des voleurs.

« Il y a, dit-il, plus fort que ce que vous contez, messieurs. Savez-vous l'histoire de ce filou qui déroba sur le comptoir d'une boutique deux flambeaux allumés ? Et cela sous les yeux mêmes de cinq ou six personnes qui le regardaient faire ?

— Hé, comment le put-il ?

— J'étais présent, messieurs ; voici comme il s'y prit. Il se saisit d'un des flambeaux pour examiner de plus près la marchandise qu'on lui montrait là, par mégarde il éteignit la chandelle, se saisit alors du second sans lâcher le premier, alla aux casiers près de la porte de l'allée, là, l'éteignit aussi, dans le noir ouvrit cette porte, passa souplement dans l'allée tout en glissant les deux flambeaux sous son habit... »

A mesure qu'il disait les choses, il les faisait comme il contait que le voleur les avait faites, éteignait les lumières, fourrait les deux flambeaux d'argent sous sa casaque, gagnait la porte et par l'allée la rue...

Quand la marchande et messieurs les chalands commencèrent à se douter du tour, ils n'y pouvaient plus rien. L'adroit filou s'était si bien dérobé dans la presse qu'il n'y avait même plus à courir après lui.

Les Brigands, 116

Le père pendu

Il y avait une fois un garçon de par là-haut, une espèce de rude endormi. Ha, il en savait celui-là ! Assez pour enterrer l'âne et lui laisser sortir la queue.

L'hiver, il se louait dans la plaine ; il allait peigner le chanvre.

Le premier dimanche de l'avent, à la sortie de la messe, il rencontre sur la place un homme de son pays. Un porte-balle, l'Ambroise, un marchand d'almanachs.

« Puisque je te vois, fit cet Ambroise, il faut que je te dise une petite nouvelle. La justice est montée chez nous. Depuis quelque temps on trouvait des voyageurs le nez dans l'herbe à la sortie du bois. Et la justice en a fait une affaire, tu sais bien comme elle est. Elle vient, enquête, tracasse ; elle veut que ce soit ton père qui les ait assommés. Enfin, elle se pique contre lui. Pour faire court, elle l'a pendu.

— Elle a pendu le père ? Pas possible ! Et où l'a-t-elle bien pendu ?

— Au grand poirier, dans son jardin.

— Mais les choux qui sont dessous ? Ils auront

piétiné les choux. Dis-moi tout, pauvre Ambroise, est-ce qu'ils l'ont pendu haut ?

— Hé oui, le juge a dit : haut et court.

— Mais haut, bien haut ?

— Ma foi oui, assez haut.

— Le pauvre, alors. Ha, té, misère de nous ! »

Tout agité, il se demande ce qu'il doit faire, pense à ce juge, à son père, à ses choux. Finalement, baissant la tête comme un mouton goitreux, il part pour sa montagne.

Tant qu'il ne trouva pas la neige, il alla sur la chrétienté, à pieds déchaux, ses sabots pendus à son col. Mais plus haut, il trouva la neige ; il se chaussa donc. — Même les sabots aux pieds, il ne faisait pas bon marcher sur les chemins.

« Si je pouvais me réchauffer d'une soupe... »

Il arrive au jardin, il pousse la barrière.

« Allons, allons, les choux n'ont pas trop de mal. »

Puis il lève le nez, voit le père qui balance au vent, et qui, tout gelé, roide comme une pièce de bois, allant, venant, tape doucement contre la pile de l'arbre.

« Que m'avait dit l'Ambroise : pendu si haut, si haut ? Il n'est ni trop haut ni trop bas, il est comme il lui fallait être : pendu en bon pendu. »

Et coupant le plus gros des choux, il est allé se faire une soupe.

Les Brigands, 426

La visite aux scieurs de long

Il y avait une fois une équipe de scieurs de long dans les grands bois du Breuil, c'est du côté de la Chaise-Dieu. Là, le sapin foisonne, rame sur rame, retraite sur retraite. La mousse, l'airelle, le sureau rouge y bouchent les chemins sous les rayons qui percent, les bourres grises qui pendent. On ne sait d'où venu, le bourdon de l'été ou la rumeur du vent approche, puis repart, comme le souffle d'une créature qu'on ne verrait pas. Une créature qui serait là, dans la fougère, dans la forêt, occupée aux affaires d'un autre monde.

Ces garçons, quand ils vinrent, n'en pensaient pas si long. En moins de rien ils se firent une loge de poteaux et de branchages ; leurs lits furent de sacs et de bourrées ; ils mirent le manger — les tourtes, le salé — sur une claie pendue au toit pour l'y avoir à l'abri des bêtes, et le beurre même dans un étui de fayard. Ils prirent leurs habitudes : le jeudi, pour couper la semaine, ils allaient deux aux provisions ; ils rapportaient de la Chaise-Dieu pain et fromage, du lard toujours, des raves s'il y en avait. Le dimanche, tous ensemble ils allaient à la messe, c'était à Bonneval, là où s'ouvre la vallée qui descend sur Ambert. Ils buvaient un verre à l'auberge pour se donner du cœur jusqu'au dimanche d'après — là-haut au fond du bois ils ne buvaient que de l'eau, — puis ils remontaient à leur loge, dînaient assis sur une souche, le couteau d'une main et la portion de l'autre, jouaient aux quilles ou à la chèvre, soupaient et s'endormaient entre les mains de Dieu.

Cependant, jour après jour, quelque chose qu'on respire là, dans ces bois, sans même qu'ils s'en doutent, leur changeait les esprits.

Certain dimanche de grand vent, retournant de la messe, ils eurent une surprise. Devant la loge le feu était allumé ; on y avait préparé le manger ; et dans la loge, sur la table faite d'une planche et de quatre piquets, quelqu'un avait dîné de pain bis et de chair salée. Les miettes y étaient encore, un petit os couleur de cendre et au fond de la tasse de bois une goutte de vin.

Ils l'ont pris comme le fait de quelque compagnon passant. Le pèlerin ne les avait pas trouvés, bon, il s'était servi lui-même... Il n'avait que bien fait. Il faut en user librement entre garçons. S'il ne les avait pas attendus, c'est qu'il n'avait pas été sûr de les voir avant le soir revenir de l'auberge.

Le dimanche d'après, ils n'y pensaient même plus.

Mais celui qui marchait en tête dans le chemin, tournant le cou, a dit soudain aux autres :

« Nous avons encore de la visite... »

Il voyait le feu allumé et la marmite pendue à la traverse, entre les piquets fourchus.

Ils ont tous pressé le pas.

Mais plus personne...

Comme le dimanche d'avant quelqu'un était venu, avait mangé et avait bu, était reparti sans les attendre.

Avant de quitter la loge, au matin, le dimanche d'après, le maître de l'équipe a dit qu'il fallait tout bien serrer, tout bien cacher : le pain entre deux touffes sur le toit de genêts, le lard dans les piles de bois, entre deux planches...

Ils l'ont donc fait ; et ils sont partis pour la messe.

Au retour, ils ont vu de loin une fumée bleue monter avec lenteur d'entre les arbres.

Ils se sont tous mis à courir.

Il semblait d'abordée qu'on n'eût touché à rien, ni au chantier ni sur le toit. Mais on y avait pris ce qu'il fallait pour dîner.

Quelqu'un pour la troisième fois était venu, qui avait mangé et qui avait bu..

Ils demeuraient là en pied comme des saints de pierre.

« Nous ne sommes pas de l'endroit, a dit le maître, prenons garde. »

Trois, quatre fois dans la semaine, ils en ont reparlé. Du maître à l'apprenti, tous avaient bien une idée là-dessus ; mais personne ne voulait la dire.

Ils auraient pu parler de se cacher pour surprendre celui qui venait à la loge, chrétien ou créature. Mais peut-être qu'aucun ne se souciait de rester là sans les autres ? D'attendre seul au fond des bois cette venue ?

Ils étaient deux, pourtant, qui le samedi soir, quand finit la semaine, se sont un moment regardés : deux qui allaient toujours ensemble, comme les deux doigts de la main. Larges d'épaules, chacun, plus qu'une armoire, et forts plus qu'un pressoir à huile. L'un rose et blond, autant qu'une fille, l'autre avec des cheveux noirs frisés et la petite barbe qui frise aussi.

« Si on restait, tous les deux ?

— C'est dit. On restera. »

Il y a des gens fantastiques d'esprit. Mais eux, là, des garçons de simple vraie nature, qui prenaient les choses tout droit.

Le lendemain matin, ils ont laissé partir les autres pour Bonneval. Ils ont dit qu'ils les rattraperaient en chemin...

Et ils se sont cachés : l'un sous un tas d'écorces, l'autre sous trois fagots de genêts secs.

Puis ils ont attendu des quarts d'heure, des demi-heures... Tant qu'à la fin ils se sentaient devenir bêtes.

Ils allaient sortir de leurs caches quand ils ont entendu quelque galop au cœur du bois. Qui venait léger, mais grand train.

Soudainement, déboulant d'un fourré, une bête est apparue.

Mais une bête comme ces garçons n'en avaient jamais vu. Qui avait le poil, les crocs, — quels crocs ! — et le mufle d'un loup, qui n'était pas un loup, qui avait les yeux, le front et les cornes d'un bouc, qui n'était pas un bouc...

Et ces cornes cherchaient qui percer, ces crocs qui déchirer, tandis que ce mufle jetait de la fumée par les naseaux, les yeux des étincelles.

Tapis, ces scieurs de long regardaient, sans seulement remuer la tête.

La bête s'est redressée sur les pieds de derrière. Elle a jeté les yeux partout, a flairé l'air de tous côtés. Puis, brusquement, la peau s'est entrouverte, s'est soulevée : la bête en un clin d'œil s'est dépouillée de cette peau qui est allée à terre ; et elle n'a plus été une bête, mais une fille.

Une fille toute dévêtue, comme une fée entrant dans un étang et blanche comme un pied de lis dans un matin de Fête-Dieu.

Elle avait seulement au cou une montre d'or au bout d'une chaîne d'or.

Comme une fille de bon lieu, une demoiselle de château.

Elle a regardé l'heure.

« S'en va déjà onze heures ! Vite, que je me fasse à manger ! Les scieurs de long vont revenir. »

Trois pas, trois pas de biche, et elle est entrée dans la loge.

Eux, plus vite qu'on ne peut le dire, ils se sont dressés tout d'un coup, se sont jetés vers la porte, ont paru sur cette porte.

Alors, alors...

La fille s'est retournée, plus effarée que la lune rousse. Elle a fait un grand cri. Elle a voulu se jeter, elle, sur la peau de bête, la peau qu'elle venait de dépouiller et qui était devant la loge, sur l'herbe. Passage barré... Elle s'est vue prisonnière de ces garçons.

Elle s'est affolée. Le cœur lui sautait sous la côte

comme une poule dans un sac. Mais aux deux scieurs de long, le cœur ne sautait pas moins. Ils n'auraient pu parler. Ils sentaient ce cœur qui leur battait, battait jusqu'au fond de la gorge...

« Grâce ! s'est-elle mise à crier. Grâce, grâce ! Laissez-moi partir ! Vous me brûlez, si vous me touchez ! Et vous, vous vous brûlez ! Ha, ne me touchez pas ! »

Tout égarés, comme en un songe, ils ont pris de l'eau bénite. C'est allé presque sans paroles. De cette eau bénite, ont aspergé là, devant eux, la fille. Et se retournant, ils en ont arrosé la dépouille de la bête.

La fille a chu à la renverse, tombée en défaillance, comme tombe un corps mort. Mais la peau, ha, la peau, elle s'est enlevée de terre, elle a sauté à deux, trois pieds en l'air, a grésillé comme le fer rouge qu'on trempe dans une cuve d'eau de roche. Et eux qui s'écartaient devant cette chose sautante, subitement, ils ne l'ont plus vue.

Ils sont revenus à cette fille étendue de son long sur la terre : blanche, si blanche, belle, si belle. Morte : elle semblait morte. Et c'était cette petite montre d'or au cou qui les retournait. Ainsi, non pas une créature de la fougère ou du brouillard, non pas la fade de la forêt, mais une fille du monde des vivants, la demoiselle d'un château de pierre grise, sous ses ifs et sa fontaine, comme au Cluzel ou comme à Berbezit.

Ils n'auraient osé la toucher. Le plus jeune a pris la montre, doucement, l'a présentée devant ces lèvres pâles. Le verre s'est embué.

Ils ont vu qu'elle vivait. Alors, ils l'ont vêtue d'une grosse chemise d'homme et d'une limousine. Puis, ils l'ont portée dehors, près de la source du cresson et des menthes.

Tous deux, le grand brun frisé et le grand blond, ils s'étaient mis à genoux. Ils lui ont jeté de l'eau à la face. Ensuite, ils lui ont desserré les dents, d'une cuillère, et ils lui ont fait couler dans la bouche un filet de vin... De quel cœur ils auraient donné une pinte de leur sang pour la voir revenir.

Tout à coup, elle a tressailli, les épaules secouées d'un gros tressaillement.

Au même instant, ils ont entendu les compagnons qui rentraient de la messe.

Et ces autres ont été là. Avec tout de suite des questions, des jurons... Et que pouvait-on leur dire ?

Eux, ils n'auraient pas voulu parler de la bête : ils n'en ont dit qu'un mot. « De vrai, ce n'était qu'une peau, une peau avec des cornes. Ou bien ce sont nos yeux qui l'ont fait... Nous avons jeté de l'eau bénite, nous n'avons plus rien vu... Cette fille a une montre d'or pendue au col. C'est une demoiselle. Vous la verrez... Mais pour le moment, n'approchez pas ! Nous deux, nous sommes déjà de trop pour elle...

— Oui, a dit l'autre, laissez-la reprendre ses esprits... »

Et là-dessus tout un vacarme a éclaté : celui de la chasse volante ! Hurlements, menaces, jurements, un sabbat où se déchaînait on ne savait quoi de si triste, désespéré, funeste, qu'ils en sont tous restés sans idées ni sans souffle.

Puis cela est parti dans l'air, au-dessus de ces pointes des sapins qui pliaient. Et avec la tempête qui arrivait mugissante, l'ombre s'étendait, une ombre telle qu'on n'en a jamais vu en plein jour de midi.

Comme si elle revenait d'une nuit qui l'avait menée bien loin, la fille s'est à demi dressée sur l'herbe.

Tous ces hommes, sauf les deux agenouillés, se sont retirés à reculons, pas par pas. Belle, belle, enfroquée de cette limousine bourrue, plus que princesse ne le fut jamais dans la ratine, les satins et les perles...

Les deux garçons lui offraient gauchement de manger ? Elle a fait non d'un battement de paupières. Ou de boire ? Elle a secoué la tête ; elle est devenue rouge.

« J'allais boire et manger dans les maisons, aux matinées de dimanche : je savais tout le monde, sans manquer, à l'église. Et moi, je courais les bois... Je courais, je courais... La peau, vous l'avez vue. C'était un pacte fait avec le démon. Tous les dimanches, il me fallait courir... »

Ils l'écoutaient, encore quasi perdus, et ils ne savaient pas mettre ces choses ensemble : sa vie de demoiselle blanche, qui portait montre d'or au cou et ces courses dans le bois, ce pacte avec le diable...

Elle, de ce beau et lent parler qu'elle avait, une nuit au fond des nuits, elle avait parlé avec le Bouc des sabbats, le Mauvais, qui est tout méchanceté, ruse, dépravation, elle était devenue son valet, sa créature sous une peau de bête... Comment se pouvait-il ?

Mais ils la regardaient. Ils auraient tant voulu la servir, l'assister, et tout garantir autour d'elle. Lui refaire un monde comme un jardin de château, avec ses buissons de lilas, ses buis taillés, son sable d'or.

Ils continuaient de se taire. L'un, seulement, respirait fort, l'autre se serrait les mains à les faire devenir toutes blanches.

Et maintenant le sang leur grondait dans les veines. Comme s'il y avait en ce sang, pour enfoncer ce qui se lèverait sur leur route et les jeter de l'avant, dans les vents, les batailles, toute une galopade de chevaux furieux.

Cette fille les a remerciés. D'un regard et d'un mot, mais qui passaient tout ce qui est appris.

« Vous m'avez délivrée... Je n'oublierai jamais les scieurs de long et cette loge auprès d'une fontaine... Dans quel servage étais-je tombée ! Si mon père qui m'aime tant avait su cette chose... Vous m'avez sauvé plus que la vie ! Jamais je ne vous oublierai ! »

Ils s'entre-regardaient, puis regardaient leurs mains. Le sang dans l'œil, chacun des deux, maintenant, aurait voulu que le remerciement ne fût que pour lui seul. Et ces deux compagnons, ces amis de toujours, sur un coup d'œil de la demoiselle, ils auraient tiré leurs couteaux, ils se seraient étripés...

Alors elle leur a dit :

« Je vais partir. J'ai retrouvé mon âme ; il me faudra pourtant faire beaucoup de chemin. Ce ne sera pas trop de toute ma vie pour me racheter. Je vais entrer dans un couvent. Derrière des grilles, je prierai Dieu pour mon père et pour vous... En paradis, un jour, nous nous reverrons. Mais nous ne nous verrons plus sur terre. »

Le Diable et ses diableries, 221

Le chasseur, le seigneur et les sorcières

Il y avait une fois un chasseur pourvoyeur du château. C'était un garçon tout simple, tout allant, mais qui n'avait vaillant que lui et sa chemise. On avait fait de ce beau fils un chasseur parce qu'il était cinquième garçon d'une suite de frères sans filles : ceux qui ont ce privilège-là n'ont jamais rien à craindre ni des vipères, ni des chiens fous, ni des bêtes furieuses. Lui, privilégié ou non, courait le bois sans peur, traquait le gibier, le portait au château. Reste que le métier n'enrichit pas son homme. Son maître, le seigneur, n'était du reste pas plus riche que lui.

Un soir, au mois de mars, dans la lune de Pâques, comme il suivait les traces d'un marcassin blessé, le chasseur s'égara. Au fond du bois la nuit tombait. A la fontaine du gros tremble le brouillard se levait. Il se fourvoya d'abord, puis décidément se perdit. Prit par la droite sans le savoir, parce qu'il était droitier, comme, gaucher, il eût pris par la gauche, tourna, tourna dans les futaies, et se retrouva deux heures après, à cette même fontaine du gros tremble.

Alors, las de marcher, craignant s'il repartait de

s'égarer encore, il grimpa dans le tremble, au-dessus de la fontaine. Là, il ferait sa nuit en assurance. Il s'installa donc à la fourche, s'y attacha de sa ceinture et s'endormit.

Malgré toute sa lassitude, sur la mi-nuit il a été tiré de son somme. Demi rêvant, il a cru ouïr un roulement de tambour : c'était le train d'une danse — ouvrant les yeux, il a cru voir quelque lune levante envoyant sa lueur à travers buissons et branchages —, c'étaient des flambeaux de résine jetant de çà de là une flamme fumeuse.

Entourant son maître cornu, est survenue toute une troupe déguenillée de sorcières qui s'est mise en rond sous le tremble.

Ce maître les a d'abord comptées. C'est le génie du diable de tout vouloir mettre en compte.

« Il en manque une ! a-t-il crié. Pourquoi n'est-elle pas là à l'heure du rendez-vous ? »

A cette minute même elle accourait, époumonée, échevelée.

« Pardon, excuse, seigneur d'En-Bas ! Mais j'étais au château du roi. La reine vient d'avoir un fils. Et qui aurait été bel enfant, si je n'avais été là pour lui jeter un sort. Bien appris qui saura le lever ! Il faudrait lui faire choir sur l'œil trois gouttes de sang rouge : mais le sang d'un homme né cinquième de cinq garçons se suivant tous sans filles. Faute de ces trois gouttes de sang — et qui pourrait savoir ? — le bel enfant du roi va périr dans les convulsions. »

Le chasseur, du milieu de son arbre, écoutait à pleines oreilles...

« Ha, le bel ouvrage, a crié le seigneur d'En-Bas,

comme elles l'appelaient, le bel ouvrage, ce sort sur le fils du roi ! Qui fera mieux, maintenant, de vous toutes ? »

Il leur a distribué leurs besognes de sorcellerie pour la belle saison qui venait : faire lever les tempêtes et faire tomber la grêle, envoyer chenilles et frelons sur les champs, ou par des pestilences faire crever les troupeaux, maléficier les gens, leur égarer l'esprit, les mener au désespoir.

Puis, pour le prochain samedi il leur a donné rendez-vous.

« Faites du pis que vous pourrez ! A pleines mains semez partout le mal ! »

Sur ce mot du seigneur d'En-Bas, le concile a pris fin. Et sur un signe de lui les sorcières se sont envolées.

Mi filant à travers les arbres, mi volant à travers les airs... Il y avait tant de haine et de malice, dans tout ce fait des sorcières et de leur maître, tant à s'étonner et frémir, que s'il n'avait été tenu par sa ceinture, le chasseur aurait chu de son arbre. Et le reste de sa nuit — c'était au samedi des Rameaux —, il l'a fait sans dormir. Mais sans vouloir pour cela entrer en crainte. Il ne songeait qu'à ce petit enfant que, si Dieu voulait, lui cinquième de cinq garçons, il saurait délivrer de son mal.

Dès que l'aube est venue, qu'il a reconnu dans le gris les herbes et les arbres, il a distingué son chemin. Dès que le brouillard s'est levé, il l'a pris par le bout. Il est parti pour le château du roi.

Trois jours il est resté en route. Il a mangé le pain de

sa gibecière et le pissenlit cueilli à la pointe du couteau, ou cette oseille qu'on nomme alleluia, parce qu'elle pousse pour Pâques. Il a bu à même la rivière ou au surgeon de la fontaine. Il a dormi sous le buisson, à l'auberge de la belle étoile ; il s'est levé face au premier rayon sous le soleil sortant.

Dans le château du roi, tout était en grand trouble. Les médecins avaient dit d'une voix que cet enfant allait périr dans les convulsions ou, pour le mieux, qu'il resterait hébété. Le roi se désespérait, la reine souhaitait la mort. Ce n'était que désolation.

« Que je voie, a dit le chasseur. Cet enfant, si Dieu veut, je saurai le guérir. »

Les médecins ont haussé les épaules. Le roi, lui, a serré les poings. Et, le cœur plein d'ennui, il avait bonne envie de faire pendre cet outrecuidant. Mais la reine a regardé le garçon au visage. Elle a vu sa simplesse. Elle a senti son bon vouloir.

« Approchez de l'enfant, a-t-elle dit, et faites ce qu'il faut. »

On l'a mis devant le berceau. De la pointe de son couteau il s'est piqué le pouce. Le sang est venu aussi vermeil que sang de chrétien peut l'être. Ce sang de garçon renforcé, d'une lignée où il n'y avait eu que des mâles ! Trois gouttes ont perlé, rouges, rouges. Et le chasseur les a fait choir sur l'œil de ce petit enfant que tordaient les convulsions.

A la première goutte l'enfant a tressailli.

A la deuxième, il a bâillé.

A la troisième, s'est endormi.

Et d'un sommeil si bon, si calme, qu'aussitôt la

reine l'a compris, son fils chéri, son bel enfant était délivré de ce mal.

« Chasseur, a dit le roi, que veux-tu que je te donne ?

— Rien, rien, sire le roi, j'ai guéri votre fils et pour l'amour de Dieu et pour l'amour de vous.

— Voici ma bourse d'or. Va dans mon écurie choisir une monture, sur cette monture on chargera un sac d'or sept fois plus gros que cette bourse. Je te fais noble, je te donne un château, sa garenne, mille arpents de forêt. Et quand tu voudras d'une femme, je te la présenterai de ma main.

— Sire le roi, vous me faites plus de bien que je n'ai mérité. Pour toujours le chasseur est à votre service, à celui de la reine, à celui de l'enfant. »

Il est retourné au pays sur le cheval du roi. Le bruit de son aventure courait au-devant de lui. Toutes les villes voulaient l'accueillir. De sorte qu'il lui a fallu à cheval autant de journées pour retourner, qu'à pied il en avait dû mettre pour aller au château du roi.

C'est le soir du septième jour depuis la chasse au marcassin qu'il s'est retrouvé au pays : le grand samedi, veille de Pâques.

Le seigneur, averti que son chasseur avait guéri le fils du roi, l'attendait sur la porte. Il a vu le cheval et l'or. Il a su les arpents de forêt et la belle promise. Il tâchait de n'être pas envieux dans son cœur. Mais il voulait savoir tout ce qui était arrivé.

« Comment, comment as-tu pu deviner ce qu'il fallait faire pour sauver ce petit ? »

Dans sa simplesse, le chasseur a tout conté : le

somme pris dans l'arbre, son réveil à minuit, les sorcières, ce qu'avait dit au maître celle qui était arrivée en retard...

Le seigneur écoutait, le menton dans la main, tout allumé de curiosité, de convoitise.

« Voilà huit jours de cela, a-t-il dit brusquement. Donc, cette nuit, veille de Pâques, ce sera de nouveau l'assemblée des sorcières. Je veux aller me percher dans le gros tremble et faire mon profit de ce qu'elles diront. Peut-être moi aussi verrai-je venir la fortune. »

A la tombée de la nuit, sous la lune levante, il a quitté le château. A la nuit faite, mais la lune, pleine lune de Pâques, blanchoyait dans le ciel, il s'est trouvé rendu au pied du tremble. Et il a grimpé tout au haut. Il s'y est installé, il y a attendu longtemps, longtemps !...

L'attente n'a pas été trop bonne, au fond des bois, dans ce noir, plein de craquements ou de longs souffles. S'il n'avait peur, c'était tout comme. De moment en moment, il se démontait davantage.

Puis les sorcières se sont abattues, près de la fontaine, comme des milans, comme des chevêches. Et le maître a paru, qui tenait à la fois du géant et d'un de ces boucs qu'on met au fond de l'étable.

« Il en manque une ! a-t-il crié. Cette fois encore, elle est en retard ! »

Tout juste elle accourait, se confondant en excuses.

« C'est que j'étais de nouveau dans le château du roi, seigneur d'En-Bas, j'avais joué de malheur : le sort n'a pas tenu que j'avais mis sur le marmot. J'essayais de le remettre pour leurs Pâques, je m'en suis donné des peines ! Mais le sort a été levé, si bien levé que je n'y ai plus rien pu. »

Cela d'une voix si mauvaise, avec une méchanceté si droit venue de l'enfer, que le seigneur, rien qu'à l'ouïr, s'est pris à suer en haut de l'arbre.

« Comment, a crié le maître, comment ? Ce sort, qui l'a levé ? »

Le seigneur savait que c'était son chasseur et il tremblait plus fort que la feuille du tremble.

La sorcière, cependant, hésitait fort à dire.

Elle croyait que ce ne pouvait être que le Tout-Puissant, ce sort avait été si bien posé ! Il lui fallait répondre, mais ce n'est point aisé de parler au diable du bon Dieu.

« Eh bien, a-t-elle fait enfin, c'est le Seigneur d'En-Haut, je pense... »

Un tumulte s'est fait. Le maître a sursauté. Les sorcières se sont agitées, près de partir au vol par l'espace. Alors, d'en haut, comme du milieu de la nuit, une voix s'est fait entendre :

« Non, ce n'est pas moi ! Non, c'est mon serviteur ! »

Le seigneur, au haut de son arbre, s'était cru découvert, s'était cru désigné. Il a vu ces harpies lui fondant dessus, toutes griffes dehors. Vite, vite, il a crié, pour se mettre hors de cause.

Mais le seigneur d'En-Bas et toutes ses sorcières ont cru la voix venue du vrai Seigneur d'En-Haut. Lui, plus prompt que l'éclair, il s'est défait à travers les ténèbres. Elles, prenant leur essor, elles se sont en moins de rien fondues avec les nuées et la nuit.

Et le seigneur n'a pas fait sa fortune, comme l'avait

faite son chasseur, mais il s'est tenu pour heureux de s'en tirer les braies nettes.

Ensuite le coq a chanté,
Ensuite le jour s'est levé,
Et voilà le conte achevé.

Le Diable et ses diableries, 251

La queue du diable

Il y avait une fois un homme qu'on nommait Picqualuge, Piqualise, comme le geai des bois, qui vit à l'aventure, de ce qui se trouve : la faîne du fayard et la baie du buisson. C'était dans le pays du vent, il y fait tant de vent qu'on y vit dépeigné. Sur les pacages y pousse une herbe fauve, pareille au poil de lièvre. On n'y voit que des roches usées, qui font le gros dos, entre les cierges du bouillon blanc. Sur l'alisier aux cerises rouges comme cire, arrive en criaillant quelque geai ou pivert ; et le vent qui souffle rebrousse l'alisier, le fait soudain tout d'argent, verse l'oiseau sur son aile.

Picqualuge habitait une petite maison grise, à l'accul des grands bois. Avec sa femme et son gamin, eh bien, il vivait là, et le lieu n'était pas trop gai. Mais lui, lancé à travers tout ce qui était mouvement, course et foire, rire et hasard ! La femme, la pauvre, soupirant, suivait de loin, comme elle pouvait. Le gamin, lui, prenait des truites et dénichait des merles, jetait des pierres aux chouettes sur la branche, ou mangeait des airelles en se barbouillant le museau, et se le débarbouillait en buvant aux fontaines. Pas plus que son père, il ne se mettait en peine de rien.

Or, arriva une chose qui donna bien à parler, dans le pays. Ce fut que Picqualuge devint riche. Un homme qui a du pain dans la huche, des bêtes à l'étable. Seulement, auparavant, on le voyait rire comme un pauvre ; et désormais on avait à regarder de bien près pour voir quoi ? un sourire serré qui donnait plutôt froid. L'homme ne riait plus jamais, tout en ayant toujours un air de rire.

Plus les années passaient plus il s'assombrissait. On le rencontrait dans les chemins, le dos rond, les mains derrière les reins. Il disait bonjour d'un coup de tête ; mais il ne savait plus s'arrêter pour donner le mot d'amitié qu'on doit aux gens.

Il semblait porter le diable en terre. Si bien que le fils, qui était devenu un grand garçon, lui dit cela un beau soir.

Il frémit de toute sa peau, regarda le fils, puis regarda ses pieds, sourit amèrement ; puis se détourna, s'en alla seul user le temps au fin fond de ces bois.

D'autres soirs le garçon l'entreprit sur cette humeur sombre, mais il ne sut rien en tirer.

Et un jour on trouva le père sur le bord de l'étang, et froid comme un glaçon, la face toute bleue. Parce qu'il y avait un étang qui luisait noir dans le bas-fond.

La mère, de saisissement, perdit toute couleur de vie, comme si quelque chagrin qui la minait depuis longtemps la vidait soudain de sa substance.

Ce même soir, assise au chevet de son mari mort, elle tomba tout d'un coup, le front en avant : elle était morte. C'était tard, dans l'arrière-saison ; d'un triste, ce soir-là, avec ce vent bramant sans décesser, et secouant les rames des pins...

Au retour de l'enterrement, le garçon, donc, se trouva seul à la maison. Le vent soufflait toujours à emporter le pays. Des nuages filaient au temps sombre, les uns par-dessus les autres ; et sous toutes les portes la tempête sifflait comme si elle criait des injures.

Le garçon eut l'idée de regarder dans la tirette du garde-habits. Il y trouva trois bourses d'or : tant de pièces d'or qu'il s'en sentit tout effrayé.

Puis les papiers de la famille. Et tout de suite un papier, ou plutôt un carré de peau, couleur de fromage, et qui était écrit à l'encre rouge. Mais quel écrit ! La minute d'un pacte de vente... Et quelle vente !

Le garçon lut une première fois. Il ne comprit pas trop, lui sembla-t-il, reste qu'il manqua de partir en faiblesse.

Il lut une deuxième fois, et crut ne pas comprendre davantage, mais il sentait des pattes d'araignée par tout le corps.

Il lut une troisième fois. Cette fois il comprit. Il renifla l'air comme un cheval qui renâcle et qui s'effare, assailli par les loups. Toujours il revenait à ce papier écrit en rouge et sa lecture lui arrachait les yeux.

C'était la minute d'un pacte de vente entre son père, Picqualuge, et le diable.

Contre douze mille louis d'or, Picqualuge avait cédé

son fils au diable, le fils tomberait en possession du diable le jour qu'il entrerait dans ses vingt et un ans.

Il était marqué de plus que l'original restait aux mains du dit Satan, lequel perdrait ses droits s'il ne pouvait le présenter au jour dit.

Quelqu'un qui aurait vu le garçon lisant et relisant son bout de parchemin au retour de l'enterrement, lui aurait dit : « Tes morts ont meilleure mine que toi ! »

Mais quel cas ! Certainement plus gros cas que la mort. S'attendre à n'être plus que la chose du diable : dans l'humeur noire et dans la frénésie, le possédé du désespoir...

En attendant, la première chose était de ne pas désespérer.

Il se sentait malade à tenir le lit. Seulement, le lit, il s'agissait bien de lit, à cette heure !

Il n'avait plus que huit jours devant soi. Dans huit jours, il prenait ses vingt et un ans. C'était ce penser-là qui avait tué son père et sa mère. Mais il n'aime pas sa vie, celui qui accepte de se laisser écraser par le malheur au lieu d'écraser le malheur.

En premier lieu, se débarrasser de cet or du diable ; le glisser cette nuit sous la porte des traîne-misère, par là autour ; le reste aux pauvres de l'hôpital.

Et puis partir. Se mettre en quête du diable et de son papier. Il n'y avait guère apparence de le lui reprendre... Il fallait pourtant s'y attaquer. Même sans espoir. A l'eau, et nage si tu sais !

Ce ne faisait pas une trop belle soirée, ce sombre du temps, ces nuées galopantes, ce vent furieux comme un démon. Entre les bois se démenant, on ne voyait rien que les prés gelés et l'étang noir. Peut-être là-bas, au bout, la corne bleue d'une montagne... Le deuil et l'épouvante étaient sur ce garçon. Il ne voulait pourtant pas perdre cœur.

« Je vais toujours partir. Qui sait ? Si l'ange m'aide !... »

Restaient trois œufs dans le plat-écuelle. Il les fit cuire au dur, les mit dans son bissac avec ce qu'il trouva de pain. Ensuite, il affila son couteau, son vaillant. Il le voulut, ou pour le mal ou pour le bien, tranchant comme un rasoir.

Ensuite encore, il prit les bourses d'or, ferma tout, cacha la clef entre deux pierres de la muraille ; et, sans même couper un bâton, il s'en alla.

Droit devant lui, à val le vent.

Lorsqu'il fut allégé de cet or, il respira quelque peu mieux. Il irait de l'avant, de l'avant, de l'avant, hardi, tant pis, à l'étourdie ! Comme autrefois son père, — pauvre père, Dieu le sauve ! — son père d'avant le pacte, quand il partait en vrai geai qui s'envole, à la picorée des alises. Aller, léger du pied, prêt à sauter sur son pauvre avantage, et s'en remettre pour le surplus à son bon ange.

Il se disait cela, mais il gardait le cœur étreint comme le morceau de fer rouge qu'on vient de plonger dans un seau d'eau.

Au jour levant, il s'est trouvé dans un pays couvert, en quartiers de forêt où le vent chantait les grandes orgues.

Sous les hêtres a vu un bonhomme qui faisait des fagots.

« Dites, brave homme, où me faut-il aller pour rencontrer le diable ?

L'homme l'a regardé et lui a fait signe d'aller seulement, d'aller toujours, suivant le vent.

Sous les chênes, a vu deux bonnes femmes qui ramassaient le bois mort.

« Dites, braves femmes, où me faut-il aller pour rencontrer le diable ? »

Les femmes se sont signées et de la main lui ont montré le chemin, suivant le vent, suivant la pente.

Il a marché, il a marché.

Sur le midi est arrivé là où le pays se ravine sur la rivière. De grandes pentes, toutes de brandes rases. Qui pousse une pierre du bout de son sabot, la voit dérouler jusqu'en bas, jusqu'à l'eau qui fait toutes ses boucles entre leurs éperons ; et remontent de l'autre côté des brandes toutes pareilles.

Sous un sureau, il a vu un vieux pâtre qui gardait quatre chèvres. Il lui a donné le bonjour, il lui a demandé s'il était sur le chemin qui mène au diable.

« Oui, lui a dit le vieux en ricanant, oui, t'y voilà. Et va toujours, tu n'y seras pas seul ! »

Sous un rosier sauvage, il a vu certaine pastoure. Jeune, elle, de claire figure, qui gardait ses moutons. Il l'a saluée ; il lui a demandé s'il approchait de chez le diable.

« Hélas, n'en approchez pas plus. Trois pas, trois autres pas, et vous seriez chez lui. Voyez-vous ce château, là-bas ?

— Ces tours, sur une dent de roche, dans la boucle de la rivière ?

— Oui, ces tours... Le sabbat s'y mène chaque nuit. Les vents, les foudres, les sorciers, les sorcières, toutes ces troupes de l'autre monde s'y déchaînent autour de qui vous dites. Et le chrétien qui irait là ne serait pas sûr d'en revenir. »

Ils ont parlé sous ce rosier sauvage.

« Il ne faut pas entrer dans le château du diable. Il ne faut pas aller y chercher son malheur.

— Et si j'y vais chercher ma délivrance ? »

Ma foi, d'un élan de cœur, il a tout dit à cette fille.

Depuis le papier, il se sentait si seul sur ces chemins, si étouffé de peur, de peine. Elle était là, cette fille de seize ans, tranquille comme la rose du buisson, dans sa mante bourrue. Au fond de ses yeux, il y avait la lueur qui rachète tout le noir de ce terrible monde. Alors lui est revenu, à lui, un esprit de courage. Au risque de donner de l'horreur à cette bergère sous son rosier, il lui a dit son affaire : et il se pouvait que demain il fût de ce bétail d'enfer dont elle parlait : la bête soubresautante qui écume et qui grince. Il n'osait plus lever les yeux sur elle. Il se tenait là, prêt à repartir, la main sur un bout d'échalier.

Au lieu de s'écarter et de se taire, elle a posé une main sur la sienne.

« N'êtes-vous point chair baptisée ? Pacte que pacte, vous avez pour vous le baptême et la grâce de Dieu. »

A l'entendre seulement, la mine lui a refleuri : même, comme tous les garçons, il a fait un peu le fendant.

« Eh bien oui, j'irai dans le château, quand il y grêlerait des diables neuf jours de suite. Oui, les bons drilles se tirent toujours de tout ! »

Mais elle n'a pas souri. Doucement, elle le regardait.

Et il l'a regardée aussi.

« Je viens de dire une grosse bêtise, a-t-il repris d'un autre ton. Reste que sans le papier du pacte je suis frit. Il faut que j'aille chercher ce papier, malgré le diable et ses cornes. »

Elle lui a étreint la main.

« Ce n'est pas par les cornes que les vaches donnent leur lait, lui a-t-elle dit en s'efforçant de rire. Non, prenez-le plutôt en queue.

— Je le prendrai donc en queue, lui a-t-il répondu en riant : ce sera pour l'amour de vous et de votre bon conseil. »

Il lui fallait partir et il ne pouvait s'arracher de la place. Il a demandé à la bergère si c'était vrai ce qu'on racontait de ces sabbats, que les sorcières de sous la queue du diable tiraient du feu dont elles allumaient une chandelle noire ?

Elle faisait signe qu'elle ne savait, qu'elle n'avait jamais voulu rien entendre de ces nuits données au démon.

« Mais tenez : vous n'avez même pas de bâton : voilà le mien. Il n'est pas gros, mais il est de noisetier. Il m'a toujours gardée des serpents et des bêtes malignes. On dit que celui-là peut faire le tour du monde qui porte canne de noisetier. Que ce bâton vous garde du grand Serpent.

— Je vais vous demander autre chose, lui dit le garçon : embrassez-moi pour me porter chance ! »

Elle l'embrassa, joue sur joue, tremblante, sans rien dire. Et il partit le bâton à la main, son vaillant dans sa poche. Il gagna le château du diable.

Ce n'était qu'un décombre : des tours, crevées comme des saules au bord du marécage, des voûtes effondrées, des corps de logis éventrés ; la grande salle, une carcasse aux portes sans verrous, aux fenêtres béantes. Tout cela dans le foisonnement des plantes mauvaises. L'ortie, la mercuriale, la mandragore, le buisson noir et l'arbre de Judas.

Il furetait à la recherche d'une cache, dans les éboulis, les ronciers. Le vent cornait toujours au loup, en ce couloir à cent détours de la rivière ; et la nuit descendait.

Il trouve une logette, joignant la grande porte, bien masquée par des herbes, par des rejets de sureau. Il s'y fourre ; il attend ; il laisse passer le temps sans veiller ni dormir.

Mais s'il dormait, il fut bien réveillé.

Éclairs sur éclairs, coups de foudre sur coups de foudre. Tout en tremblait. Ce n'était rien encore. Commence un beau vacarme, de cris, de croassements, de cliquetis de chaînes, un ronflement furieux d'oiseaux qui piaillent et qui volent : corbeaux ou qui sait quoi plus forts que des corbeaux, qui, survenant par le milieu de l'air, font peut-être neuf fois le tour de cette salle.

Et passe, et passe ! Et je t'ai vu !
Tourne et retourne ! Messire, viens-tu ?

Puis arrivent des serpents, volant, sifflant, soufflant, des vipères, des aspics, à ailes de chauves-souris. Neuf fois le tour. Puis tout le cheptel de l'enfer : des frelons et des escarbots, mais gros comme des dindes ; des blattes, des punaises, des cloportes, gros comme des blaireaux, comme des sangliers. Neuf fois le tour, chaque troupe de vermine.

Et passe, et passe ! Et je t'ai vu !
Tourne et retourne ! Messire, viens-tu ?

Puis des porcs à tête de chien, des chiens à tête de porc, des boucs, des loups, plus forts que loups et boucs, et qu'on sentait être autre chose que boucs et loups.

Tout cela tournoyant, à la volée, ou galopant en rond, grognant, chuintant, grondant, puant, infestant l'air, tandis qu'on entendait toujours à pleine voix les : « Passe et passe ! » et les « Messire, viens-tu ? »

Le garçon dans sa cachette pensait-il encore que les bons drilles se tirent toujours de tout ? Mais ce n'était pas le moment de s'effondrer sur ses jambes.

Arrivaient les sorciers, sorcières chevauchant leur balai : des hommes plus boucs que les boucs, faces décharnées aux yeux luisants, aux cheveux pendant roide ; des femmes plus louves que les louves, édentées, roupieuses avec de la rogne sur la figure...

Ceux-là criaient que Messire allait venir, qu'il était là.

Les éclairs n'arrêtaient plus, tout l'un sur l'autre. A leur lueur, le garçon vit Messire : une grande pièce d'homme noir, haut encorné, d'air terrible. On comprenait à le voir ce que veut dire : dur comme l'enfer. Plus dur que les boucs et les loups, qui ne sont que des bêtes : l'esprit de la tristesse et de la méchanceté.

Le garçon se sentit lié en tous ses membres. Aborder le démon et ses cornes, il n'y songeait plus trop. Par chance, il se souvint de la petite bergère : « Non, prenez-le plutôt en queue. »

Sa queue velue, de quatre pieds de long, le diable la portait comme une plume au chapeau. Et cette couette de singe, qui fouettait l'air en badinant, c'était son côté bête, celui qui prêtait à rire.

Le garçon rentre la tête dans les épaules, calcule son coup. A l'instant où le diable se présente sur le seuil, lui se jette sur la porte, de toute sa force la claque, et dans les anneaux des verrous passe le bâton de la bergère.

Voilà le diable pris, pris par la queue, entre le vantail et le chambranle. Et le garçon, dans ce même instant, tire son couteau, tranche hardiment, gaiement, cette queue d'un coup, quasi au ras de la porte.

Des hurlements, des hurlements ! A faire crouler ce qui restait du château ; et les tonnerres crevaient de toutes parts ; et les nuées en devenaient toutes rouges...

Le diable voulait que le garçon le relâchât ; c'est-à-dire qu'il rouvrît la porte, en lui rendant sa queue coupée.

Le garçon, lui, voulait le papier, l'original du pacte.

D'un côté de la porte à l'autre, on se criait ce qu'on avait à se crier.

« Rends-moi ma queue !

— Rends-moi le pacte !

— Mais il est en enfer !

— Envoie l'y prendre !

— Dans le tiroir de mon garde-habits !

— Bon ! Tes valets l'y trouveront ! »

Le diable tempêtait et le garçon ne lâchait point.

Comme c'était lui qui tenait le diable, non le diable qui le tenait, il fallut bien que le diable cédât.

Le moment est venu où il a fait passer un papier sous la porte.

Le garçon l'a pris, a vérifié que c'était le pacte, il l'a serré dans la poche de sa veste, afin de le montrer à sa mie, la bergère.

Délivré, délivré ! Quelle montagne ôtée de sur le bréchet...

Alors, il a tiré le bâton de noisetier qui faisait verrou à la porte et contre quoi le diable n'avait rien pu. Il a rendu la queue coupée. L'autre a pu se la remettre au bas de l'échine, s'il a voulu, en la faisant tenir de fil poissé et de poix. Mais il s'est sauvé dans l'instant. Et bien camus, si camus même qu'il n'a plus reparu jamais en ce château. Fini de ses sabbats et de tout leur bétail.

Le garçon délivré a retrouvé la bergère, avec un grand tremblement de cœur.

Ils ne se parlaient pas, ils se riaient de tous leurs yeux dans le soleil.

Ils se sont mariés. Mais ils ont renoncé à la maison

des bois, à tout ce qui venait du démon, comme il avait, lui, renoncé aux trois bourses d'or de son père.

Ils ont fait leur ménage de ce qui leur est venu par la bénédiction de Dieu. Comme la chanson le chante, ah, il n'en faut pas tant :

Dans une chambrette
Poignée de noisettes,
Un marteau pour les casser,
Du pain blanc pour les manger !

Le Diable et ses diableries, 266

Le petit oiseau gris ou l'apprenti qui mangea le maître

Il y avait une fois de pauvres, pauvres gens. Leur ordinaire, c'était le contraire de celui des chiens ; les chiens mangent leur viande sans pain ; eux, ils mangeaient leur pain sans viande. Encore, dites, du pain, ce n'était pas tous les jours !

Ils avaient un garçon qui attraperait ses treize ans au mois de mars. Qu'en faire ? Ils ne pouvaient plus le laisser à la queue de leur chèvre. Ceux qui n'ont pas leur pain chez eux, il leur faut bien aller à maître. La faim commande — et presque autant que le bon Dieu.

Mars, c'est le moment que les maîtres engagent leurs valets. L'hiver, ils les auraient au logis, à ne rien faire, à se rôtir les jambes devant le feu, tandis que la neige tombe dehors. Pas la peine ! Mais en mars sort tout le travail.

Le père — on le nommait Chichourle, — décida d'aller louer le garçon, son Chichourlou, à la grande foire de la louée.

Au matin de ce jour de foire, tous deux, ils ont pris un croûton, un oignon, une pincée de sel.

Comme le père passait la porte, la mère l'a tiré en arrière.

« Dis, Chichourle, tu feras attention ? Ce m'est si dur de le voir aller chez les autres, mon Chichourlou, mon petit fricassou !

— Il n'est pas comme il y en a, qui ne sont pas forts, a dit le père. Et il en sait déjà plus que le diable.

— Hélas, il me saigne le cœur de le voir partir. Tâche de lui trouver un bon maître.

— Hé, pauvre mère, a dit du chemin le petit qui l'entendait, Dieu aidant, je me tirerai d'affaire ! Même quand je tomberais dans cent pieds de moutarde... »

Ils sont partis. A la première haie, le petit a cueilli une branchette verte, à son bonnet l'a mise. C'était pour faire voir qu'il était à louer.

En arrivant vers le ruisseau, ils ont vu venir une vieille. En passant sur le pont, ils lui ont donné le bonjour.

« Bonjour, Chichourle et Chichourlou, leur a-t-elle dit, bonjour !

— Bonjour à vous, brave femme. Mais, té, vous, là, vous nous connaissez par nos noms ?

— Faut croire, faut croire. Et de ce pas vous allez au foirail ?

— C'est comme vous dites. Mais je n'y vais pas en chantant larirette. Il nous faut mettre le petit chez les autres. La mère se fait de méchant sang. Et moi peut-être aussi.

— Le méchant sang n'arrange rien. Écoutez-moi. A la foire, vous trouverez un homme grand comme une latte de char, avec les yeux de travers. Il voudra louer le petit. Demandez-lui trois fois plus de gages que vous n'auriez fait à quiconque ; au lieu de dix écus, demandez trente écus. L'homme veut le petit, il s'y accordera. Mais la besogne vaudra les trente écus ; ne lâchez pas sur le prix. »

Comme la vieille l'avait dit, tout est allé. Ils ont vu venir le monsieur, plus grand qu'une latte de char, les yeux de travers, tout en noirceurs et en rougeurs. Il a regardé le drôle, ce drôle tout éveillé, fin comme la belette.

« Bonhomme, quel gage voulez-vous ?

— Trente écus, pas à moins.

— Trente écus, s'est récrié l'autre, le petit ne sait rien, j'ai tout à lui apprendre. Ceux qui n'ont pas été à l'école, bonhomme, ça leur porte tort.

— Possible, mais trente écus, ou rien de fait. »

Et le père n'était pas bien chaud, malgré le gros gage, pour donner le petit à ce particulier. Mais le drôle, lui, prêt à se jeter dans cette nouveauté, à se lancer tête basse à travers les hasards. Ce matin-là de printemps, il ne voulait que tout bien prendre.

Le marché se conclut donc.

« Dans un an, dit le monsieur, revenez ici sur le foirail. Vous pourrez ravoir votre drôle et vous aurez les trente écus. »

Le bonhomme s'en retourne chez lui, se grattant l'oreille. Il arrive, pose son bâton derrière la porte, s'assoit, regarde le feu.

« Ni plus ni moins, c'est attrapé, dit-il à la mère. Il faut porter le coup. Le drôle s'est gagé à un grand monsieur qui a l'œil un peu de travers, s'est gagé un fort gage, s'est gagé trente écus. Le monsieur va le mettre à son école et le faire trimer dur. Ce qui en sera, je ne le sais pas.

— Misère de nous, a dit la mère, nous qui n'avons que celui-là !

— Il se peut qu'il en apprenne long et qu'il revienne avec le moyen de faire fortune, mais il se peut aussi...

— Ha, té, qu'il revienne, seulement ! Si dans un an nous n'allions pas le revoir, mon Dieu, que ferions-nous, mon Dieu ! »

Et l'année a passé, lentement mesurée : le temps des travaux, le temps des foins, le temps des moissons, le temps des semailles, le temps des veillées ; de nouveau, le temps des travaux...

Est revenue la foire de la louée. Le bonhomme a repris son bâton, a repris son chemin.

« Il allait se gager comme s'il allait à la soupe ! Je le vois encore, la branchette de vert au bonnet, mon Chichourlou, mon petit fricassou... Mais où en est-il, avec ce grand monsieur du diable ? Comment vais-je le retrouver, à cette heure ? »

En arrivant vers le ruisseau, il a vu venir une vieille. La vieille de cet antan, la même. En passant sur le pont, il lui a donné le bonjour.

« Bonjour, Chichourle, lui a-t-elle dit, bonjour !

— Bonjour à vous, brave femme. Mais, té, vous êtes donc toujours dans ce coin-là ?

— Pas toujours, pas toujours. Si j'y suis ce matin, c'est que je sais que vous devez passer. Et de ce pas, vous allez au foirail ?

— C'est comme vous le dites, brave femme. J'y

vais chercher le drôle. Savoir comment je vais le retrouver ?

— Écoutez-moi. Et gardez ce que je vais vous dire, sinon, sinon, vous pourriez ne plus le revoir… Le grand monsieur va vous emmener chez lui. Gardez-vous dans le manger, gardez-vous dans le boire, dans ce qu'il vous offrira et ne vous offrira pas. Ne cassez pas la croûte, ne videz pas le verre. Il vous mènera dans les chambres ; il vous mettra devant de pleins tonneaux d'argent, vous dira d'en prendre plein vos poches : ne prenez que vos trente écus. Par contre, il vous faudra lui demander et lui redemander le drôle. Attention, attention ! Il ne veut que le garder… Enfin, il vous mènera à travers un jardin ; il vous mettra devant un grand arbre, tout plein d'oiseaux ; il vous dira de prendre celui qui vous chantera : ne prenez que le plus petit et le plus gris, celui qui ramagera de tout son gosier, sur la plus haute branche.

— Merci à vous, brave femme. Je prendrai celui-là.

— Celui-là et pas d'autre. Bonhomme, parlez ferme : “ C'est celui-là que je veux ! ”

— On est bête quand on ne sait pas ! Ha, brave femme, sans vous, qu'aurais-je fait ? »

Il est donc allé à la foire. Jambes écartées et mains derrière le dos comme un marchand de porcs, le monsieur l'attendait au milieu du foirail.

« Vous allez venir chez moi, brave homme. Vous y reprendrez le drôle et vous prendrez l'argent. »

Il l'a mené chez lui, dans son domaine. Ils ont été vite rendus.

« Asseyez-vous, nous allons manger un morceau.

— Non, non, monsieur, je ne mangerai pas. C'est le petit que je veux.

— Le petit n'est pas à la pluie. Nous allons boire un verre.

— Non, non, monsieur, je ne boirai pas. Je veux le petit ; je viens chercher le petit.

— Eh bien, d'abord, vous allez prendre l'argent. »

Le grand monsieur l'a mené dans les chambres. Il y avait des tonneaux et des tonneaux d'écus.

« Voilà, prenez. Je ne suis pas regardant. Prenez et emplissez vos poches.

— Nous avons fait marché pour trente écus, c'est trente écus que je prendrai. »

Il a compté ses trente écus. Non pas vingt-neuf, ni trente et un, mais trente.

« Et maintenant, me faut mon petit. Je l'ai gagé pour un an. L'année a passé. Me le faut. »

Le grand monsieur l'a mené au jardin. Il y avait un grand arbre, et cet arbre était plein d'oiseaux. Des roses, des roux, des verts, à aigrettes, à longues pennes.

« Prenez celui qui vous chantera !

— Je prends ce gris, là-haut, en haut, ce petit gris qui chante ! »

Le grand monsieur faisait la tête — quelle figure de bois ! Mais les conventions étaient là, il a fallu tenir les conventions.

Chichourle et Chichourlou sont partis de chez le monsieur. Chichourlou, c'était ce petit oiseau gris sur l'épaule de son père.

« Va, père, j'en sais long, lui a-t-il dit seulement.

Ne t'embarrasse plus de rien. Quand fait-on la course aux chevaux ?

— On la fait de dimanche en huit, au bourg des Quatre-Vents.

— Je me mettrai en cheval. Tu m'y mèneras, tu verras ce que tu verras. »

Au jour dit, Chichourlou se change donc en cheval. Mais une vieille carne qui laisse pendre la tête comme un mouton goitreux, et qui ne sait remuer les pieds que l'un après l'autre. Avec cela, les deux genoux emportés, toute pleine de croûtes, d'écorchures et de mouches.

Le père l'enfourche, l'amène au bourg, dans le pré de la rivière, où se faisait la course.

Et cette vieille rosse tout endormie, toute honteuse, qui ne voulait pas seulement se ranger près des chevaux... Le monde venu là en faisait des risées. On criait à Chichourle de tirer sur la bride.

« Retiens-la ! Retiens-la ! Ta belle, ton hirondelle ! Ou gare ! Elle fend l'air, elle t'emporte savoir où, à val le vent ! »

Et de lui en chanter, de rire, de trépigner.

Enfin, le signal est donné.

La rosse ne semble même pas vouloir entrer en course. Elle se décide, pourtant. Mais la troupe, là-bas, filait, et ventre à terre, au long de la rivière, elle était bien déjà à mi-chemin du but... La rosse, tout à coup, part comme balle de fusil. Dans la minute, elle rejoint les autres, les passe, les laisse derrière, et l'œil avait peine à la suivre. De loin première, elle arrive au poteau... Chichourle reçoit le flot de rubans et la bourse pleine d'écus.

Se présente un monsieur, gros monsieur de campagne.

« J'achète ce cheval !

— Monsieur, si je le vends, je le vends cher. Et je ne vends pas le bridon. »

Le drôle avait bien fait la leçon à son père. « Si tu me vends, ne vends pas le bridon, je ne pourrais plus revenir ! »

« Je me moque du bridon, j'ai des bridons chez moi ! Combien voulez-vous de la bête ?

— Monsieur, j'en veux deux cents pistoles. »

C'était bien dix fois plus que ne valait un honnête cheval.

« Deux cents pistoles, bon ; deux cents, affaire conclue. »

Cet autre a pris Chichourle au mot. Il lui compte l'argent, le pied sur une borne, il se fait prêter un bridon et il emmène cette haridelle avec toute sa bourre et ses croûtes et ses mouches.

« Ha mais, monsieur, lui dit le valet, que voulez-vous faire de pareille cavale ? Il faut qu'elle ait avalé une barrique, tous les cercles lui saillent sous sa peau !

— Cette cavale, comme tu dis, moi je l'ai vue courir au pré de la rivière ! Elle prendra tous les lièvres à la course. »

Le valet crache entre ses pieds, hausse l'épaule et ne souffle plus mot. Mais dès que le maître a le dos tourné, il flanque un grand coup de pied dans les côtes de la bête.

« Sale carne ! Tu veux que les garçons se moquent de moi quand je te mènerai boire ? Mais va, avant trois mois, je t'aurai fait crever ! »

Il n'a pas eu cette peine. Le vieux cheval s'est mis en petit oiseau. Il a si bien fendu les airs que valet ni maître ne l'ont plus vu.

Rentré chez lui, Chichourlou a dit à son père :

« Tu peux me mener en foire et me vendre aux marchands, ou encore aux messieurs. Que ce soit aussi cher que tu pourras ! Tiens bien tes prix. Mais ne lâche jamais le bridon ! Rappelle-toi, dans le marché, réserve toujours le bridon ou la corde ! »

Selon les temps, foire aux mulets, foire aux porcs, foire aux bêtes, Chichourlou s'est donc mis en bardot, en cochon gras ou en bœuf de labour. Ah, il en savait des rubriques ! Des messieurs venaient, qui le regardaient, qui achetaient : des grands, des secs, et peut-être un peu bigles.

Le père repartait avec la corde.

Puis, le petit se mettait en oiseau, et de chez ses maîtres il retournait chez soi.

Vint la Saint-Jean. Il devait y avoir grande foire aux chevaux dans le bourg où cet antan ils étaient allés à la louée.

« Dis, tu m'y mèneras. Cette fois, je me mets en joli cheval.

— Et le grand monsieur, s'il vient pour t'acheter ?

— Ah, ça ne fait rien, je saurai toujours faire. Mais toi, surtout, ne laisse pas aller le bridon. »

Ils vont donc à la foire. Et le joli petit cheval fringant que c'était, ce Chichourlou ! On aurait dit qu'il jetait le feu par les naseaux et par les yeux.

Paraît le grand monsieur. Il s'approche, il regarde.

« Ah, c'est donc vous, Chichourle ? Bonjour, bonjour...

— Monsieur, bonjour.

— Ce cheval, combien le faites-vous ?

— Monsieur, cinq cents écus.

— Je le prends, cheval et bridon.

— Monsieur, le bridon, je le réserve.

— Bon, du bridon, je donne cent écus. »

Cent écus, un bridon ! Chichourle l'a laissé aller.

L'autre, sans perdre une minute, fait main basse sur la bête. Il la mène de ce pas dans la plus proche auberge. Il hèle le valet d'écurie.

« Allez, ce cheval, attachez-le-moi au haut du râtelier et le plus court que vous pourrez. Empoignez-moi un manche de fourche et puis on danse ! Tapez dessus jusqu'à ce qu'il tire la langue.

— Ce joli cheval, monsieur !

— Oui, oui, il a trop de sang. Pour l'emmener chez moi, il faut que je le mate !

— Bien, monsieur, à votre service. »

Le grand monsieur cligne de l'œil et retourne sur le foirail à son trafic de bêtes.

Voilà le pauvre Chichourlou attaché haut et court, la tête si relevée qu'il ne pouvait ruer. De partir, nul moyen : le bridon le tenait. Pour ses péchés sans doute, il a reçu du valet certaine volée de coups de trique qu'il a senti passer. Il n'en a pas attendu davantage pour tirer un pied de langue. Et le valet l'a laissé là. En cette matinée de foire, l'ouvrage arrivait de partout : donner le picotin à ces chevaux, mener boire cette pouliche, empocher un pourboire, dételer cette jument, ranger cette carriole, et ce qui valait mieux que tout, quand cela se trouvait, vider un verre de rouge.

« Pourquoi me suis-je fait cheval ? se disait Chichourlou tout tressaillant encore. Mais ce que je viens de recevoir n'est que mignardises à côté de ce qui m'attend ! »

Il savait, il savait... Dès que le monsieur l'aurait emmené chez lui, il le ferait assommer, assommer, puis saigner. « Ce soir, il me tue, et demain il me mange... Ah, pauvre père, qu'avez-vous fait de lui vendre aussi le bridon ! »

A chaque minute, il croyait voir pointer le grand monsieur ; et de toute sa peau, il ne pouvait s'empêcher de frémir...

De fait, le moment est venu où le monsieur s'est fait entendre dans la cour, apostrophant le valet d'écurie.

« Alors ? Ce cheval ? Lui a-t-on passé une dégelée qui compte ?... Bon, ça ! Mais moi, je vais lui en servir une autre, qui comptera davantage ! »

Le pauvre Chichourlou, affolé, tire sur le bridon. Il manque de s'étrangler, sans y gagner rien d'autre. Le bridon était solide, le bridon ne voulait pas rompre. Et c'était le sort, en cette histoire de magie : tant qu'il tenait, Chichourlou était tenu.

On le dit bien : ne vends jamais ta bonne fortune. A l'instant où le monsieur paraissait sur la porte en retroussant ses manches, passe par l'écurie le fils de l'aubergiste, un gamin qui, couteau en main, paraît, pelait un scion d'osier.

Il voit ce joli petit cheval qui tirait de toute sa force, tremblait de toute sa robe.

Un gamin ! Comment résister au plaisir de faire d'un coup une gentillesse à ce cheval et une malice au valet d'écurie ? Il se hausse sur ses pointes ; de son couteau, il tranche le bridon.

Voilà Chichourlou délivré ! Ah, il ne fut pas lent à se mettre en oiseau...

De la porte, le grand monsieur voit juste ce petit oiseau qui lui passe sur la tête, filer à tire-d'aile. Lui non plus ne fut pas lent à se mettre en milan. Il fond sur l'oiseau gris. Quelle poursuite sur le bourg, de jardin à jardin, toute en crochets, en plongées, en essors...

Mais au milan un passereau échappera-t-il ? Le pauvre oiseau gris allait être saisi, plumé et déchiré...

Soudain, il se met en anneau d'or. Au milieu d'un jardin, il tombe aux pieds d'une jeune demoiselle, jeune de jeune jeunesse, qui était là vaguant, cherchant. Elle cueillait des simples — c'était afin de faire un remède à son père, qui se trouvait malade. Elle entend cet anneau tinter sur le gravier, le voit, le ramasse et le passe à son doigt.

Le milan, qui déja se jetait sur l'anneau, remonte, bien capot, s'éloigne dans la nue.

Au soir, la petite demoiselle se retire en sa chambre, ôte cet anneau qu'elle n'avait pas pris le temps de regarder, tant la tenait en souci la maladie de son père, l'admire, le tourne, le retourne, le fait sauter trois fois dans ses mains, en se chantant une chanson d'anneau d'or, le pose sur sa table. Puis se couche et s'endort.

Mais dans la nuit elle a été réveillée comme par un rai de lune.

Elle entrouvre les yeux. Il lui semble voir devant elle un beau jeune garçon.

« Mademoiselle, lui a dit ce garçon, il m'a fallu me mettre en anneau d'or, je suis cet anneau d'or qui est tombé à vos pieds sur le gravier du jardin. N'ayez donc pas de peur... Mais demain un grand monsieur viendra pour vous parler. Il s'offrira à guérir votre père qui est si malade. Il vous demandera de lui donner d'abord cet anneau qui a chu devant vous. Ho, mademoiselle, quand vous lui donnerez l'anneau, par un effet de votre grâce, ne le lui remettez pas en main ; je vous en prie, laissez-le choir à terre... »

Sans savoir si elle avait rêvé, elle s'est rendormie.

Mais le lendemain, tout est allé ainsi.

Le grand monsieur se présente, aborde la jeune demoiselle en l'allée du jardin, lui tire sa révérence.

« Mademoiselle, je viens me mettre à votre entier service. Je guérirai votre père, si seulement vous le voulez.

— Hélas, monsieur, tous les médecins sont venus et ils n'ont pas connu son mal.

— Moi, je le connais, je peux donc le chasser. Il faut seulement me donner cet anneau qui est tombé hier devant vous.

— Monsieur, l'anneau est vôtre. »

En hâte, le grand monsieur saisit la main de la jeune demoiselle, et il voulait retirer l'anneau d'or. Elle, se souvenant de son rêve, s'arrange pour le laisser choir à terre. L'anneau tombe en grain de mil.

Sur-le-champ, pour avaler ce grain, le monsieur se met en coq rouge. Le grain ne l'attend pas ! Et passe, et passe, qui vit verra ! Magie donc sur magie, le grain se met en renard, en bête de rapine. A gueule ouverte, il se jette sur le coq, en deux coups de crocs lui fait un sort ! Chichourlou a été plus fort que le monsieur ; par astuce, le petit valet a mangé son grand maître...

Il a bien su ensuite se remettre en garçon. La bonne femme du pont, la fade du ruisseau, l'y aurait aidé, s'il n'avait su. Mais il savait toutes les rubriques ! A l'école de l'autre, devenu plus fin que l'autre ! Et il l'a été encore une fois plus, après avoir mangé celui qui l'avait enseigné.

Après quoi, il a guéri le père de la petite demoiselle. Elle et lui étaient de même année. Ce qui fait qu'un jour ils se sont mariés. Et elle sortait de si bon lieu, était de si vraie gentillesse, que pas une fois, dit le conte, elle ne l'a fait tourner en bourrique — ce qui, en ce monde, arrive à tant de pauvres hommes.

Le Diable et ses diableries, 355

La pache avec la diablesse

Il y avait une fois un dénommé Pipette, qui était métayer du côté de Brameloup. Les louis d'or ne lui faisaient pas la guerre. Pelé comme la Hollande.

Il aurait tant voulu pourtant cette année-là se procurer quelque argent ! Non pour lui, le pauvre bon humain — il s'était habitué à se passer de tout, même d'une chopine le dimanche, — mais pour sa fille, son aînée qui venait en âge d'être établie. On ne marie pas une fille sans lui donner son mariage, sa dot, comme on dit à la ville : quelques centaines d'écus, l'armoire, la garniture.

Sa fille, sa Miette, brave comme un jour, et éveillée comme un perdreau ! Elle tenait de lui pour l'éveil. Mais toute simplesse et toute gaieté. Ses accords n'avaient pas été longs à conclure avec le fils du voisin.

« Dis, Miette, nous sommes pour être mari et femme ?

— Oh oui, va, mon Jeantou !

— Alors, toi, tope là !

— Je tope, c'est pache faite ! »

Une pache est le pacte qu'on fait en tapant dans la

main. La Miette, bien sûr, ne se dédirait jamais de la pache faite avec son Jeantou. Mais les père et mère de Jeantou ne donneraient leur garçon que quand la pauvre Miette aurait un mariage : douze cents écus pour le moins, car eux, ils étaient riches. Si elle n'avait ces écus, Miette resterait tante : la vieille fille qui marmonne au fond de sa maisonnette, les pieds sur sa chaufferette, tâchant d'avoir les amitiés de son matou — elle sait bien que ses neveux et nièces ne se soucient d'elle que pour l'héritage.

Pipette voyait cela et se mangeait les sangs. Sa Miette ! Sa belle petite qui lui riait si bien quand il lui faisait faire houp ! qu'il l'enlevait entre ses grosses mains jusqu'à lui faire toucher le plafond... Sa Miette, sa Miette... Il lui semblait qu'elle commençait de se dessécher, comme un pied de lilas quand la lune d'août amène la sécheresse. Et lui qui aurait fait de la fausse monnaie pour elle, il en avait le cœur étreint.

Mais où prendre douze cents écus ? Il se le demandait tout le jour.

Il ruminait ce matin-là encore, en allant retourner son champ. C'était descendant par le chemin, la bêche sur l'épaule, les yeux en terre. Et il allait comme s'il cherchait là, dans quelque pas de cheval, les douze cents écus qu'il aurait tant voulu avoir. Les douze cents écus de sa Miette !

Tout à coup, et il manqua de trébucher et de s'allonger, il a donné dans quelque chose : il ne sut même pas ce que c'était d'abord. On aurait dit d'une de ces pelotes de broussailles, de branches mortes, et de ronces qu'on fait en émondant les haies, quelque ramas d'épines comme les gamins en traînent au feu de joie pour le dimanche des brandons.

Ou bien d'une araignée, d'une bête garelle, toute en poils, toute en pointes, toute en pattes. Et des mèches grises, et des griffes noires. Une femme peut-être, mais plus barbue qu'une bique et quelque peu harpie.

Pipette, assez saisi, recule dans le chemin. Il ne pouvait plus lâcher de l'œil ce dragon qui tenait l'œil sur lui, et ce petit œil bordé de rouge lui faisait mal à regarder.

« Que fais-tu là, diablesse ?

— Peut-être que je t'attendais, Pipette. Mais comment me connais-tu ?

— Moi, je te connais ?

— Tu me dis diablesse, c'est bien ça, je suis la femme du diable. Et tu vois que je te connais, Pipette. Je sais que tu n'es pas plus chargé d'argent qu'un crapaud ne l'est de plumes. Alors, dis, veux-tu faire pache ? Si nous tombons d'accord, je te remets de l'argent. »

Elle alla prendre en son giron et ramena une bourse plus grosse qu'une courge. A travers le filet, on voyait luire de l'or.

« Regarde donc, Pipette, quarante mille francs ! De quoi se faire un gendre et se faire des amis. »

Tout cet argent pour marier la Miette... Donner la joie à sa Miette... Mais Pipette n'était pas tombé des dernières pluies. Il savait ce que savent tous les paysans, qu'il ne faut jamais rien acheter, parce que tout ce qui s'achète, s'achète trop cher. Et que le diable surtout ne donne rien pour rien.

« Tellement donc, fit-il en hésitant, que vous me

remettriez cette bourse ? Et moi, alors, qu'aurais-je à vous remettre ?

— Hé, tu t'en doutes bien. Mais tu ne te douteras même pas que tu me vends quelque chose. Rien de changé jusqu'à ta mort.

— On sait ce que parler veut dire. Quoi ? vous achèteriez mon âme ? »

Pipette fit signe qu'il n'était pas vendeur.

« J'en trouverai d'autres, et qui seront moins jeannots que toi. Regarde un peu ce sac : quarante mille francs ! Crois-tu que tu les vailles, Pipette ? Té, je vais tout te dire : avec mon diable, je viens d'avoir des raisons, il m'a traitée de coquette, de fainéante et de propre à rien. Là-dessus, j'ai parié qu'avant midi je rapporterais une âme. Vois-tu pourquoi je la paie si cher ?

— Non, rien de fait ! » dit Pipette.

Cependant, il ne partait pas.

« Et la Miette, veux-tu ou non la marier ? Écoute, reprit la diablesse, changeant de ton et avançant le museau, écoute, je suis plus qu'arrangeante ! D'abord, je te donne vingt ans, vingt ans de vie ! Ensuite, je n'aurai même ton âme qu'à condition. Dans vingt ans, jour pour jour, tu reviens sur le chemin. A midi moins un quart, nous nous retrouverons ici. Tu me proposes cinq choses à faire. En un quart d'heure que ce soit bâclé. Si j'en fais quatre, je gagne. Si je n'en fais que trois, tu gagnes. Et maintenant, dis vite, ou par oui, ou par non ! »

Pipette demeurait les yeux en terre, la bêche sur l'épaule. Vingt ans... Quarante mille francs... Puis surtout les cinq choses. On viendrait bien à bout d'en trouver deux assez sorcières pour surpasser même la diablesse ! Pipette était de nature joyeuse. L'idée d'annoncer à sa Miette que le mariage se ferait dans trois semaines l'a enlevé. Et allez, gai, marions la fille !

« Eh bien, c'est oui, dit-il.

— Tope ici.

— Pache faite ! »

Hé oui, pour la pache faite par sa Miette, Pipette a accepté de faire pache avec le diable, ou la diablesse, c'est tout un.

La diablesse lui a remis la bourse. Lui, au lieu d'aller retourner son champ, il a regagné le logis. De ce pas, il est allé chez le père du Jeantou. Il a dit qu'il ferait à la fille un mariage de quinze cents écus. Et on a pris jour pour les noces.

La Miette et le Jeantou se sont vus au milieu des étoiles. Pipette, ma foi, y était aussi, le bon humain, derrière sa Miette.

Pauvre Pipette. Avant la pache, il allait allégrement, comme un ruisseau d'avril. Après, après, ce ne fut plus le même train.

A la noce, pour commencer, on fricassa chair et poisson, on lampa du blanc et du rouge. Trop à manger et trop à boire, tant que tout le monde en eut le corps dérangé.

De même, Pipette avait trop d'argent, et trop d'aise. Il acheta des bêtes, il acheta des terres. Ses bêtes, elles prirent le mal de pied ou le tournis. Ses terres, la grêle les lui nettoya.

Ses filles s'étaient mises à courir les fêtes, les foires et les bals. L'une y gagna un chaud et froid, en rentrant de nuit, et mourut. L'autre se cassa la jambe dans la coursière, traîna un peu, mourut aussi. Le fils, lui, s'était mis à boire. Un soir qu'il avait lancé le cheval à toutes brides, sa carriole vint donner contre le parapet du pont : il s'assomma.

Il n'y avait que pour la Miette et son Jeantou que tout verdoyât. Mais le pauvre Pipette se voyait de plus en plus défortuné. L'argent de la diablesse ne portait pas bonheur. Il se trouvait tout aussi gueux qu'avant, dans sa petite maison de la côte ; et les années étaient venues, et les enfants étaient partis ; partie aussi l'humeur joviale de Pipette ; partie même l'idée pour sa femme ; elle n'avait plus sa tête : aurait-elle épluché des raves, elle lâchait soudain rave et couteau, tombait en rêverie. Et tout cela ne faisait plus une vie pour Pipette, à peine une vidasse.

Or, l'échéance des vingt ans approchait.

Pipette travaillait de tête comme les oignons. « Ma diablesse, il faut pourtant que je lui fasse fleurir quelque chose pour me débarrasser d'elle ! Qu'est-ce que je vais trouver, que cette satanée sorcière ne puisse pas faire ? Attends, va, ma particulière, peut-être bien qu'on te tiendra ! »

Il avait imaginé certain petit tour. Bien enfermé au fond de son écurie, la porte barrée sur lui, il prépara cela. Ce serait une des choses qu'il proposerait à la diablesse.

Puis il en a imaginé trois autres.

C'est adroit, une diablesse. Et celle-là, ce vieux sac d'ossements, devait avoir le bras long. Mais si jamais elle faisait ce que Pipette allait lui demander...

Il y avait pourtant des minutes où le pauvre Pipette baissait l'oreille.

« Si Dieu ne m'aide, je ne suis pas blanc. »

Au jour dit, il va dans son écurie arranger quelque petite chose, sort, en tirant la mule par le bridon. Et il prend le chemin.

A peine arrivait-il au tournant, devant les campagnes, qu'il voit paraître la diablesse.

Toujours barbue, bourrue, avec ces yeux saigneux qui faisaient mal à voir ; et ces mèches, ces griffes, ces bras, ces jambes d'aragne. Sale au demeurant comme sept cochons et une truie.

« Ô mais va, ma particulière, si je gagne, se dit Pipette, quel coup de pied au derrière je veux te mander ! Un pied-au-cul qui t'envoie d'ici voler par-dessus les bois, les champs, les prés, jusque dans la rivière ! »

« Allons, allons, dit la diablesse, tu peux me demander cinq choses à faire, Pipette, les cinq avant midi. Si j'en fais quatre, j'ai gagné. Il est midi moins le quart. Dépêche-toi ! Commence !

— Commençons, dit Pipette. Empoignez la queue de ma mule. Moi, je la pique en disant : Un, deux... trois... Vous, vous tirez. Si vous amenez la bête, vous gagnez. Sinon, je gagne. Allez-y !

— Ta mule ? Plus forte que moi ? Pauvre innocent ! »

La diablesse se campe, s'assure sur ses pieds griffus, crache dans ses paumes, empoigne cette queue...

« J'y suis !

— Bon. Un... deux... trois... »

L'un pique, l'autre tire.

Crac. La queue de la mule se rompt. La mule part de l'avant, la diablesse de l'arrière. Et la pauvre diablesse vient donner du fondement contre un rocher, si roidement que la pierre en fait feu. Elle se relève, s'attrapant le fondement à deux mains ; et de bêler, de bêler à vous fendre les foies...

D'un coup de pied, dans sa colère, elle a envoyé qui sait où la queue de la mule. — Et si elle avait mieux regardé, peut-être aurait-elle vu que cette queue avait été coupée depuis trois semaines. Pipette venait seulement de la recoller à la poix...

Mais dans sa rage, elle ne s'avisa de rien. Pipette, ragaillardi d'avoir gagné le premier coup, crut que le jeu lui venait. Il se carra dans sa veste.

« A présent, diablesse, au deuxième ! Regarde là-bas, droit de mon doigt. Vois-tu ce lièvre qui détale ? Rattrape-le, noue-lui la queue et rapporte-le-moi tout vif dans la minute. »

Sitôt dit, sitôt fait. Du haut de la colline, la diablesse part, s'abat sur le lièvre, dans la minute le rapporte par les oreilles, sa houpette nouée, allez savoir comment !

Pipette commençait à suer. Il ne s'attendait pas à celle-là.

« Au troisième coup, diablesse. Regarde là-bas, droit de mon doigt. Vois-tu dans la rivière cette truite qui vient de sauter, pour happer une mouche ? Va la chercher avec tes dents, noue-lui la queue avec ta langue, rapporte-la dans la minute. »

Sitôt dit, sitôt fait. Du haut de la colline, la

diablesse fond sur la rivière, plonge dans le gourg. Coup de dent, tour de langue... Dans l'instant, elle est là, qui présente la truite, queue nouée...

Pipette n'avait plus que cinq minutes devant lui. Le sang commença de lui blanchir et se mit à couler à rebours.

« Au quatrième coup, diablesse ! Regarde là-bas, droit de mon doigt. Vois-tu dans la nue cette grive ? Rattrape-la, rapporte-la-moi, dans la minute, mais toute plumée et toute rôtie. »

Sitôt dit, sitôt fait. Du tournant la diablesse s'envole — on dirait d'un milan qui va lier un pigeon... Dans l'instant, elle est là qui présente la grive, troussée, rissolée, juste à point.

« De quatre coups, un pour toi, trois pour moi. Maintenant, au cinquième, et dépêche, Pipette ! »

Bien sûr, il fallait se dépêcher : midi moins trois minutes. Ce cinquième allait tout décider... Pipette ne vivait plus.

Midi moins deux... Midi moins une.

La tripe lui frémit. En cette révolution d'entrailles subitement arriva ce qui ma foi peut alors arriver.

La campagne en retentit. La diablesse sursauta. Pipette du même coup en retrouva ses esprits.

Ses esprits, sa gouaille rustique, la dérision de cette vie où l'on a tant d'affaires avec l'argent, les tracas et le diable. Il se tourne vers la diablesse. Abasourdie, elle semblait chercher sur la campagne la fumée de quelque coup de mine :

« Au cinquième ! Et regarde là-bas, droit de mon doigt, celui-là, rattrape-le !

Oui, celui-là, rattrape-le ! »

Tout effarée, elle se vire... Pipette fait un saut en arrière, deux en avant, et de toute sa force, à la volée, lui envoie le plus beau coup de pied dans le derrière qui ait jamais été envoyé en ce monde.

Si la diablesse en sa vie de diablesse reçut quelque présent d'échine, ce fut ce jour et celui-là. Le coup l'enleva, l'expédia dans les airs, cul par-dessus tête, au large des campagnes, de la rivière et de tout le diable au vert. Et adieu donc ! Bon vent !

A cette seconde, dans tous les clochers d'alentour commençait le branli-branla de l'angélus.

Pipette n'eut qu'à rentrer à la maison, ramenant la mule. Et croyez qu'il n'oublia pas de rapporter pour son dîner le lièvre, la truite et la grive. Les cloches chantaient de partout.

A dater de ce jour, tout tourna bien pour lui. Il rajeunit. La femme retrouva ses idées. La Miette lui avait donné de beaux petits-enfants ; à leur tour, ils se marièrent et firent maison. Pipette remonta son cheptel et ses terres. Sans aller tout au grand, il vécut bien à l'aise.

Il n'y eut que la queue de la mule qui ne se retrouva pas.

Moi j'ai marché sur la queue de la souris,
Elle a fait cui-cui-cui
Et le conte est fini.

Le Diable et ses diableries, 370.

La Montagne Noire

Il y avait une fois un garçon vaillant comme une abeille. On lui disait Jeantou. Il était de si bel allant qu'il se serait jeté — hardi, petit, mon ami ! — à travers cent pieds de moutarde.

Mais la chance ne lui en avait pas encore voulu. A vingt-deux ans sonnés, il n'avait ni argent, ni terres, ni femme, ni prétendue. Et il séchait d'envie d'avoir un champ à lui qu'il bêcherait, une maison où rentrer pour le soir, qui sentirait la soupe, une femme, surtout, à qui il parlerait de l'ouvrage du jour et qui lui raconterait son rêve de la nuit.

Enfin, maison ou pas, et ménagère ou pas, il faut faire ses besognes. Il tâchait de les faire : suivre son chemin et voir venir.

Un soir, précisément, passant par le carrefour, dans l'entre chien et loup, il a vu se dresser là une grande vilaine figure d'homme, peut-être un homme, mais tout barbu, cornu.

« Où vas-tu ? lui a demandé le personnage.

— Où le vent m'emmène, partout et nulle part, a répondu Jeantou.

— Veux-tu faire fortune ?

— Fortune ? ma foi, je peux vouloir.

— Nous allons jouer aux cartes. Si tu gagnes, tu gagnes quatorze tonneaux d'or. Et si tu perds, tu m'appartiens.

— Même si je perds, je veux garder une chance.

— Eh bien, je t'en laisse une ; dans un an et un jour, tu devras te rendre à la Montagne Noire, te faire mon serviteur. Si tu m'y contentes en trois choses que je t'y commanderai, tu recouvreras ta liberté. Et je te donne ma bourse, et ma fille, et tout ce que tu veux... Alors, c'est dit ?

— C'est dit, Barbu-Cornu. »

Toute la nuit ils ont joué aux cartes. Le Barbu-Cornu avait tiré un jeu de sa poche, et puis une étincelle de quelque part, derrière ses basques, Jeantou n'avait pu savoir d'où. Ils avaient fait un feu de branches mortes ; on y voyait comme en plein jour.

Pique et cœur.
Puissance et courage,
Trèfle et carreau
Argent et plaisir.

Mais l'autre avait toujours les atouts qu'il fallait et Charlemagne à la retourne. Même en surveillant de près les doigts du personnage, impossible de le surprendre coulant une carte. Au chant du coq, le garçon avait perdu tout ce qu'il avait voulu.

Or, il n'avait vaillant que lui et sa chemise.

« Tu m'appartiens, fit le personnage, avec un petit rire.

— Une dernière partie, dit Jeantou. Hein, Barbu-Cornu, quitte ou double ! »

Il prit le jeu, battit les cartes — c'était à l'écarté. L'autre eut le roi et fit la vole.

« Reste le recours que j'ai tenu à garder, déclara Jeantou en se levant.

— Dans un an et un jour, fit toujours ricanant le Barbu-Cornu, sois donc à la Montagne Noire.

— Mais la Montagne Noire, où est-ce ?

— C'est du côté de bise. A toi de trouver le chemin. Si tu ne le trouves, je viens te prendre, et tu m'appartiendras sans recours. »

Sur quoi le personnage disparut.

Une année passa, — passa vite avec cette échéance au bout.

Le dernier jour, au matin, Jeantou se mit en route. Il marcha, du côté de bise, comme le Juif errant, marcha, bâton au poing. Traversa coteaux et vallons, bocages et déserts, alla, alla, alla, alla, sans jamais voir dans les distances cette fameuse Montagne Noire.

Enfin, sur le soir, il arrive à une chaumine misérable, paille et torchis ; il s'arrête à la porte, trois petits coups frappant.

Une vieille femme toute branlante ouvre ce qui tenait lieu de porte.

« Salut, bonsoir, madame. Vous ne me diriez pas où prendre la Montagne Noire ?

— La Montagne Noire, pauvre drôle ? Moi, pour le savoir, je ne suis pas encore assez vieille. Mais regarde là-bas, là-bas, droit de mon doigt, vois-tu, au fin bout du pays, sur le bord de la nue, une maisonnette encore plus antique que la mienne ? Là demeure ma sœur, qui est mon aînée de presque cent ans. »

Il y est allé, presque à la course, car le soir baissait, comme la chandelle qui va s'éteindre. Il se serait plutôt usé les jambes jusqu'aux genoux.

S'arrêta donc à la porte de cette autre chaumière, trois petits coups frappant.

Plus branlante-tremblante encore que la première vieille, une vieille femme est venue lui ouvrir.

« Salut, bonsoir, madame. Vous ne me diriez pas où trouver la Montagne Noire ?

— La Montagne Noire, pauvre drôle ? Moi, pour le savoir, je ne suis pas assez vieille. Va donc trouver ma sœur, là-bas, au fin bout du pays, qui est mon aînée de presque deux cents ans ! »

Il est allé, il a fallu ! Et celle-là, enfin, lui a parlé.

« La Montagne Noire, pauvre drôle ? Y va qui veut, en retourne qui peut. Moi, jamais je n'ai vu personne en revenir.

— Que j'y arrive tout au moins, a repris le Jeantou, si Dieu veut, j'en reviendrai. Il y a parole donnée, il faut que j'y sois ce soir, avant minuit. »

Alors la vieille est sortie devant sa porte. Elle a battu des mains. Sont arrivées de partout des nuées et nuées d'oiseaux.

« Oiseaux, combien de temps vous faudrait-il pour arriver à la Montagne Noire ?

Le corbeau a répondu :

« Je connais le chemin, il me faudrait trois jours. »

La vieille est entrée dans sa cabane, est remontée tenant un petit pot à beurre.

Jeantou attendait là et séchait d'impatience. La vieille lui a remis ce pot.

« Écoute, pauvre drôle, monte sur le corbeau, et donne-lui une becquée de cette graisse. Il serait mieux de garder les deux becquées qui resteront pour le retour. Mais si le vol baisse, prends garde, donne-lui-en une autre ou le corbeau te videra du haut des airs ! Garde au moins la troisième, si tu veux revenir... Mon drôle, est-ce compris ?

— Compris, madame, de bout en bout.

— Écoute, pauvre drôle, voilà encore trois œufs. Tu casseras le rouge, puis le bleu, puis le blanc. Cela fait, au haut de la Montagne, tu trouveras trois demoiselles se lavant dans un étang qui entoure le château. Tu leur demanderas de te passer l'eau bien poliment... »

Elle lui a tout expliqué point par point. Et pour finir :

« Tu embrasseras cette plus jeune, en lui disant : Dans mon pays, on se marie par une embrassade ! »

Il est monté sur le corbeau ; il lui a donné la première becquée de graisse, il est parti emporté dans les airs.

Quelles étendues d'air au-dessus des espaces ! Le corbeau ramait à grands coups d'ailes : la nue et les pays lui fuyaient au-devant.

Mais toujours l'étendue. Et le temps passait, la nuit venait, et Jeantou sentait bien que le corbeau perdait ses forces.

Il fallait lui donner la deuxième becquée, il le fallait...

Après cela, le corbeau s'est remis à ramer de ses ailes, et il a gagné du pays.

Tant de pays, tant de distances. A peine si l'on voyait la Montagne Noire tout là-bas, au fond de ce monde, sous la lune levante.

« Je n'aurai rien pour revenir. Mais il faut arriver d'abord. Tant pis, arrive qu'arrive ! »

Et Jeantou a donné la troisième becquée au corbeau. Et le corbeau l'a déposé au pied de la Montagne Noire.

C'était un mont lisse comme une bouteille, les plus agiles petits grimpeurs s'y seraient retourné les ongles. Mais Jeantou a cassé l'œuf rouge, une grande échelle s'est dressée devant lui...

Au bout de l'échelle, il a cassé l'œuf bleu, un grand chemin devant lui s'est ouvert.

Au bout du chemin, il a cassé l'œuf blanc, un grand étang devant lui s'est étendu. Au milieu de l'étang, sous le clair de lune, il a vu un château. Dans l'étang se baignaient trois fades.

« Voudriez-vous me passer l'eau, si c'était un effet de votre grâce, mademoiselle ? » a-t-il demandé, chapeau bas, à la première de ces fades se baignant.

« Passe ton chemin, garçon, lui a-t-elle répondu, il te faudrait être plus hardi pour réussir. »

Il s'est approché de la deuxième.

« Mademoiselle, si c'était un effet de votre grâce, voudriez-vous me passer l'eau ?

— Passe, passe ton chemin, garçon ! Pour réussir ici, plus de hardiesse est requise ! »

« Elles n'ont pas tant à faire les fières, songeait-il, les deux filles-chèvres, elles qui sont plus noires que mon corbeau de tantôt. Eh bien, voyons cette troisième, qui a une autre mine, et tâchons d'être plus hardi ! »

Le cœur lui battait, cependant, car celle-là, elle était blanche comme un bouleau au clair de lune.

« Toi, la fille blanche, sans te commander, passe-moi l'eau !

— Sans me commander ? Et si je répondais non ?

— Eh bien, en te commandant, passe-moi l'eau, tout de suite.

— Tu es bien hardi ! mais il te faudra l'être ici ; et que tu le sois n'est pas pour me déplaire. »

Elle jeta devant elle ses longs, longs cheveux d'or ; ils allèrent à l'autre rive comme un pont montant, descendant, tout de souplesse. Et Jeantou passa sur ce pont.

En passant, il sut jeter un coup d'œil de côté. Il vit les deux filles noires ; en hâte elles sortaient de l'eau ; et elles se regardaient tant et plus ; mais elles avaient eu beau se laver, elles restaient plus noires de peau que des corneilles. Dans leur dépit, elles juraient comme des charretiers, sacraient et maudissaient... Tout d'un temps cependant, elles guettaient malignement leur sœur et le garçon. Jeantou sut voir cela et que, profitant de ce que leur sœur leur tournait le dos, elles s'emparaient de sa robe bleue et la cachaient dans les glaïeuls.

Lorsque la fille blanche eut compris que le garçon

avait passé l'eau sur ses cheveux, elle se redressa, elle voulut sortir de l'étang.

Mais plus de vêtements !... La voilà bien en peine. « Fille blanche, dit Jeantou, je peux te rendre ta robe bleue. Je te la troque contre la promesse que tu vas faire de m'aider en toutes choses.

— Donne-moi la robe, a dit la fille, tu as ma promesse. Pache faite. Oui, je te promets de t'aider. »

Il est allé chercher la robe bleue dans les glaïeuls et dans les flambes. Puis il s'est retourné et il a attendu la fille blanche sur la rive. Dans le moment, elle est venue le joindre, toute vêtue, s'arrangeant les cheveux.

« On m'appelle Bélélalie. Ces deux grandes chèvres noires ne sont que mes demi-sœurs, moi je suis la fille d'une reine que notre père avait trompée. Une reine magicienne et j'ai hérité de sa baguette... Mes sœurs me portent envie, elles me jouent tous les tours. Si tu savais me tirer du château !... »

Et lui, du coup, il sentit qu'il n'allait plus vivre que pour cela. Sans qu'elle ait besoin de le lui entendre dire, elle l'a connu à ses yeux.

« Je ne sais si tu t'en tireras, a-t-elle repris, mais prends le contre-pied en tout de ce que te proposeras mon père. Ici, tu as à te garder dans le manger, le boire et le dormir. »

Ils se sont regardés. Ils ont fait la cadenette de fer pour mieux lier le pacte : on noue les petits doigts, on s'arrache un cheveu, on le fait s'envoler d'un souffle.

Puis il s'est souvenu du mot de la vieille, la plus vieille : « Tu lui diras : Dans mon pays, on se marie par une embrassade. »

Les voilà en entente, pour tout et pour toujours.

Et lui pensait : « C'est la fille du diable. Mais elle est chair baptisée, elle n'est pas condamnée d'avance. Puisqu'elle le veut tant, que nous le voulons tant, nous nous tirerons des mains du diable même. Tous les deux, elle et moi, nous allons tellement vouloir... »

« Je te quitte, lui a-t-elle dit à la porte du château. Il ne faut pas que mon père se doute, mes sœurs ne vont que trop l'avertir... »

Alors, Jeantou est entré, sans même heurter à la porte, droit dans la salle basse toute tendue de rouge.

« Es-tu là, dis, Barbu-Cornu ? »

Le diable s'est dressé devant lui comme une vipère à qui on marche sur la queue.

« Ah, mon beau joueur de cartes ! Te voilà au rendez-vous ? Tu arrives à temps ! Une minute de plus, minuit avait sonné ; dès lors, tu étais mon homme. Demain, je te donnerai ta tâche. Si tu viens à la faire, après-demain une autre. Si tu la fais encore, une autre le jour ensuivant. Si tu en manques une seule, ta dernière chance est morte : tu es mon valet pour toujours. »

Il l'a fait asseoir à sa table, en face de lui : « Ça, maintenant, soupons. »

Une des filles a apporté une poire et l'autre fille a apporté une pomme.

« Mange la poire, veux-tu ?

— Non, je mangerai la pomme. »

La poire était empoisonnée et le diable a craché de dépit.

Une des filles a servi du vin blanc ; et l'autre fille a servi du vin rouge.

« Bois du vin blanc, veux-tu ?

— Non, je boirai du vin rouge. »

Le vin blanc était empoisonné. Le diable a recraché de dépit.

Puis l'heure est venue de dormir. Les filles ont dressé deux lits : un de bois, un de fer.

« Tu dormiras dans le lit de bois », a dit Barbu-Cornu.

« Je dormirai dans le lit de fer », a pensé Jeantou, sans le dire.

Le lit de bois était fait pour devenir lit de feu. Bélélalie a pris le lit de feu pour elle.

Dès le matin, Barbu-Cornu est venu éveiller son valet. Il l'a trouvé debout.

« Valet, tu as bien dormi ?

— Très bien, maître. Je suis à votre commandement.

— Je te commande de faire une fontaine, et ce soir au souper, tu mettras sur la table une bouteille de son eau. »

Pour ce faire, il lui a remis une houe et une bêche. Jeantou est parti pour l'ouvrage.

Au premier coup donné, houe et bêche tombèrent en débris ; ils étaient d'écorce de citrouille. Ce que dans sa matinée put faire le Jeantou ne se connut même pas.

Sur le midi, Bélélalie dit à son père :

« Je veux aller porter la soupe à ce valet.

— Nous irons, nous, dirent ses sœurs.

— Je vous dis que j'y vais. Je vous dis que je veux !

— Nous, nous irons !

— Vas-y, Bélélalie, que tant tu veux y aller », dit le diable qui chérissait plus que les deux autres sa fille blanche.

Et elle y est allée. D'abordée, elle a vu les choses.

« Bonjour, Jeantou.

— Bonjour, Bélélalie.

— Tu sembles en peine ? Dis, qu'y a-t-il ?

— Il y a que les outils sont de citrouille ; et je n'ai rien pu faire.

— Mange la soupe seulement, et reprends cœur. »

Jeantou a mangé comme le feu, se reposant de ce qui était à faire sur son amie sans autre. Puisqu'elle voulait, elle, elle saurait bien faire cette fontaine. Elle, elle le regardait manger, riant de plaisir à voir son appétit.

Elle a repris l'écuelle, elle a tiré une baguette de sa manche.

Par la vertu de ma baguette
Soit fait ce que mon père a en tête.

Tout s'est trouvé fait et parfait, la fontaine pleine d'eau coulante. Jeantou n'a eu qu'à en emplir une bouteille et le soir à poser la bouteille sur la table.

Alors il a crié au grand Barbu-Cornu.

Le diable est venu.

Les filles noires sont venues pareillement.

« Père, je vous dis que Bélélalie lui fait la leçon !

— Oui, oui, Bélélalie, tu as sûrement œuvré ici !

— Moi, mon père, y avoir mis la main ?... », a dit Bélélalie en levant les épaules.

On a soupé. Jeantou, sur un regard de son amie, ne prenait pas ce qu'on lui offrait, prenant ce qu'on ne lui offrait pas.

« Fille, a dit le diable, menez-moi le valet au lit de la chambrette. »

Elles l'y ont mené. C'était un lit de feu. Mais Bélélalie a bien su se glisser par la porte avant que Jeantou se fût mis en ce lit.

« Va coucher en ma chambre... »

Elle, elle a couché au lit de feu.

Le lendemain matin, Jeantou s'est présenté au grand Barbu-Cornu.

« Tu as bien dormi, valet ?

— J'ai bien dormi. Me voilà à votre commandement.

— Je te commande de planter une vigne, et je veux que ce soir il y ait sur cette table une assiettée de son raisin. »

Là-dessus, le Barbu-Cornu lui a remis une serpe, une pioche, et Jeantou est allé s'atteler à l'ouvrage.

Ha, ouiche ! Au premier coup donné, la serpe, la pioche ont volé en débris. C'étaient des outils de citrouille.

Tout ce qu'a fait Jeantou ne s'est quasi pas connu.

A midi, au château, Bélélalie a dit :

« Je porte la soupe au valet.

— Non, non ! Nous, nous irons, ont crié les deux sœurs.

— Je veux y aller, je vous dis que je veux.

— Eh bien, vas-y, que tant tu veux y aller », a dit le diable.

Et elle y est allée. D'abordée, elle a vu que les choses n'avançaient pas.

« Bonjour, Jeantou.

— Bonjour, Bélélalie.

— Qu'y a-t-il ? Tu me sembles en peine.

— Il y a que les outils sont outils de citrouille. Et je n'ai pu rien faire.

— Mange ta soupe, seulement, et reprends cœur. Tu vas voir se planter la vigne. »

Jeantou a mangé comme le feu. Et Bélélalie le regardait nettoyer l'écuelle, et elle en riait de plaisir. Ensuite, elle a tiré la baguette de sa manche.

Par la vertu de ma baguette...
Soit fait ce que mon père a en tête.

Et la vigne s'est trouvée plantée, elle a tout d'un temps bourgeonné, s'est couverte de pampres, de grappes. Jeantou n'a eu qu'à en cueillir une assiettée, et le soir à poser l'assiettée sur la table.

Alors il a crié au grand Barbu-Cornu.

Le diable est venu, tirant sur sa barbiche.

Les filles noires sont arrivées aussi, pointant le museau. « Père, je vous dis que Bélélalie lui a fait la leçon !

— Oui, oui, Bélélalie, tu as sûrement œuvré ici !

— Moi, mon père, j'y aurais mis la main ?... », a dit Bélélalie en ouvrant de grands yeux.

On a soupé, Jeantou se gardant toujours, sur le clin d'œil de son amie, dans le manger et dans le boire. Elle a su le garder aussi dans le dormir.

Au matin, le diable a été bien surpris de revoir ce garçon aussi frais que la rose.

« C'est ma fille blanche qui l'aide. Mais ce soir, de toute façon, je me débarrasse de lui. »

« Tu iras, a-t-il dit à Jeantou, m'aplanir cette montagne. Tu y planteras un jardin d'œillets blancs et au milieu le beau rosier tout fleuri en boutons d'argent, que ce soir il y en ait un bouquet sur la table. »

Ce bouquet blanc, c'était le plus difficile, car sur la Montagne Noire du grand Barbu-Cornu, rien ne vient qui ait blancheur...

Bien sûr, avec ses outils de citrouille, Jeantou n'a pu que de pauvres choses. Mais sa Bélélalie a voulu lui apporter la soupe. C'était si bien voulu qu'elle est venue, la baguette en sa manche.

Par la vertu de ma baguette
Soit fait ce que mon père a en tête.

La fille blanche a pu faire plus encore que n'aurait pensé son père diable.

Le soir, quand le Barbu-Cornu a vu au mitan de la table ce bouquet blanc comme neige, il a grimacé de fureur. Plus enragé que pour la bouteille d'eau, plus que pour l'assiettée de raisins !

« Barbu-Cornu, a dit Jeantou, te voilà contenté en ces trois choses que tu m'as commandées.

— Je vois, a dit l'autre. Et tu es libre. Je vais te donner trois bourses d'or. Va-t'en à tous les diables !

— Je veux bien des trois bourses d'or, a dit Jeantou, mais je ne m'en vais pas sur ce pied-là. Tu dois me donner Bélélalie pour femme avec trois roses blanches sur le cœur !

— Je te donnerai une de mes filles, a crié le Barbu-Cornu, mais à toi de m'apporter d'abord la colombe avec ses trois œufs en son joli nid, la colombe qui niche tout là-haut, à la fine pointe de la tour ! »

La tour était la plus haute du château, droite comme un jonc, lisse comme une coulée d'huile. Y monter ne se pouvait pas. Un écureuil ne l'eût pu, pas même une fourmi. Rien à faire, rien à faire.

Jeantou ne voulait pas perdre cœur. Il s'en fiait à sa blanche amie ; à son amie sans autre. Mais il le sentait bien, le Barbu-Cornu entendait désormais voir de plus près à tout. Il y avait dans l'air du temps quelque chose de changé. Le père diable, fumant de rage, était avec ses filles-chèvres ; et la pauvre Bélélalie en ce château des magies noires n'avait pas les pouvoirs que lui, le diable, avait.

« Valet, va-t'en au lit, a crié ce Barbu-Cornu, te lèveras quand je te sonnerai, demain ! »

Il l'a regardé partir. Puis s'est tourné vers sa fille blanche :

« Bélélalie, tout ce jeu va finir ! Ce que tu as fait, tu vas le défaire. Ce soir, au lit. Demain matin, lève-toi dès que je te sonne. »

Il l'a regardée aussi partir. Puis, donnant un coup de menton :

« Filles, a-t-il dit à ses filles noires, vous allez mettre sur le feu un chaudron d'huile, et ce sera pour faire cuire le valet. »

Elles ne se le sont pas fait dire deux fois.

Mais du fond de ce château, où les nuits étaient comme une bataille de coqs rouges et de coqs noirs, Bélélalie avait l'oreille à tout, devinait tout, disposait tout de sa blanche main.

Doucement, doucement, elle est allée dans la chambrette parler à son Jeantou.

« Je vais coucher au lit de feu, tu iras coucher dans mon lit. Ha, maintenant, toi, prends bien garde. Nous voilà aux bouillons de la lessive... Seras-tu aussi hardi qu'il te va falloir l'être ? Jure-moi de n'être plus que hardiesse ! »

La main levée, il le lui a juré.

« Tu vas me mettre à bouillir dans le chaudron de l'huile...

— Bélélalie, ma belle, ma chérie, ma Bélélalie, je ferai tout ; mais toi, te tuer, toi, te mettre à bouillir, je serai mort avant...

— Tu ne vas pas mourir ; tu vas faire ce que je veux, ce qu'il faut que cette nuit tu fasses. Lorsque j'aurai tant bouilli dans l'huile, que la chair sera partie de mes os, tu prendras ces os blancs, les mettras bout à bout. Et tu pourras par eux monter à la pointe de la tour ; tu y enlèveras le nid de la colombe, la colombe et ses œufs jolis. Puis ramasse mes os, et qu'il n'en manque point ; remets-les dans le chaudron d'huile. Tu m'en verras sortir reprenant vie, plus vive et plus vivante... »

Bélélalie est allée au lit de feu, à la place de Jeantou. Elle est allée au chaudron d'huile bouillante, pour son Jeantou encore... Elle savait bien : c'est la femme toujours qui a le plus à en voir. Peut-être que la femme a le cœur plus vivant, si elle l'a moins hardi, et peut mieux par ce cœur tout souffrir.

La peine tue l'homme,
Fait vivre la femme.

Enfin, fut dit, fut fait. Jeantou a pleuré, a tremblé, mais il a mis les os blancs bout à bout, il est allé quérir là-haut, à la pointe de la tour, le nid de la colombe, la colombe et ses œufs jolis.

Seulement, il n'était pas tout à lui, le pauvre Jeantou. En ramassant les os, il en a laissé passer un, le plus petit, au bout du petit doigt de pied. Et quand il s'en est avisé, il ne pouvait plus aller le chercher à tâtons sous la tour, au fond de cette nuit de poix.

« Tant pis, tant pis ! avec ou sans petit doigt de pied, elle sera toujours mon amie, ma Bélélalie, la plus belle des blanches, la plus blanche des belles ! »

Il fallait faire vite, le gris de l'aube allait venir...

Quand le jour a pointé, Jeantou a appelé le grand Barbu-Cornu.

L'autre n'en pouvait croire ses yeux. Il avait si bien cru que c'était son valet qui cuisait dans le chaudron d'huile !

Et quand il a vu ce valet lui présenter la colombe, ses œufs, son nid, de rage il se serait comme un frelon tapé la tête contre les murs.

« Ce que tu m'as commandé, Barbu-Cornu, je l'ai fait. Donne-moi ta fille pour femme.

— Je l'ai dit, je ne m'en dédirai pas. Mais j'ai dit : une de mes filles. Ce soir, je t'en fais choisir une. Tu descendras avec moi dans la cave, elles seront toutes trois sous un voile, tu choisiras du bout de ton bâton. »

Le soir, ç'a été cela. Le diable a mené Jeantou au fin fond de la cave ; il y faisait obscur comme dans le ventre du loup. Les trois filles étaient là. Mais même avec les yeux d'un chat, on n'y eût pas reconnu la blanche des deux autres. Encore un voile les couvrait-il entièrement, épais comme un tablier de cuisine.

Jeantou tremblait, Jeantou ne vivait plus.

Il a pourtant senti qu'une avançait un peu le pied...

Il a tâté ce pied du bout de son bâton. Manquait le petit doigt.

« Celle-là », a-t-il dit.

C'était Bélélalie...

Mon Dieu, Seigneur, dans la vie, qu'il faut passer par d'étranges passages.

« Il n'y a pas de chapelain dans ce château, a dit le Barbu-Cornu. Mais demain je verrai à tout arranger pour les noces. »

Tout arranger, certainement. Bélélalie le connaissait.

« Il veut te tuer de sa main sans remise, a-t-elle chuchoté à Jeantou. Et moi, qui sait quel sort il me réserve ? Cette nuit, il nous faut partir. Sur la mi-nuit, il te demandera quel est le coq qui chante. Tu répondras le rouge. Un peu plus tard, il redemandera quel est le coq qui chante, tu diras le noir. Alors, ce sera notre heure. »

Sur la mi-nuit, le diable n'a pas manqué.

« Valet, quel est le coq qui chante ?

— Le rouge », a dit Jeantou.

Au bout d'une heure, la diable a crié de nouveau :

« Valet, quel est le coq qui chante ?

— Le noir », a dit Jeantou.

Vite, ils se sont levés, Bélélalie et lui. Bélélalie a mis la quenouille à son lit, au lit de feu, pour répondre à sa place ; et pour répondre à la place de Jeantou, le fuseau.

« Jeantou, mon Jeantou, hâte-toi ! Cours vite à l'écurie, tu verras deux chevaux : le Grand-Cheval, le Petit-Cheval. Prends le petit, amène-le, et vite, et vite ! »

Jeantou saute par la fenêtre — il ne voulait pas traîner, — il court à l'écurie. Il y voit deux chevaux : un petit, tout maigre, efflanqué, fait comme une biquette. « Ce ne peut pas être celui-là... » Il prend le grand.

Mais rien ne roulait dans ce pays-là comme dans les autres pays.

« Ha, qu'as-tu fait ? dit Bélélalie, quand il le lui amène. Trop tard pour en changer... Mon père arriverait sur nous ; partons, partons ! »

Ont débarré la porte, ont sauté en selle. Ils sont partis comme le vent.

Une heure après, le diable a crié :

« Bélélalie, lève-toi !

— Oui, je me lève », a répondu la quenouille.

Le diable prêtait l'oreille, il a laissé passer un petit moment. Puis il y est revenu :

« Bélélalie, lève-toi !

— Oui, je me lève, a derechef répondu la quenouille.

— Lève-toi aussi, valet !

— Oui, je me lève », a répondu le fuseau.

Le diable attend encore. Il continue de prêter l'oreille ; il se soulève sur son lit ; il n'entend rien... Soudainement, il saute à terre, court au lit de Bélélalie, n'y trouve que la quenouille. Puis au lit du valet, n'y trouve que le fuseau.

« Filles, filles ! Le valet s'échappe. Il a gagné le large, votre sœur avec lui !

— Non pas, peut-être, père ?

— Filles, comme je vous le dis ! »

Les voilà tous sur pied, descendant les montées, courant à l'écurie.

« Filles, ils ont pris le Grand-Cheval !

— Père, père, prends le Petit-Cheval ; il va trois fois plus vite ! Dans le moment, tu les rattrapes ! »

Eux deux, par là-bas, dans ces plaines tant qu'ils savaient, ils poussaient la monture.

Galopant, galopant. Et tant qu'ils ne tombaient pas, ils n'avaient pas à se ramasser !

L'aurore est venue, toute rouge. Bélélalie a dit à Jeantou d'aller, de hâter sans rien regarder, de talonner, talonner le cheval.

Le matin est venu tout d'argent. Bélélalie a dit à son

Jeantou de tourner la tête, de regarder s'il allait faire beau.

« Il va faire de l'orage. Je vois un gros nuage qui va fondre sur nous.

— Ha, c'est mon père, il nous pourchasse.

— Oui, c'est lui, nous sommes dans les choux !

— Jeantou, ne perds pas cœur ! »

Ils longeaient le bord d'une mare.

Par la vertu de ma baguette,
Tu sois canard et moi canette !

A l'instant ont été changés en canard et canette. Se sont mis à l'eau dans la mare. Y sont allés nageant.

Le diable, dans le moment, arrivait.

« *Bonjour, canard, bonjour, canette !*
N'avez-vous vu un drôle, une fillette ?

— Can can can, canette !

— *Entendez-moi, canard, canette !*
N'avez-vous vu un drôle, une fillette ?

— Can can can can can can, canette !

— Peste soit de vous qui ne savez m'entendre ! Peste de vous, de ma fille et du valet ! Peste du pays, de ses eaux et de son vent ! »

De dépit, crachant devant soi, le diable a tourné bride, s'en est retourné comme un noir tourbillon à sa Montagne Noire.

Ses filles-chèvres étaient sur la porte qui guettaient son retour.

« Eh bien, père, mon père, tu ne les ramènes pas ?

— Je n'ai rien vu, rien trouvé par pays. N'ai rencontré qu'un canard et sa cane qui sur la mare allaient nageant. Leur ai demandé ce qu'ils avaient vu passer. Mais je n'ai eu d'eux que leur can can, canette !

— Hé, père, que ne l'as-tu compris ! C'étaient eux deux, ce canard, cette cane ! Retourne, retourne ! Rejette-toi à leur poursuite, et cette fois ramène-les. »

Petit-Cheval qui va comme l'éclair, au coup de caveçon s'est cabré ; sur ses pieds de derrière, il a fait volte-face.

Bélélalie et son Jeantou, sitôt le diable disparu, avaient repris leur figure. Sur le Grand-Cheval s'étaient remis à fuir.

Mais Grand-Cheval ne va que comme le vent. Jeantou a revu soudain le nuage de poudre. C'est le Barbu-Cornu, il arrive !

« Ton père, voici ton père... Bélélalie, nous sommes dans les choux !

— Jeantou, ne perds pas cœur ! »

Ils longeaient un buisson d'épines.

Par la vertu de ma baguette,
Tu sois verdier et moi fauvette !

Incontinent, ils ont été verdier, fauvette, pépiant sur le buisson.

Dans le moment, le diable apparaissait.

« Bonjour, verdier, bonjour, fauvette !
N'avez-vous vu un drôle, une fillette ?

— Rou piou piou, piou piou pipette !

— Entendez-moi, verdier, fauvette !
N'avez-vous vu un drôle, une fillette ?

— Rou piou piou, piou piou pipette, rou piou piou, piou piou pipette !

— Peste soit de vous qui ne savez m'entendre ! Peste de vous, de ma fille et du valet ! Peste du pays, de ses épines et de son vent ! »

De dépit, crachant devant soi, le diable a tourné bride, s'en est retourné comme un noir tourbillon à la Montagne Noire.

Ses filles-chèvres étaient sur la porte qui guettaient son retour.

« Eh bien, père, mon père, tu ne les ramènes pas ?

— Je n'ai rien vu, rien trouvé par pays. N'ai rencontré qu'un oisillon et son oiselle qui voletaient au buisson vert. Leur ai demandé ce qu'ils avaient vu passer. Mais je n'ai eu que leur rou piou piou pipette !

— Hé, père, que ne l'as-tu compris ? C'étaient eux deux, l'oisillon et l'oiselle ! Retourne, retourne, rejette-toi à leur poursuite et cette fois ramène-les !

— Hé, retourne ! les reins me font trop mal. Je suis tanné de cette course...

— Si, si, faut retourner ; cette fois, tu les as !

— Allons, retournons, tant vous voulez que je retourne ! »

Bélélalie et son Jeantou, par là-bas, dans les vertes plaines, s'étaient remis à fuir, montés sur Grand-Cheval.

Mais Grand-Cheval ne va que comme le vent. Jeantou soudainement a revu le nuage de poudre : c'est lui, c'est le Barbu-Cornu !

« Ton père ! Voici ton père, Bélélalie, nous sommes bien dans les choux !

— Jeantou, ne perds pas cœur ! »

Ils longeaient un ruisseau dans ses joncs et ses menthes.

Par la vertu de ma baguette,
Tu sois garde-fou, moi planchette !

Mais le diable se défiait depuis que l'avaient tant rabroué ses filles noires. Et il savait que le ruisseau n'avait pas de planche à cet endroit.

« Ha, ha, Bélélalie, tu as sûrement œuvré ici ! Mais cette fois, ni toi ni le valet, vous ne m'échapperez plus ! »

Il s'est jeté pour les rompre et brûler sur le garde-fou, sur la planchette.

Dans le moment :

Par la vertu de ma baguette,
Tu sois taureau, moi grenouillette !

Et le garde-fou se change en taureau, qui saute dans le pré, au milieu de trente taureaux, la planchette en grenouille verte qui saute dans le ruisseau, au milieu de trois cents grenouilles.

Mais la baguette reste baguette, flottant au fil de l'onde. Le diable met la main dessus.

Valet, valet, taureau tu es,
Et taureau six ans tu seras.
Bélélalie, grenouille tu es,
Grenouille sept ans tu resteras.

Jeantou a dû rester taureau dans les verts prés. Chaque matin, chaque soir, il venait s'abreuver au ruisseau, où était sa Bélélalie, changée en grenouillette. En cette seule guise, les pauvres se voyaient.

Au bout de six ans, cependant, Jeantou est redevenu garçon comme au matin de la grande poursuite. Mais de tant d'affaires, il avait perdu la mémoire, oublié sa Bélélalie.

Il est parti, il lui fallait gagner sa vie. Il est allé se louer dans un moulin comme garçon meunier.

Au bout de sept ans, Bélélalie n'a plus été grenouille verte. Elle est redevenue blanche fille. Seulement, elle n'a plus trouvé là son Jeantou.

Elle l'a cherché partout en grande désolation.

Le premier jour, n'en a su ni feu ni fumée.

Le deuxième jour, derrière certain moulin, a entendu des lavandières qui parlaient d'un Jeantou, tout en battant le linge.

Le troisième jour, devant le moulin a vu une noce qui partait pour l'église. La prétendue était la fille du meunier ; le prétendu, voilà que c'était Jeantou lui-même.

Bélélalie a couru au village, est entrée chez la boulangère.

« Madame, n'auriez-vous pas un peu de pâte à me donner ?

— Hé non, ma belle, il a fallu faire une grosse fournée pour la noce ; de pâte, je n'en ai plus.

— Regardez bien ! Quand vous n'en auriez gros que comme le bout du petit doigt de pied, gros comme une tête d'épingle...

La boulangère est allée voir au fond de la maie, en a trouvé gros comme un pois, l'a donné à Bélélalie.

Bélélalie a pétri cette pâte. Dans la minute l'a fait monter, en a fait deux pigeons, un pigeon et une pigeonne, et a su leur prêter la vie et la parole.

Ces pigeons sont allés se poser sur le porche de l'église, au moment où les prétendus y entraient pour se marier.

Et le pigeon s'est mis à dire à sa pigeonne :

« Roucou, roucou ! Pigeonnette, fais-moi un baiser.

— Pour un baiser, je ne t'en ferai pas ! Il en irait comme de Jeantou : il a tiré Bélélalie du château de son père, puis il l'a oubliée dans un autre pays. »

Jeantou a entendu cela.

Oh ! alors... oh ! alors...

Il s'est retourné d'un saut, est sorti sur la porte, a trouvé là la fille blanche.

Sitôt revu sa Bélélalie, sitôt son amour revenu. Tout lui est rentré dans la tête.

Il avait jeté les bras au cou de son amie. Elle l'a serré

contre soi. Elle l'a emmené, ils ne se sont plus jamais quittés.

Là-dessus le coq a chanté,
Et voilà le conte achevé!

Le Diable et ses diableries, 378

La belle aux cheveux d'or

Il y avait une fois une fille qui était reine et qui avait des cheveux d'or. Non pas seulement blonds, blonds comme les orges, blonds comme le miel, mais dorés comme l'or, ayant cet éclat doux qui passe tout éclat. Si bien qu'on nommait cette reine la belle aux cheveux d'or. Et ce nom-là volait de royaume en royaume.

Un roi son voisin s'est donc dit qu'il n'y a pas plus belle couronne que des cheveux d'or pour une reine. Il a pris le parti de demander la belle en mariage. Il était roi puissant, maître de grands trésors. Il a fait préparer ses présents, — et quels présents, de joyaux, de diamants et d'escarboucles ! A un jeune chevalier qu'on nommait Avenant, il a ordonné de les porter aux pieds de la belle et de faire la demande.

Avenant s'est gratté l'oreille. Il se disait que si l'ambassade ne réussissait pas, les choses iraient mal pour lui. Mais il était et hardi et habile. Pas un chevalier qui l'égalât en ces pays, qui fût plus vaillant, mieux appris, de meilleur service et de plus vive gentillesse. Le roi le savait bien, qui l'avait désigné.

Avenant au demeurant n'allait pas reculer, lui qui n'avait jamais reculé devant rien.

Il monta donc à cheval, se faisant suivre de son petit chien Cabriole ; il partit pour le royaume de la belle aux cheveux d'or.

Le voilà donc, chevauchant, faisant chemin. Ce chemin s'en allait droit le long de la rivière ; les yeux d'Avenant, eux, allaient de tous les côtés.

Dans la prairie, au milieu de la plaine, il vit une flaque d'eau. La crue l'y avait laissée sous un arbre ramé. Or une carpe, qui allait y périr, s'étant élancée sur le gazon, s'efforçait à sauts et à bonds de regagner le courant. Elle claquait assez ce gazon de sa queue, elle se retournait assez en l'air, mais elle retombait toujours en même place ; et déjà elle s'épuisait.

Un autre, cheminant ainsi, tout à son ambassade d'un puissant roi à la plus belle des reines, se serait bien soucié d'un poisson qui perd l'eau ! Mais Avenant avait sa bonne grâce toujours prête. Puisqu'il pouvait faire quelque chose pour cette carpe, il le ferait.

Il a mis pied à terre, vivement, en trois pas, il a reporté la grosse sauteuse dans la rivière. « Tiens, pauvre carpe, te revoilà chez toi. Autant vaut que tout le monde vive ! »

Le lendemain, alors qu'il continuait sa chevauchée, il s'est trouvé dans le défilé où les sapins barbus s'enracinent aux fentes des roches. Or, levant la tête à des cris, il a vu dans l'air une corneille que poursuivait un aigle. A cet instant, l'aigle fondait sur elle les serres grandes ouvertes.

Un autre aurait passé, seulement désireux de sortir au plus vite de cet endroit sauvage. Avenant, lui, a arrêté son cheval. Il a tendu son arc, décoché une flèche. L'aigle transpercé s'est abattu et la corneille délivrée a pu se laisser tomber sur la pointe d'une roche. « Tiens, ma pauvre corneille, te revoilà chez toi. Autant vaut que tout le monde vive ! »

Le surlendemain, alors qu'il chevauchait à travers la forêt, Avenant a vu une chouette qui se débattait, piaulant et agitant ses ailes. Elle s'était empêtrée au filet des chasseurs. Des brigands pouvaient rôder sous le couvert et guetter les passages. Se mettre en hasard pour une chouette, une si chétive créature... Mais Avenant n'a pas pensé qu'une chouette ne fût rien. Il savait être de bon service à tous. Il a tiré sa dague, a coupé les filets ; la chouette, piaulant encore a repris son vol à travers les ramées. « Tiens, pauvre chouette, te revoilà chez toi. Autant vaut que tout le monde vive ! »

Le jour d'après, Avenant ne pensait plus à cette carpe, à cette corneille, à cette chouette : il était en présence de la belle aux cheveux d'or. Il lui a présenté les présents de son roi : ces coupes, ces aiguières, ces chaînes, ces joyaux qui jetaient mille feux.

A peine si la belle y a posé le regard.

Sans se décourager, Avenant a fait la demande. A cette belle, bien sûr, c'était pour le roi qu'il parlait ; mais il parlait avec son bon courage à lui, avec son feu à lui, avec son cœur à lui.

On ne repousse guère la demande d'un roi. Surtout

d'un roi qui peut venir sur vous avec vingt mille guerriers. Cependant, quand ce roi a déjà barbe grise et passe pour entier, soupçonneux et jaloux, sa demande en mariage donne quelque peu à réfléchir. La belle écoutait Avenant, les paupières baissées, enroulant à son doigt le fil d'or d'un de ses cheveux.

« Je ne saurais me marier, a-t-elle dit enfin, que n'ait été retrouvée ma bague à pierre verte. Hier au soir, me promenant en barque, je l'ai laissée tomber dans la rivière. Rapportez-moi ma bague, j'écouterai mieux ce que le roi mon voisin me fait dire par vous. »

Avenant la salue. Avenant se retire.

Et le voilà dans une étrange peine. Il n'y avait pas apparence de retrouver la bague partie qui savait où, en rivière de si loin venue et large, là, comme une mer. Avenant songeait au roi, qui lui ferait sauter la tête à son retour ; il songeait à la bague qui roulait dans le sable, au fond des grandes eaux ; il songeait à la belle aux cheveux d'or qui n'avait eu pour lui que propos hautains, propos contraints, et tout cela ne le baignait pas de soleil.

Mais son petit chien Cabriole s'est agité, lui a fait signe de le suivre, l'a même tiré par le manteau. Et Avenant, au lieu de le chasser du pied, a su encore du milieu de son souci faire attention à Cabriole. Il s'est levé, il l'a suivi.

Cabriole l'a emmené au bord de la rivière. Du milieu du flot qui ondoyait, Avenant a vu venir à lui un poisson, une carpe, et il l'a reconnue : la carpe de la flaque. Elle lui apportait à sa bouche la bague à pierre verte.

Aussitôt Avenant, dans un transport de joie, a couru au château de la belle aux cheveux d'or. Et il a déposé cette bague à ses pieds.

La belle n'en pouvait croire ses yeux.

Elle regardait cette bague, regardait Avenant, puis regardait à terre.

« Je vois que votre roi est roi de grande puissance puisque à ses envoyés rien ne semble impossible. Or, des nouvelles malheureuses viennent de m'arriver. Le géant Goulifon ravage le royaume. J'entendrais mieux ce que l'envoyé du roi croit avoir à me dire, s'il m'apportait d'abord la tête du géant. »

Sur l'heure, Avenant est parti abattre cette tête.

Mais il a bien vu d'abordée qu'il ne ferait pas cela comme on partage une pomme. Le géant était plus haut que le donjon du château. De sa massue, un chêne de cent pieds, il balayait les maisons à l'entour dans un fracas affreux et des nuées de poudre. Un vrai tonnerre du temps ! Contre ce Goulifon, que pourraient Avenant, son bon cheval et son glaive ?

Avenant a pourtant engagé le combat.

Le Goulifon s'est mis à rire, devant ce moucheron. Il a fait quatre moulinets. Comme une balle au jeu de paume, il a cru envoyer Avenant dans les décombres semés autour de soi. Avenant a manié son cheval si adroitement qu'il a esquivé le coup. Et puis un autre coup, qui a mis à nu la roche et en a fait sauter des étincelles. Mais à peine si Avenant de son glaive pouvait piquer le jarret du géant, et le combat n'aurait su bien longtemps durer...

Tout à coup de la nue a foncé la corneille. — Avenant l'a bien reconnue, celle qu'il avait sauvée des serres de l'aigle. Bec en avant, elle s'est jetée sur Goulifon. Avant qu'il eût pu la chasser, de ce bec aigu il a eu l'œil crevé. La massive massue a tournoyé en vain en ces mains épaisses comme des meules. Dans le moment, un coup de bec encore a crevé l'autre œil au géant. Goulifon a hurlé et, trébuchant, il est tombé dans la poussière. Avenant de son glaive lui a tranché le col.

Puis il est allé jeter cette tête aux pieds de la belle. De la porter jusqu'au château, le cheval avait eu sa charge.

« Avenant, Avenant, a dit alors la belle, la figure éclairée par sa chevelure d'or plus qu'elle ne l'eût été par l'or d'une couronne, Avenant, c'est donc vrai que vous pouvez tout ce qu'on vous demande ? Je vais mettre à l'épreuve encore votre vaillance : je veux savoir si vous passez tous les chevaliers de la terre. Allez chercher la fiole de cette eau qui rend jeune : si vous me la portez, je vous suis en votre pays. »

Avenant est allé conquérir la fiole merveilleuse. Elle était au fin fond d'une caverne gardée par des dragons vomissant flammes et fumées. Dragons rampants, dragons sautants, sous tant de cal et d'écailles que pointe d'épée ne pouvait rien à leur carapace. Puis, aurait-on tué l'un que l'auraient remplacé trois autres plus effroyables. Tout un peuple en grouillait au noir de cette cave...

Avenant a tenté de se frayer un chemin aussi vaillamment qu'homme peut faire ; mais que peut un humain contre un troupeau de dragons crachant le feu ?

Il allait tomber sous leurs griffes. Tout à coup un oiseau, dont les yeux luisaient comme ceux d'un chat, a traversé le noir. Avenant l'a reconnu : c'était la chouette, celle que dans la forêt il avait délivrée du filet des chasseurs. Elle est allée saisir la fiole au fond de la grotte obscure, et elle seule pouvait le faire ; elle l'a dans sa serre rapportée à Avenant.

Et Avenant n'a plus eu qu'à aller déposer cette fiole aux pieds de la belle, la belle aux cheveux d'or.

La belle a soupiré. Mais elle a tenu sa promesse. Elle a suivi Avenant vers le royaume où l'attendait le roi.

Avenant pour venir avait mis trois journées : pour retourner, il en a bien mis six. Toute une semaine, la belle et lui, ils ont chevauché côte à côte. Elle le faisait parler. Elle voulait qu'il lui contât ses aventures, disant que nul autre chevalier jamais n'avait dû faire pareilles vaillances et pareilles gentillesses.

Le roi, dès l'arrivée, a épousé devant ses chevaliers la belle aux cheveux d'or.

Avenant a eu de son maître trois grands mercis ce jour-là. Mais dès le lendemain, du même maître, il a eu un mauvais regard.

Il s'était trouvé de bons amis pour chauffer les oreilles de ce roi soupçonneux. Coup de langue, comme on dit, fait plus de mal que coup de poing. Ces traîtres ont chuchoté au roi que la reine parlait trop d'Avenant, vantait trop ses prouesses, prenait à lui trop d'intérêt.

Le lundi, le roi a fait dire à Avenant de demeurer en sa chambre haute. Et le mardi, il l'a fait arrêter. Il a fait tenir son chevalier en une tour enfermé, à ne manger que pain noir et ne boire qu'eau croupie.

« Je ne romprai pas longtemps ce pain ni n'avalerai cette eau, songeait le pauvre prisonnier.

Mal vu,
Moitié pendu.

Il ne faut pourtant pas désespérer du sort. »

Il aimait se dire que la reine du moins ne lui voulait point de mal. Mais elle ne pouvait parler pour lui : c'eût été empirer le cas.

Les jours se passaient dans la tour à songer à la belle. Avenant repassait en son esprit ce qu'elle lui avait dit ; il la revoyait en son château, sur les chemins... Autrement, il n'avait devant soi que tourment et tristesse.

Le roi a bien connu que la reine était triste.

« Cet Avenant est de trop en mon royaume. Je sais ce que je ferai : je mettrai moi-même et secrètement un poison dans son boire. »

Pour lui, travaillé de jalousie, il a voulu se rajeunir en buvant de cette eau qui rend jeune, celle qu'avait apportée la belle aux cheveux d'or.

Il s'est trouvé qu'une chambrière, en entendant les pas du roi, trop brusquement a voulu se retirer : elle a fait choir la fiole de cette eau, la fiole de la caverne. En son affolement, au fond de ce cabinet, elle en a pris une autre presque semblable, a mis celle-là au lieu et place de celle qu'elle venait de casser et s'est sauvée, tremblante.

Cette autre, c'était celle du poison que le roi tenait en réserve.

Le roi entre, tout agité. Au creux de sa paume, il verse quelques gouttes ; il les hume de sa bouche : il tombe raide mort...

Ce même jour, la belle aux cheveux d'or a voulu qu'Avenant fût tiré du cachot. Au vrai, elle est allée elle-même le délivrer, suivie du petit chien Cabriole.

Elle n'a rien dit à Avenant qui se jetait à ses pieds. Mais la bague de la pierre verte, elle l'a passée au doigt de son chevalier.

Plus tard, ils se sont épousés.

Les cheveux d'or de la belle passaient en clair soleil toutes les couronnes du monde ; de sorte que la reine et Avenant semblaient baigner dans leur lueur. Et si bien ils y ont baigné qu'ils ont été ensoleillés, ravis et fortunés pour des temps et des temps.

Les Amours, 15

La courte jambe

Il y avait une fois certaine grosse hôtesse qui avait su donner gros renom à son auberge. Mais elle n'avait pas d'enfants. Elle n'avait qu'une filleule, sa nièce, qu'elle avait fait venir auprès d'elle ; et cette filleule était vaillante, éveillée comme le pimparin, ou comme la sinseringale. Plaisante même de figure, comme il y en a peu qui sont plaisantes.

Seulement, pour ce qui était d'être grande, cette petite l'avait manqué. Haute comme trois pommes. Trois pouces de jambes, et tout de suite ce sur quoi on s'assoit. Une enfant de huit ans la passait en hauteur.

Un jour qu'une commère était venue aider à la lessive, elle crut devoir dire un mot de réconfort à la tante marraine. Qu'il y avait des filles qui se mettent à grandir à dix-huit, dix-neuf ans, et même par-delà : la Nanette du Buisson l'avait ouï dire d'une, la Goton du Bois-Rond l'avait bien vu d'une autre. En demandant au rebouteur, en allant voir la rhabilleuse, qui sait, peut-être...

Ou, en faisant une neuvaine... On dit qu'il faut répéter tous les soirs :

Sainte Colette,
Tire-moi les jambettes !

L'hôtesse, les mains à la ceinture, la laissait dire, en regardant charger sur le bayart le linge qu'on menait à la rivière. Puis, tout à coup :

« Té, ne te fais pas de mauvais sang pour la filleule ! Quand je lui aurai mis sous les pieds le sac d'écus que je lui garde pour le jour de ses noces, celui qui la prendra la trouvera assez haute ! »

La lanterne

Il y avait une fois un valet, dans une de ces grosses fermes du Cantal où les vaches vont par dizaines, il y avait une fois un valet qui était à peu près fiancé. Il allait voir sa belle à la veillée, et pour y aller il prenait la lanterne. Donc, il usait de la chandelle. En une heure, il s'en use haut comme un gros sou sur sa tranche. Le fermier y trouvait à redire.

« De mon temps, milladious ! nous n'avions pas besoin de lumière pour aller voir les filles. S'il n'y faisait pas clair, tant pis ! Nous trouvions le chemin quand même, le chemin et la fille au bout !... Hein, valet ? Est-ce que moi, je n'ai pas déniché la maîtresse, et sans décrocher une lanterne ?

— Oui, oui, maître, dit le valet, mais justement, vous l'avez décrochée sans lanterne, la maîtresse ; et maintenant, ça se voit en plein jour. »

Le bouc blanc

Il y avait une fois la femme d'un seigneur qui attendait un bel enfant à naître.

Un jour qu'elle se promenait de vert pré en vert pré, tout soudain, à la coupure des haies, elle a vu se lever elle n'a su quoi de blanc : là devant elle une créature blanche, encornée et barbue, qui attachait sur elle des yeux sauvages, des yeux d'or.

Elle en a eu un tel saisissement qu'elle est tombée pâmée sur l'herbe.

Le seigneur, son mari, a eu bien de la peine à la faire revenir.

C'était un bouc qui lui avait donné cet effroi : un bouc de poil plus blanc que l'est la fleur d'épine, d'œil plus sauvage que les bois de la montagne. Avant, aucun berger ne l'avait vu en ces prés ; depuis, aucun ne l'y a revu...

La dame, comme une femme obsédée, n'a plus cessé d'avoir cette vision. Oui, toujours là, devant elle, la bête qui se dresse, plus grande qu'un humain, si blanche, si sauvage...

Et son moment venu, la malheureuse a mis au

monde non pas un bel enfant, comme ceux des chrétiens, mais une créature qui semblait un bouc blanc.

Le seigneur et la dame, éperdus, tout tremblants, ont dit qu'on l'ôtât de leurs yeux. Ils l'ont fait emporter dans un château antique qu'ils avaient au cœur des grands bois.

Des gens à eux l'y ont nourri. Il y avait tout, à se servir, dans ce château. Si l'on n'avait peur d'y entrer, on y était servi de tout. Ceux qui passaient de jour y voyaient ce bouc blanc. Ceux qui passaient de nuit ne voyaient rien qu'une ombre.

Quand il a eu sept ans, le Bouc-blanc n'a plus seulement bégueté comme un chevreau : il a parlé.

Quand il a eu vingt ans, il a fait demander son père :

« Mon père, je veux me marier ; c'est avec la fille du roi.

— Mon fils, mon fils, que me dis-tu ?

— Mon père, je l'ai vue passer sur le chemin. Il faut aller trouver le roi. Il faut lui demander sa fille ; elle sera ma femme, quelque prix qu'il y mette. »

Le seigneur a baissé la tête ; il a trois fois hoché le front ; il est parti pour le château du roi.

« Sire, mon fils, le Bouc-blanc, a parlé. Il fait demander votre fille en mariage. Que dois-je lui répondre ?

— Réponds-lui qu'il aura ma fille : ce sera quand, en une nuit, il aura fait bâtir chaussée partant de ce château pour aller à celui où il est, là-bas, au fond des bois. »

Le seigneur est revenu à son fils portant cette réponse.

Le Bouc-blanc aussitôt est sorti sur sa porte. Il a huché, comme pour appeler tout un peuple caché. C'était juste à soleil entrant : le dernier rais se relevait et s'éteignait à travers la ramée en poudroiement vermeil. De toute part, dans l'ombre qui venait, ont accouru des milliers d'ombres fourmillantes ; comme un camp de bestioles, elles ont travaillé : de bout en bout sur le tracé, abattant, déblayant, faisant place nette des arbres ; puis roulant des roches, jetant le cailloutis à pleines pelletées, remblayant et damant, bâtissant, enfin, la chaussée ; et avant le soleil levant, de château à château, elle a été bâtie.

« Mon père, a dit le Bouc-blanc, voilà fait ce qu'a demandé le roi. Allez lui dire que je demande sa fille. »

Le seigneur a vu que la chose était faite. Sans un mot, il a pris cette route, il est allé appeler le roi en son château.

Le roi est donc monté sur sa plus haute tour. Il a vu cette chaussée qui filait comme un trait, là-bas, parmi les bois, vers le château du Bouc-blanc.

« Avant d'avoir ma fille, il y a bien des choses à faire ! Dis à ton fils qu'à la place de son vieux château, en une seule nuit, il en lève un pareil au mien, si pareil qu'il n'y ait à aucune de ses portes pas un clou de moins, pas un de plus ! »

Le seigneur a apporté le message. Et à la même heure de soleil entrant, le Bouc-blanc de son perron a huché, comme pour appeler le peuple qui ne se voit pas au fond des bois. Dans les biais d'ombre et les derniers rais rouges, ce peuple s'est levé, a drillé, fourmillé, a fait là son chantier, taillant les pierres, ou tournant le mortier, équarrissant les poutres ou sciant les chevrons, levant les murs et posant les charpentes, couvrant les toits, dressant les girouettes.

Et à soleil levant le château est terminé, tous ses vitraux flamboient sous le premier rayon.

Le seigneur retourne vers le roi, lui dire que tout est selon son commandement.

Le roi l'a regardé.

« Je le croirai quand je l'aurai vu ! »

Il a demandé son grand cheval. Il a chevauché, et il a vu. A vu ce château pareil au sien, depuis la clef sur la serrure jusqu'à l'épi de plomb à la pointe de la tour.

« Oui, a dit le roi, en tirant sur sa barbe, mais devant mon château, il y a un grand jardin compartimenté de buis avec cent romarins bleus, roses, violets. Ma fille s'y promène, elle a cette belle humeur d'aimer le jardinage. Réponds donc à ton fils, a-t-il dit au seigneur, qu'il ait en une nuit à dresser un jardin de point en point pareil au mien ; mais si pareil qu'on n'y voie à un seul rosier feuille de moins, feuille de plus. »

Et ce peuple sans nombre de la nuit et des bois a travaillé toute la nuitée dans la campagne : mêlé aux airs, mêlé aux herbes, mêlé aux arbres, plantant, faisant prendre racine, émondant et parant, menant les eaux, menant la sève, mettant à fleur, mettant à fruit.

Le lendemain, sous le soleil levant, le jardin se trouvait dressé et si pareil à celui du roi, en chaque prune de myrobolan, en chaque fleur d'amarante, que même une mouche à miel les eût pris l'un pour l'autre.

Quand le roi est venu, ramené par le seigneur, d'abord, il n'a su que dire.

« Oui, a-t-il dit enfin, arrachant des mèches à sa barbe, mais dans notre jardin, viennent faire leur nid tous les oiseaux du monde, la caille, la tourterelle et la jolie perdrix... Ma fille ne saurait se passer de leurs chants. Que ton fils donc pareillement les ait tous, qu'en une nuit il en peuple le jardin. Qu'il fasse cela et je lui donne ma fille. »

« Je lui demande, se disait le roi, tous les oiseaux du ciel, il n'aura pas de serviteurs pour aller les prendre en la nue... »

Le Bouc-blanc, quand son père lui a rapporté cette réponse, n'a même pas attendu la nuit. Il s'est campé au milieu du jardin. Il a huché dans ses mains en cornet. Des quatre coins de la nue est arrivée une nuée d'oiseaux. Les voilà à nicher, voleter et chanter, dans la feuille des arbres.

Et le roi a su ce prodige.

« Sire, a dit le seigneur, tout ce que vous avez commandé, mon fils l'a fait. Il vous demande maintenant votre fille. Que dois-je lui répondre ?

— Réponds-lui que demain je viendrai chasser dans le bois. Je l'invite à ma chasse. »

« Donner ma fille, ma belle enfant, à ce Bouc-blanc, cette bête sorcière, se disait le roi, en éperonnant son cheval, non, cela ne se peut. Je sais ce que je ferai demain... Et tant pis si je mets mon âme en mauvais pas ! »

Le lendemain, le roi est venu pour chasser, chasser

la grande bête. Il a emmené le Bouc-blanc au plus épais de la forêt. Il avait choisi dans sa trousse trois flèches bien aiguës.

Il a pris son moment, il les a décochées coup sur coup au Bouc-blanc.

La première est allée se perdre dans la feuille.

La deuxième a touché le Bouc ; elle a chu à ses pieds sans lui faire de mal.

La troisième est revenue sur le roi, l'a blessé à la face.

Alors le roi a saisi son épieu, il s'est jeté sur la bête sorcière. Et l'épieu s'est rompu comme une paille d'orge.

Le roi a tourné bride, il s'est enfui vers son château, couché sur les arçons, brochant des éperons.

« Ma fille ! Qu'ai-je fait ? Mon enfant, mon enfant ! J'ai cru me jouer de ce Bouc-blanc ! Lui ai demandé des choses impossibles : par sortilège, il les a faites ! Maintenant, je suis pris par ma parole même. J'ai voulu le tuer tantôt et je ne l'ai pas pu. Il est plus fort que moi, ma fille ! Et il le veut, il va être ton mari !

— Mon père, mon père, épouser le Bouc-blanc !

— Ma fille, il faut passer par le pont ou par l'eau.

— J'aimerais mieux mourir... Puisqu'il le faut, je l'épouserai donc. Pour que je sois consentante, pourtant, je veux qu'il me donne une chose. Moi aussi, j'ai mon mot à dire. »

Elle est allée au château dans les bois. Là, sur la porte, elle a parlé à ce seigneur, père du Bouc-blanc.

« Pour que j'épouse votre fils, je veux qu'en une cage d'or il m'apporte l'Oiseau-qui-dit-tout. »

Le Bouc-blanc aussitôt s'est enfoncé au cœur de la forêt.

Sous la plus vieille futaie, dans le coin le plus sombre, s'ouvrait un lac, noir comme la poix. Le Bouc-blanc a sifflé un air. Et si prenant, cet air, si dansant, si magique, que du fond de la bourbe s'est levé le serpent vert. Un serpent de dix-huit pieds de long qui ondulait au-dessus de l'eau noire. Voilà que tous les oiseaux du monde, comme alouettes au miroir, sont arrivés à lui, voletant, pépiant, battant de l'aile, tombant au sol...

A fini par venir, plus chatoyant que les autres, l'Oiseau-qui-dit-tout. Et lui aussi il a pépié, il a battu des ailes et il a chu... Le Bouc-blanc n'a eu qu'à le prendre, qu'à le mettre en sa cage.

A la fille du roi, l'a ainsi apporté.

Elle, alors, elle a dit qu'elle tiendrait sa parole, que cette même nuit, en secret, elle épouserait le Bouc-blanc.

« Je vous demande donc, lui a-t-il dit, et seulement cela, de ne pas regarder encore dans mon oreille. »

Et là-dessus le sommeil l'a attrapé. Il est tombé sur un banc de la grande salle, et il dormait. Ce Bouc-blanc, ce bouc-sorcier, qui allait tantôt devenir son mari... Elle, la fille du roi, n'aurait plus ni joie ni douleur qu'avec ce bouc elle ne dût partager...

Dans son oreille, à cet instant, elle a vu briller quelque chose. Pouvait-elle n'y pas regarder ?

C'était une clef d'or.

Elle l'a prise. Comme tirée par un fil, elle est allée à une porte enfoncée là, dans un coin de la muraille.

Elle a ouvert la porte, et elle a vu métiers après métiers, tisserands après tisserands.

« Salut, salut, mademoiselle ! Voilà sept ans qu'ici nous travaillons pour vous ! »

Ce n'étaient autour d'eux que coupons de brocart, pièces de bombasin, de lampas, de velours...

Elle est allée jusqu'au fond de l'ouvroir, à une autre petite porte, l'a ouverte de la clef d'or ; a passé dans un autre ouvroir, y a vu métiers après métiers, brodeuses après brodeuses.

« Salut, salut, mademoiselle. Voilà sept ans qu'ici nous travaillons pour vous ! »

Ce n'étaient que linons, batistes et mousselines...

Elle, jusqu'au fond, elle est allée à une autre petite porte...

Elle l'a ouverte de la clef d'or, a passé dans un autre ouvroir, y a vu carreaux après carreaux, dentellières après dentellières.

« Salut, salut, mademoiselle ! Voilà sept ans qu'ici nous travaillons pour vous ! »

Ce n'étaient que rouleaux et rouleaux de dentelles, plus fines que givre sur les vitres ou que les roues d'aragne entre les genêts pleins de rosée...

Sept ans qu'on l'attendait, sept ans que pour elle s'ourdissaient ces magies !

Elle est revenue tremblante à la grande salle, a remis tout doucement, tout doucement, sans l'éveiller, cette clef d'or dans l'oreille du Bouc-blanc.

Puis on a fait les noces.

Le roi, durant ces noces, n'a pas vu le Bouc-blanc : en son lieu, ne se voyait qu'une ombre.

En ce château, plus encore qu'au sien, tout était magnifique. Et l'on était servi de tout : viandes et sauces en écuelles de vermeil, vins en gobelet d'or...

Mais le roi ne voyait même pas ces splendeurs : il ne voyait que cette ombre, qui était le Bouc-blanc.

Sur son grand cheval, s'en est retourné bien dolent, sans une parole.

La reine, au haut des degrés, l'attendait.

« Qu'es-tu donc allé faire à ce château des bois, emmenant notre fille ? Pourquoi ne la ramènes-tu ? Ma fille, où est ma fille ?

— Ta fille, notre fille, elle est restée là-bas ! Elle y a trouvé un mari. Dieu veuille que tout tourne à la joie de son cœur ! »

Il a fallu que le roi dise tout.

Et la reine est partie, criant comme une folle. De grand matin, elle est ainsi venue au château du Bouc-blanc.

« Ma fille, ma fille, est-il possible ? Fuis-t'en d'ici ! Viens avec moi ! Partons sur l'heure.

— Je ne partirai pas, ma mère. Mon cher Bouc-blanc, je ne veux pas l'abandonner.

— Ma fille, mais tu es folle ! Reviens à toi, ma fille !

— Au Bouc-blanc, mon père m'a mariée. Ce Bouc-blanc, il me faut aimer. Il m'est défendu d'en plus dire. »

Avant de lui mettre au doigt l'anneau, le Bouc-blanc le lui avait dit, mais pour elle toute seule :

« Je ne serai pas toujours en Bouc-blanc ni en ombre. »

De fait, après le mariage, il s'était trouvé beau jeune homme. Mais alors il l'avait regardée :

« Je sais maintenant que vous m'avez désobéi. Vous avez touché la clef d'or puisque le sort n'est qu'à moitié défait, que ce mariage aurait dû tout défaire. Pendant le jour, je n'aurai pas encore figure humaine : si vous gardez bien le secret, cependant, je ne serai pas toujours en Bouc-blanc, bientôt, pour ne plus changer, je redeviendrai homme. »

La fille du roi savait que ce secret-là, elle ne devait pas le livrer, et peut-être déjà qu'elle en avait trop dit...

Mais sa mère était là à redoubler d'instances. Priant, pleurant, la suppliant. Sans cependant rien y gagner.

La nouvelle épouse a seulement protesté qu'en ce château, près de son cher Bouc-blanc, elle entendait rester.

« Alors, ma fille, a fait soudain la mère, changeant de ton, puisque tu tiens à lui comme la chair à l'ongle, c'est qu'il n'est pas bouc blanc et de nuit et de jour. Dis-moi le vrai, ma fille, pendant la nuit est-il aussi bouc blanc ? »

Sa fille cependant ne voulait point parler : tenant ses yeux en terre, elle ne desserrait pas les lèvres.

« Dis-moi le vrai ou je t'ouvre la gorge ! J'aime mieux te savoir morte que te savoir femme d'un monstre. »

La reine avait tiré un couteau de son sein. La malheureuse alors à ses pieds s'est jetée.

« Ma mère, ma mère, que me demandez-vous ? Ne me tuez pas, ma mère, reprenez vos esprits... Oui, c'est ainsi, il est bouc blanc de jour et de nuit il est homme. »

Oh ! la malédiction !

A peine a-t-elle dit, ce n'est plus autour d'elle que fracas, ténèbres, épouvante. De tous côtés, murailles et planchers, le château part en ruines. Sa mère s'écrie, trébuche, se relève, s'enfuit. Et paraît le Bouc-blanc.

« Qu'as-tu fait, malheureuse, ha, qu'as-tu fait ? Tu avais pris la clef d'or ! Tu as donné mon secret ! Si tu n'avais parlé, demain j'étais délivré de ce sort, j'étais homme pour toujours. »

Elle s'est traînée à ses pieds, se tordant les bras.

« Mon mari, mon mari, n'y aurait-il du pardon ?

— Pardon, je ne sais pas, peut-être pénitence, mais bien dure, bien longue, et aura-t-elle effet ?

— Oh ! pénitence, dis-moi quelle ! Pour te délivrer, je ferai tout.

— Eh bien, chausse ces souliers qui sont en plomb de quatre cents livres pesant. Va devant toi, sur les chemins, et marche, marche, jusqu'à ce que ces souliers soient usés...

— J'irai, je marcherai, j'userai mes jambes jusqu'aux genoux !

— Tu tâcheras de gagner le château où va me mener mon sort. Tu monteras dans la plus belle chambre : viens-y à moi dans le temps que j'ai figure humaine et montre-moi ton anneau de mariage, le sort de bouc alors sera défait. »

Elle a chaussé les brodequins de plomb, de quatre cents livres pesant, sur les chemins elle est partie.

Elle a traîné ces souliers-là dans les pierres et dans les ornières, clochant, choppant, allant toujours. Elle a tant marché, tant marché que de soir en soir et de saison en saison elle a usé ces souliers de quatre cents livres.

Et quand ils ont été usés, elle s'est vue dans un pays qui ne ressemblait à aucun autre. Un pays sans herbe et sans fleurs, où le ciel n'avait pas d'étoiles.

Là, sur la tête d'un mont, elle a vu un château : c'était le château des vents.

Elle a parlé d'abord au vent blanc, le vent du sud. Elle lui a demandé nouvelles de Bouc-blanc, son mari.

« Ton mari, comment le connaîtrais-je, moi qui ne le connais point ?

— Il est bon à connaître : il est Bouc-blanc de jour, il est homme de nuit. Se tient dans un château, près de l'Oiseau-qui-dit-tout. Dis-moi où le trouver, ce château, puisque j'ai fait ma pénitence et usé les souliers de quatre cents livres pesant.

— Je ne peux te le dire. Je ne l'ai pas vu sur ma route. Mais puisque ta pénitence est faite, et que ta robe est aussi usée que tes souliers, je veux te donner une robe en étoffe de lune. »

Le vent blanc lui a donné cette robe couleur de la pleine lune, lorsqu'elle luit là-haut comme une patène d'argent, si bien fourbie qu'elle éteint toutes les étoiles.

Elle a parlé ensuite au Matinal — c'est le vent d'est, — et elle lui a demandé la même chose, s'il savait où était le Bouc-blanc.

« Je ne peux te le dire. Je ne l'ai pas vu sur ma route. Mais puisque ta pénitence est faite et que ta robe est aussi usée que tes souliers, je veux te donner une robe en étoffe d'étoiles. »

La robe était couleur de ces poignées d'étoiles, quand le vent des grandes gelées les aiguise là-haut.

Ensuite, elle a parlé au vent de l'ouest, à la Traverse.

Mais la Traverse ne savait pas où était le Bouc-blanc. Tout ce qu'elle a pu pour cette malheureuse, ç'a été de lui donner une robe de soleil, pareille à cet éblouissement, quand, forcé de cligner des yeux, on essaie de le regarder, là-haut, qui regarde les campagnes.

Ensuite elle a parlé au vent du nord, la fraîche Bise.

« Ton Bouc-blanc, eh bien oui, je l'ai vu sur ma route. Il est dans le château où est l'Oiseau-qui-dit-tout. Ce n'est plus qu'à huit jours de marche. Mais dépêche, dépêche, il ne se sait plus marié, et il va prendre femme. »

Aussitôt la malheureuse s'est remise en route, dans ces déserts. Elle avait usé ses souliers, elle avait même usé ses pieds.

Enfin, enfin, elle est arrivée au château. On eût dit une souillon, couverte de la poudre des routes. Elle s'est fait engager comme fille de cuisine. Il n'y avait que trois jours pleins avant celui des noces.

Le lendemain, la nuit venue, elle a passé la robe de lune.

La fiancée du Bouc-blanc se trouvait déjà là, qui avait pris la gouverne. A la clarté qui se fait dans le château, elle accourt, elle cherche. Elle découvre cette fille au fond de la cuisine, et elle n'en croyait pas ses yeux.

« A quelque prix que tu la fasses, il me la faut ! Que demandes-tu de ta robe ?

— J'en demande une nuit dans la plus belle chambre. »

La fiancée court montrer cette robe à sa mère.

« Une nuit dans la plus belle chambre, a dit la mère, voilà qui ne paiera pas une telle robe trop cher ! Mais c'est dans cette chambre que loge le Bouc-blanc. Il ne faut pas qu'il sache que cette souillon y vient. »

Au souper, elle a donc fait boire au Bouc-blanc un gobelet de vin où avaient infusé des feuilles de sureau.

Et la fille du roi s'est trouvée dans la chambre. Elle savait que son mari devait s'y trouver aussi, au fond de quelque alcôve secrète.

« Où es-tu, mon cher Bouc-blanc, que j'ai tant offensé ? J'ai fait ma pénitence, j'ai usé ces souliers de quatre cents livres pesant. Viens reconnaître l'anneau que tu m'avais mis au doigt. Mon cher Bouc-blanc, où es-tu ? »

Mais le vin drogué le faisait dormir, et si serré qu'il n'avait garde de répondre. Le matin est venu sans que la malheureuse ait eu de lui signe de vie.

Sur le soir, à la nuit venant, elle a passé sa robe d'étoiles.

Une lueur a empli le château. La fiancée, tout en éveil, a couru s'enquérir.

A quelque prix que ce fût, elle a voulu la robe. Elles ont fait même marché.

Et tout — le vin drogué, la belle chambre, le

sommeil du Bouc-blanc, dont plaintes ni appels, rien ne l'a pu tirer, — tout est allé comme la fois d'avant.

Le lendemain, la nuit venant, la fille du roi a passé sa robe de soleil.

Plus que les deux autres encore, la fiancée a voulu cette robe ! Elle l'a encore achetée d'une nuit passée dans la plus belle chambre.

Or, c'était le jour d'après que devaient se faire les noces. La fille du roi séchait d'angoisse à cette idée qu'elle n'aurait pu avant retrouver son mari.

Cependant, le Bouc-blanc a voulu voir si tout était réglé pour ces noces au château.

Il a passé de salle en salle, de chambre en chambre. Dans sa ronde, il a vu la cage où perche l'Oiseau-qui-dit-tout.

Et l'Oiseau-qui-dit-tout ramageait et chantait. En son joli chant il disait :

Te souvient-il de la fille du roi
Que tu as prise au château des grands bois ?
Depuis trois ans, en tous lieux t'a cherché.
Depuis trois jours t'a céans appelé :
« Mon cher Bouc-blanc que j'ai tant offensé
Où donc est-tu, Bouc-blanc, mon cher Bouc-blanc ?
Reconnais-moi, reconnais l'anneau d'or ! »
Toi tu dormais, du fait d'un vin drogué,
Et maintenant, Bouc-blanc, tu dors encore !

Le Bouc-blanc a tressailli. Sa ronde, il ne l'a pas menée plus loin. Il avait un feu dans la tête, un feu qui ne faisait pas lumière.

Il est allé s'asseoir au fond de la seconde salle, mais ce soir-là n'a pu manger ni boire.

Et à la nuit, dans l'alcôve secrète de la plus belle chambre, il a repris sa forme humaine, mais n'a pu s'endormir. Cette fois il a ouï la voix, la voix de la fille du roi.

« Où es-tu, cher Bouc-blanc, que j'ai tant offensé ? La pénitence est faite, où es-tu, cher mari ? Viens reconnaître l'anneau donné au soir des noces, viens reconnaître ta bien-aimée fidèle. Mon cher Bouc-blanc, hélas, où donc es-tu ? »

D'un coup, alors, tout lui est revenu : sa bien-aimée, leurs noces, et son sort de malheur. Comme un déraisonné, il s'est jeté dans la chambre, jeté aux pieds de la fille du roi. Il a tout retrouvé, leurs amitiés, leur foi jurée. Et voilà qu'en retrouvant leur grande entente de mari et femme, il a retrouvé figure humaine pour toujours.

La fiancée, aussi sa mère, seraient bien entrées aux fureurs et aux rages. Mais quoi ? Le Bouc-blanc était déjà marié : qu'y pouvait-on ? L'Oiseau-qui-dit-tout le leur a dit et chanté. Pour se consoler, elles ont mangé ce qui était apprêté pour les noces : pâtés et tourtes, salmis et tartes.

Le Bouc-blanc et la fille du roi ne s'en sont guère souciés. Lui l'avait, elle, qui malgré les chemins et la longue pénitence, avait repris plus d'éclat que le jour. Et elle, elle l'avait, lui, le plus beau jeune homme qu'on eût jamais pu voir.

Le mauvais sort était levé. Ils ont été ce qu'ils

étaient tous deux, et tous deux l'un à l'autre ; ils ont été ensemble, heureux de vrai bonheur.

Leur histoire s'arrête là
Au moment que le coq chanta.

Les Amours, 42

Le bouc communal

Il y avait une fois une vieille fille, qui tenait chez elle un bouc de forte race, encorné et barbu à souhait. Ce bouc, on le sentait de cent pas, et il avait son renom à trois lieues à l'entour.

La maîtresse de la bête avait mis à sa porte une planche qui portait, écrit au noir de sabot : ICI LE BOUC. On y amenait les chèvres de tout le canton ; c'étaient des sous qui tombaient dans sa bourse.

Mais cette vieille fille, qu'on appelait la Toinette, aimait bien sa tranquillité. Ce train-là dérangeait sa grosse chatte blanche. Puis il lui semblait que tenir un bouc n'était pas bien séant à une demoiselle de confrérie.

Le maire le sut. Il alla la voir, lui parla. Puis il en parla aux conseillers. Il leur remontra que tout le monde avait affaire de ce bouc, qu'il avait mérité de devenir bouc communal : qu'il fallait l'acheter, même cher, qu'il rapporterait à la commune.

La Toinette tint la dragée haute. Mais enfin, au troisième jour des pourparlers, elle rabattit encore cent sous et le marché se conclut.

Le lendemain, un paysan amène sa chèvre au bouc qu'on avait mis dans l'étable du maire, et il y avait une planche plus grande, plus belle, qui portait : ICI LE BOUC DE LA COMMUNE. Mais le bouc ne fait pas plus cas de cette chèvre que d'un morceau de bois.

Le paysan, furieux, monte trouver le maire :

« Eh bien, votre bouc n'a pas seulement regardé ma bique !

— Sais-tu, les boucs de bonne race ont de ces fantaisies. Ramène-la quelque autre soir, ça lui aura passé avec la vieille lune. »

Bon. Mais deux jours après vient une vieille menant une biquette blanche, toute jeune. Puis une autre, avec une honnête chèvre rousse.

Sans faire plus de cas de celle-ci que de celle-là, ce bouc continue de manger son herbe dans la crèche.

Voilà le maire à son tour furieux.

« Ce bouc se moque de moi et de tout le conseil ! »

Et il va trouver la Toinette, plein de paroles, plein de reproches.

« Enfin, il y a quelque chose là-dessous ! Depuis que vous nous l'avez vendu, ce bouc ne regarde plus les chèvres !

— Voyez vous bien, dit la Toinette, ça ne m'étonne pas tellement. Vous l'avez fait fonctionnaire de la commune : bien sûr, il ne veut plus rien faire. »

Au Village, 358

Le coq et le renard

Il y avait une fois le coq, ce n'était guère encore qu'un cochet, qu'un poulet.

Sa petite vie, il la cherchait dans l'herbe, au temps des foins, piquant une graine ici, une autre graine là.

D'un buisson débusqua le renard.

« Hé, bonjour, coq, bonjour !

— Bonjour à toi, renard, le bonjour te soit donné.

— Coq, j'ai bien envie de te croquer.

— Que tu me croques ou que le maître m'embroche, après tout que peut faire ? Mais vois comme je suis maigre. Il faut que tu me laisses passer par la graine d'herbe. »

La graine toute mangée, le coq, un soir, au temps de la moisson, a vu revenir le renard.

« Hé, bonjour, coq, bonjour !

— Renard, bonjour ; bonjour, renard.

— Maintenant que tu as passé par la graine d'herbe, coq, je voudrais te croquer.

— Mais, renard, vois comme je suis maigre. Il faut que tu me laisses passer par la graine d'avoine. »

L'avoine moissonnée et la graine mangée, le coq un soir, au temps de la vendange, a vu revenir le renard.

« Hé, bonjour, coq, bonjour.

— Renard, bonjour à toi.

— Maintenant que tu as passé par la graine d'herbe et la graine d'avoine, coq, je veux te croquer.

— Renard, regarde, je suis bien maigre encore. Il faut que tu me laisses passer par le grain de raisin. »

La grappe cueillie, le grain de raisin mangé, le coq, un soir d'arrière-saison, a vu revenir le renard.

« Hé, bonjour, coq, bonjour.

— Le bonjour te soit donné, renard.

— Maintenant, tu es passé par la graine d'herbe, la graine d'avoine, le grain de raisin. Coq, je dois te croquer.

— Mais, renard, a dit le coq, qui s'était perché sur l'échalier, si je suis un peu plus fort, je suis encore bien maigre.

— Hé, par quelle graine voudrais-tu passer, mon pauvre coq ? Il n'y a plus de graine aux champs. Si tu es maigre, c'est que tu ne dors pas assez ! Pardi, tu chantes même au milieu de la nuit !

— Ho, seulement quand il va pleuvoir, renard, seulement ces nuits-là.

Quand le coq chante à la veillée
Il a déjà la queue mouillée.

— Enfin, tu ne sais pas dormir. Si tu savais, tu serais en meilleur point ! Tu me fais peine, té, j'aurais voulu t'apprendre. Pour faire la nuit, dis, comment t'y prends-tu ? a demandé gentiment le renard en avançant d'un pas.

— Je fais, renard, comme les oiseaux font, je mets la tête sous mon aile. »

Et le coq l'y a mise.

Et le renard a pu saisir l'instant. Il a sauté comme le saumon qui passe le barrage, sauté sur l'échalier. Des plumes ont volé...

Chance pour le coq que durant l'été, de graine de foin en graine d'avoine, grain de raisin, il ait pu prendre des forces ! A ces dents pointues comme aiguilles, il a échappé en criant, s'est juché sur le pommier d'un grand battement d'ailes.

« Ha, coq, a dit le renard, un tiens vaut mieux que deux tu l'auras ! Je ne laisserai plus aller la proie dans l'espoir de la retrouver plus grosse.

— Et moi, renard, a dit le coq, je ne mettrai plus la tête sous l'aile quand je t'aurai vu à l'entour. »

Le Bestiaire, 94

Le serpent, le renard et l'homme

Il y avait une fois un homme qui revenait chez lui par le bois. Comme il passait sous un sapin, il s'entendit appeler. C'était un gros serpent monté de branche en branche jusqu'à la pointe de l'arbre ; et entortillé là, il ne savait plus redescendre.

« Mais si je te descends, serpent, pas plus tôt en bas, tu me piques ?

— Ha que non, je ne te piquerai pas, homme, je t'en donne l'assurance. »

Serrant les genoux, tirant de ses bras, l'homme grimpe, grimpe jusqu'en haut.

« Enroule-toi autour de mon cou, dit-il au serpent, tu n'auras pas crainte de tomber. »

Cravaté de la sorte, s'aidant des bras, des jambes, l'homme redescend et saute à terre.

« Maintenant, fait le serpent, il faut bien que je te pique !

— Oh, se peut-il ? Tu m'as donné assurance que tu ne me piquerais pas !

— Mais ne sais-tu pas que pour un plaisir qu'on fait, on doit recevoir toujours un déplaisir ?

— Non, non, ce ne peut aller ainsi ! Il nous faut juger le cas. »

A ce moment, des grosses pierres et des genièvres de la ravine, sort le renard.

« Dis-nous, renard, serait-ce vrai que celui qui fait un plaisir reçoit toujours un déplaisir ?

— Eh bien, dit le renard, cela dépend du tour et de l'alentour. Voyons, contez-moi votre affaire. »

Ils la lui content. Lui pense aux choses, secoue ses oreilles :

« Écoutez, c'est un cas un peu particulier : pour qu'il soit bien jugé, il faut vous replacer tous deux tout tels que vous étiez lors de votre rencontre. »

Le serpent va au sapin, se glisse et se hisse jusqu'à la pointe.

« Tu es comme tantôt, tout en haut ?

— Oui, renard.

— Eh bien, serpent, restes-y donc ! »

L'homme, alors de remercier le renard !

« Ha, renard, de quel pas glissant tu m'as tiré ! Ce bon office-là je ne l'oublierai jamais. Sais-tu ? Attends-moi ici trois minutes. Je cours chercher l'oie la plus grasse qui soit chez nous ! »

Le renard attend donc, du milieu des genièvres, en se pourléchant les babines. Mais il a du nez, le renard. Du nez, de l'œil, aussi. Il a su voir l'homme parti chercher une oie, revenir avec un fusil.

« Je ne l'attendrai pas, se dit le renard : un juge ne doit pas recevoir de présent pour les jugements qu'il peut rendre... »

Sans plus attendre, rasant le sol, il décampa.

Mais, se disait-il tout en filant, le serpent disait bien comme vont toutes choses :

Qui à autrui fait un plaisir
Peut s'attendre de lui à quelque déplaisir.

Le Bestiaire, 262

Riquet à la houppe

Il y avait une fois un roi et une reine qui eurent un fils premier-né : mais un enfant aussi laid qu'un beau diable ! Noir, camard, court de cou, le nez effilé, le cuir petit-jaune, et des poireaux ou verrues tout partout. Avec cela, le poil hérissé : en huppe sur la tête, en épis de tous les côtés.

C'est assez déparant, ce poil et ces poireaux, sans parler du reste, pour un chrétien. Le roi, son seigneur et père, s'en trouvait offensé et ne voulait plus voir cet enfant. La reine pleurait, et se ruinait en onguents, en eaux de senteur, pour tâcher d'amender un peu la laideur de son petit Riquet, mais elle n'y gagnait pas grand'chose. Riquet se débattait quand elle voulait l'oindre de ses pommades ; et Riquet hurlait quand elle voulait couper de ses ciseaux cette houppe dressée qu'il avait sur le front.

Il fallait le laisser avec cet ornement qui le faisait ressembler au lutin. Mais ainsi, tout pointu, tout velu, tout tortu, il était sans cesse à courir : éveillé comme un plein panier de rats ! De sorte qu'on ne le nomma bientôt plus dans le pays que Riquet à la houppe.

J'ai dit éveillé : pas cela seulement : fin comme l'ambre, l'esprit ouvert à tout ; un esprit déjà ferme, et voyant loin les choses. Cela même ne saurait s'expliquer naturellement. Il fallait que ses père et mère eussent eu recours à quelque fée.

Au vrai, qu'auraient-ils bien imaginé de mieux que ce recours ? Seule une fée pouvait remédier au malheur d'une laideur aussi étrange. Ils s'étaient donc adressés à la fée des Merveilles. Mais elle n'avait pas fait miroiter grande espérance.

« Je ne peux lui ôter sa laideur, avait-elle dit. Je peux seulement lui donner de l'esprit. Il en aura autant que garçon puisse en avoir sur terre. Pour faire mieux, je dis même qu'il en donnera à celle qui passera sur sa laideur pour l'épouser. Ah ! si jamais quelque jeune personne en venait là, voilà qui pourrait être de bonne conséquence ! »

Là-dessus elle pensa un peu, à part soi, mais se contenta de faire un petit signe du menton et elle n'ajouta rien de plus.

Le roi et la reine lui offrirent tous les présents qu'ils imaginèrent comme convenant à une fée. Mais ils ne pouvaient pas se sentir bien joyeux. Il leur semblait que l'esprit même contre-balançait peu une telle laideur...

Les choses étaient donc sur ce pied. Riquet à la houppe en grandissant se faisait admirer de tous pour sa gentillesse d'esprit. Seulement on ne pouvait dire que sa laideur diminuât. Il était toujours en sa peau. Toujours aussi camard et contrefait, aussi noir, aussi jaune, aussi hérissé à la sauvage. Il aurait semblé peigné du seul peigne du père Adam, quand tous les coiffeurs et perruquiers du monde y auraient passé ! Une tournure à faire reculer. Mais avec tout cela, il éclatait d'esprit. Et d'un abord si agréable qu'il charmait tout le monde.

Charmait ? Pour ce qui était de l'entendre, d'avoir le plaisir de sa compagnie, d'en recevoir des gracieusetés, bon, bien, passe. Mais pour ce qui était d'en faire son mari, et d'avoir toute la vie sous les yeux cette figure biscornue ? Où trouver la fille de bon maintien qui aurait consenti à l'accepter pour prétendu ?

Riquet à la houppe était pourtant en âge de prendre femme. Ses père et mère désespéraient de lui en trouver une. Lui, il allait toujours, en sa belle humeur, se fiant au don de la fée.

Les fées en faisaient des sept couleurs, en ce temps-là.

Dans un pays touchant celui de Riquet à la houppe, il y avait la fille du roi qui était plus jolie que personne au monde ; en revanche, par un don tout contraire au sien, elle avait l'esprit plutôt court. Parlons net : elle n'avait pas d'esprit du tout. De ce côté-là, aussi dépourvue qu'un soliveau. En sa compagnie, ce n'étaient qu'ennuis, soupirs étouffés et bâillements grondants. On la fuyait, désormais, du plus loin qu'on pouvait, et la pauvre princesse, toute mortifiée, s'enfonçait de plus en plus dans ses silences de plomb.

Riquet à la houppe qui avait entendu parler d'elle, voulut aller prendre un peu l'air de ce pays.

C'était à la Sainte-Madeleine, que l'on coupe dans les champs. Et lui au chaud du jour, pour se rafraîchir, il entra dans un grand bois qui s'étendait tout devant le château.

Il se promenait sous ces arbres de haut jet, dans une allée de mousse, quand au détour du chemin il se trouva soudain devant la jolie princesse. Jolie, c'est trop peu dire : si jolie et si tendre qu'on aurait voulu la manger.

Ce fut là sans doute le sentiment de Riquet à la houppe. Mais après quelques compliments que la civilité demandait, il se permit seulement de dire sa surprise, voyant que la plus belle princesse du monde n'était pas environnée d'un grand nombre de cavaliers, d'admirateurs.

La princesse parut faire effort pour comprendre, et ne répondit pas un mot.

Riquet à la houppe répéta la phrase.

« Ça se trouve pourtant comme ça », répondit la princesse, avec un sourire si triste, que sans s'arrêter à la niaiserie de la réponse, Riquet à la houppe se sentit bouleversé de tendresse.

Il osa alors demander à cette fille du roi d'où venait l'air d'affliction qu'elle avait et comment il se faisait qu'elle fût seule.

« Je suis seule, parce que nous nous étions assises ; ça fait que mes filles d'honneur se sont endormies sur la mousse... Voilà ! tant j'ennuie ceux qui sont forcés d'être en ma compagnie. Ah, je suis bien chagrine d'avoir si peu d'idée que je me sens à charge à tout le monde. »

Elle ajouta en soupirant que ce devait être agréable d'avoir de l'esprit...

« Ça fait qu'on comprend ce que les gens disent, on

trouve que leur dire, et surtout ce qui peut faire plaisir aux personnes. Mais je sais que cela ne me sera jamais donné.

— Voulez-vous, princesse, que cela vous soit donné dans le moment ? fit Riquet à la houppe avec un grand élan de cœur. Je tiens ce don de la fée de pouvoir apporter en présent de noces tout l'esprit du monde à celle qui voudra bien m'accorder sa main.

— Ça fait qu'il faudrait se marier avec vous ? demanda la princesse avec un battement d'yeux qui marquait qu'elle peinait fort pour comprendre ces propos.

— Je vous laisserai une année pour vous habituer à cette idée, dit Riquet à la houppe en multipliant les soumissions. Si donc vous daignez accepter, je reviendrai dans un an vous épouser, dans un an, jour pour jour, à la Sainte-Madeleine ; mais sur-le-champ vous allez avoir de l'esprit.

— Je ne démêle rien à cette histoire de fée, dit la princesse. Mais voulez-vous dire que je peux avoir de l'esprit tout de suite et que vous ne reviendrez pour m'épouser que tout au bout de l'année ?

— Princesse, c'est cela même, et tout mon bonheur, toute ma vie sont entre vos mains ! fit Riquet qui se tenait incliné bien bas devant elle, toujours dans le transport de son cœur.

— Comment vous croire ? soupira la princesse, cela pourrait-il être ? »

Car il lui semblait que tout valait mieux que d'être privée d'esprit, comme un aveugle peut se dire que tout vaut mieux que d'être privé de la vue. Tout. Même épouser la laideur même. Et dans ce sentiment-là, une année passée à n'être plus bête, c'était pour elle une suite de jours à n'en plus finir.

« Ce peut être, princesse, affirma avec feu Riquet à la houppe.

— Comment, soupira-t-elle encore, pourrais-je faire le bonheur d'un homme, fût-il aussi laid que vous, moi qui ennuie tout le monde ! »

Mais en même temps elle s'apercevait que ce cavalier était tout tremblant devant elle, et elle avait le cœur si bon qu'elle ne pouvait résister à lui donner une vraie joie, même le voyant plus laid que les poustres.

« Si vous dites vrai en ce que vous dites et demandez, reprit-elle, eh bien, je m'y accorde !

— Princesse, vous avez ma foi, et j'ai la vôtre. »

Là-dessus, Riquet à la houppe s'inclina encore plus bas, et disparut.

Peut-être la fée le voulut-elle ainsi pour mieux faire. Peut-être simplement le fit-il par finesse, se disant que sa prétendue penserait plus agréablement à lui n'ayant pas sa figure devant les yeux... Enfin les choses allèrent de cette sorte.

Et la princesse, comme si elle s'éveillait, se sentit un esprit tout débrouillé, tout allègre, tout vif. Les choses s'arrangeaient dans sa tête ; elle les voyait, et les mots pour les faire voir lui arrivaient en même temps.

Ses filles d'honneur, après cinq minutes de propos avec elle n'en pouvaient revenir.

« Comment l'esprit lui est-il ainsi descendu d'en haut ? Sur quelle herbe a-t-elle pu marcher dans le bois ?

— Ha ! si on pouvait connaître cette herbe, pour en planter dans tous les parterres !

— Toujours est-il que voilà notre princesse aussi merveilleusement spirituelle que merveilleusement jolie ! »

Le bruit en courut en moins de rien dans tous les pays d'alentour.

Arrivèrent des cavaliers, des seigneurs et des princes. Ils venaient montrer leur bel esprit, et surtout leur belle jambe. La princesse se trouva bientôt fatiguée de tous ces personnages, dont chacun, parce qu'il se croyait un monsieur, s'estimait quelque chose.

Elle avait repensé, certains soirs, à son aventure du bois. « Fallait-il que je fusse niaise... J'ai dû imaginer cela, comme une enfant qui rêve des visions cornues. »

Voilà ce qui arrive aux personnes d'esprit : elles rebâtissent tout dans leur tête, et font ce monde plus raisonnable qu'il ne sait l'être encore. Mais elles savent cela, et qu'elles sont sujettes à s'égarer. Ainsi, il ne leur est pas aisé de prendre leurs résolutions.

Il faut dire les choses comme elles sont : la princesse s'avouait de loin en loin qu'elle avait oublié ce Riquet à la houppe — et de fait, elle l'avait presque oublié ! Sa tendresse et sa simplicité de naguère lui semblaient une part de sa niaiserie en ce temps-là.

Le roi son père, cependant, la pressait de choisir un époux. Elle en avait refusé deux douzaines.

« Maintenant que je n'ai plus l'esprit aussi court, songeait-elle, je verrai toujours quelque chose à redire à l'un ou à l'autre. Il faut en prendre mon parti. Sans être dupe de ce grand amour qu'ils feignent tous d'avoir pour moi, j'épouserai donc le premier qui semblera parti sortable. »

Ce jour-là était le jour de la Sainte-Madeleine, que l'on coupe dans les champs. Les moissonneurs étaient en plaine depuis le soleil levant. La princesse s'échappa du château et gagna seule le grand bois.

Elle était depuis un moment à se promener dans l'allée de mousse, tout occupée de ses pensées et de ses soupirs, lorsqu'elle crut entendre, de loin venue, une musique de violons. Puis tout un train de piétinements et de propos, comme si des gens arrivaient de sous terre, et que d'étranges choses se préparassent là. Il lui semblait, elle ne savait comment, que le monde fût en passe de changer autour d'elle.

La princesse s'étonna. Elle avança sous les ombrages, prêta l'oreille, et elle entendait plus fort ces propos, ces musiques...

Tout à coup, dans une enfonçure de verdure, elle voit la terre même s'ouvrir devant ses pas. Sortit du sol une file de valets comme des fourmis. Et dans l'allée, par enchantement, se trouva dressée une enfilade de tables. Des galopins de cuisine les chargeaient déjà de pâtés dorés, de paons rôtis parés de leur plumage, de melons, de cent raretés, de corbeilles de fruits à la glace.

Dans le moment, Riquet à la houppe parut : toujours hérissé à la sauvage, toujours camard et noir, avec ses peaux, ses verrues et ses lippes, sa houppe pointant vers la nue, ses épis de tous les côtés. Mais ce matin-là, paraissant tel qu'un enchanteur, au milieu de cette fantasmagorie, il sut sauver le premier coup d'œil.

Néanmoins la princesse était si interdite qu'elle pensa d'abord avoir perdu tout son esprit.

« J'ai pourvu à ce que les noces ne soient pas trop indignes d'une princesse telle que vous, dit-il après quelques compliments. Nous les ferons, si vous le voulez bien, ce matin même.

— Ce devrait être au roi mon père d'en décider, dit la princesse. Mais j'avoue qu'il me laisse disposer de mon sort. Avec vous, prince, je veux tout mettre sur le pied de la vérité. »

Riquet à la houppe la regardait avec des yeux si pleins de respect et d'attention, et de quelque chose de plus, que la princesse se sentit remuée.

« La vérité, dit-elle, c'est que je ne suis plus la personne qui s'est engagée à vous, étourdiment, dans sa naïveté d'alors. Je dirais même dans sa stupidité, si cela ne devait avoir quelque air désobligeant pour vous, mon prince. Mais ne vous en prenez qu'à vous du changement ! »

Riquet à la houppe lui répondit comme il savait faire : si elle était satisfaite de ce changement qu'elle lui devait, pourrait-elle vouloir lui en faire porter la peine ?

Il parlait, cependant, moins avec son esprit, qu'avec le vrai de son cœur, dans cette tendresse où il était, ce zèle, cette espérance... Et tout cela, tendresse, zèle, espérance, transparaissait sur sa figure. — A bien voir les choses, voit-on jamais de la laideur, de la beauté ? Ne serait-ce pas plutôt belle ou mauvaise idée qu'on prend d'un être ?

La princesse donc envisageait Riquet à la houppe et sans rien perdre de son esprit, voilà qu'elle redevenait aussi tendre que du temps de sa simplesse.

Ce semblait difficile, d'abord, d'épouser un tel homme, — ce visage à faire reculer ! Mais — elle ne rêvait pas, — voilà que tout sous ses yeux y devenait heureux, il se transfigurait ! Elle toucha à peine en souriant du bout de ses doigts, ces sourcils fourchus, ces épis cornus, cette houppe pointue : ils s'assouplirent, ils prirent une autre façon. Et quand, tout attendrie, tout enlevée, voyant elle aussi la vie changer et grandir, elle mit sa main dans la main du prince, alors, ce fut le prodige.

Sans doute parce que l'amour y avait mis la main, la fée put y mettre sa baguette. Reste que Riquet à la houppe devint soudainement un prince bien fait, de tournure noble et dégagée, de figure hardiment découpée et toute claire. C'était toujours ce Riquet, avec sa houppe, ses yeux, son air à lui ; et c'était cependant le mieux tourné des cavaliers.

La princesse et son prince allèrent ensemble trouver le roi. Mais les cloches dans le clocher s'étaient déjà mises d'elles-mêmes à sonner le grand carillon. De sorte que les noces se firent avant qu'eussent eu le temps de s'échauffer les melons et les fruits à la glace.

J'y allai avec mes deux sœurs : on nous donna nos pleins tabliers de dragées !... Je crois qu'il en reste encore dans la tirette de l'armoire, et je vous en donnerai quand vous viendrez à la maison.

Les Amours, 132

La belle Rose

Il y avait une fois un pauvre homme, un petit paysan, si pauvre qu'il devait, comme on dit, et au chien et au loup. Il n'avait même pas un habit pour se faire brave et aller à la ville. Aussi n'y allait-il jamais.

Enfin, à force de bon courage, grattant et regrattant la terre, il mit quelques sous de côté ; il paya ses dettes, il se remonta. Et à l'arrière-saison il eut un veau à aller vendre. Alors le jour de la grande foire, il partit pour la ville, si mal nippé fût-il.

Avant de partir, il prit les commissions de toute la maisonnée. Il avait trois filles : Marguerite, Julienne et Rose, ses trois fleurs, donc, comme il disait. Et il les aimait chèrement toutes trois. Avec quelque faveur de cœur, pourtant, pour la plus jeune : parce qu'elle avait bon courage, comme lui ; ne se donnant jamais aucune importance, vaillante, point difficile, et trouvant tout bien assez bon pour elle. Bonne à voir, et au demeurant, bonne à pratiquer ; de sorte qu'on avait envie de lui chanter comme dans la chanson :

Belle rose du rosier blanc,
Charmante rose du printemps !

Devant la porte, donc, tenant la corde du veau : « C'est la première fois que je vais à la foire, leur dit-il : que faut-il que je vous rapporte ? »

Et Marguerite dit : « Un bel habillement, qui soit couleur de lune ! »

Et Julienne dit : « Un bel habillement, qui soit couleur de soleil ! »

Et Belle-Rose ne dit rien.

« Mais toi, m'amie, que veux-tu de la ville ? Un bel habillement de soie, d'argent et d'or, comme tes sœurs ? »

Rose, elle, ne songeait pas à soi, à sa parure : elle se disait qu'elle avait le lait à battre en beurre, et ensuite à cailler le fromage.

« Allons, m'amie, dépêche-toi de dire !

— Mon père, je ne veux rien.

— Je ne partirai pas que tu n'aies dit !

— Eh bien, mon père, puisqu'on m'appelle Rose, rapportez-moi donc une rose. »

Elle n'avait pas pris garde qu'on était déjà dans l'arrière-saison. De roses, il n'y avait plus guère. Cela tracassa le père, tout le long du chemin. « Mais, songea-t-il, à la ville, dans quelque jardin de bourgeois, sa rose, je la verrai peut-être ? »

Le veau vendu, il trouva à acheter les deux habillements, couleur de lune et couleur de soleil. Et il aurait donné beaucoup de son argent, mais la rose, — la rose, il ne la trouva pas.

Il lui fallut reprendre sans rose le chemin du logis.

Cependant le temps s'était couvert, la bise s'éleva, les nuées montèrent, et la neige se mit à tomber à grosses pattes.

Tout de suite elle prit ; il fit mauvais marcher. Le pauvre homme s'était trop attardé à chercher cette rose. La nuit venait. Il voulut couper à travers des terrains de bruyères. Voilà qu'il perdit son chemin.

Il marcha, il marcha... Il était tout mouillé et il n'en pouvait plus. Autour de lui s'étendait un pays qu'il ne connaissait pas, de brandes, d'étangs, de bocages. Mais il ne songeait qu'à cet ennui qu'il avait de revenir sans rapporter la rose à sa plus jeune, alors que les deux autres avaient chacune ce qu'elles avaient souhaité. Puis tout à coup il se disait : « Elles vont croire, elles et ma femme, que des voleurs m'ont arrêté sur la grand'route, et que pour me prendre ma bourse, ils m'ont pris d'abord ma vie... Du reste, vais-je pas la perdre ? Je ne sais plus trop où je suis... La fatigue va me surmonter. Encore un moment, je m'affale dans cette neige ; et je suis pour y rendre l'âme. »

Alors qu'il commençait de se désespérer, tout trempé, tout appesanti, tout accablé, soudainement, à travers les mouches de neige qui volaient, il aperçut une lumière. Cette lumière lui rendit courage. Il ramassa ses forces, il marcha encore.

Bientôt il arriva à un château illuminé.

Le portail se trouvait grand ouvert. Le pauvre homme n'était pas hardi. Il balança. Mais nécessité commande. Il fallait ou rentrer, ou tomber sur la place.

Il entra dans la cour. Il monta les degrés. Toutes les

portes étaient ouvertes. Cependant, personne ne se montrait. Comme c'était étrange... Il appela doucement, puis plus haut ; pas de réponse. Il fit encore trois pas. Il avait froid et il avait faim, au point de se sentir près de défaillir. Voyant dans une salle le feu allumé, la table mise, il avança encore. La soupe fumait dans la soupière. Il osa s'asseoir et se servit une écuellée. « En mangeant, je serai plus hardi. » La soupe mangée, il fit chabrol en versant un verre de vin dans son bouillon. Ragaillardi, il s'attaqua à un poulet rôti, dont le fumet lui montait aux narines, mangea ce qui se trouva devant lui, jambon à la gelée et tarte aux poires, vida même la bouteille...

Après cela, devenu un autre homme, il eut bien l'esprit d'entrer en une chambre qui faisait suite. Il se dépouilla de ses habits, déjà à moitié secs, les disposa devant le feu, se mit lui-même au lit, — un lit de plume, à couette chaude, — et sans plus s'inquiéter de ce que personne ne se montrait, il s'endormit.

Il fit sa nuit sur les deux oreilles. Au matin, s'étant vêtu, il chercha partout quelqu'un à qui présenter son excuse et son remerciement. Et il ne put trouver âme qui vive.

Que penser de ce lieu et de ce qui s'y passait ?

Il sortit du château...

Voilà que là, au coin de la porte, il avisa un rosier, et qui, malgré la neige de la nuit, venait de fleurir. Oui, ce rosier portait des roses en boutons ou à peine ouvertes, grosses et rouges comme des œufs de Pâques.

Il balança bien encore. Mais cette rose lui faisait

tant envie ! Allait-il rentrer sans rien dans les mains pour sa plus jeune, pour elle toute seule, alors qu'il avait devant lui cela même qu'elle lui avait demandé ? C'était bien pour le mettre en défiance, l'étrangeté du lieu. Il se vit cependant donnant la rose à sa chère Rose et lui contant son aventure. Finalement, il ne put y tenir. Choisissant entre les fleurs, de son couteau il coupa la plus belle.

Ha ! Comme il aurait dû garder plus de discrétion et de sagesse ! Qu'était-il allé chercher là, le malheureux !

Devant le rosier, comme sortie de terre, une bête venait d'apparaître. Si laide à voir, si faite pour donner le dégoût et l'effroi, qu'il lâcha le couteau. La gueule comme d'un chien mâtin, les pattes comme d'un lézard, le corps, la queue comme d'une labrune, — comment dit-on de ces bêtes tachetées de jaune qu'on craint tant, qui vivent sous la mousse dans les trous de la terre ? Une salamandre...

« Tu es entré dans mon logis, fit cette bête, tu as bien mangé et bien bu, tu t'es séché : au chaud, tu as dormi. Pour tout remerciement, t'en allant au matin, de mes bouquets, tu coupes le plus beau ! Ta dernière heure est venue, malheureux ! »

La gueule bavante, elle avance sur l'homme. Lui, tout tremblant, recule. Sans bien trouver ses mots, il reconnaît son tort, offre de le racheter, propose à la bête sa bourse, ou encore ce qu'elle voudra de son avoir.

« Tu parles pour rien, dit la bête. Mais n'as-tu pas des filles ?

— J'en ai trois. J'ai coupé cette rose pour celle qu'on appelle Belle-Rose.

— Eh bien, écoute : dans huit jours, et samedi pour samedi, si tu ne veux payer pour elle, qu'une de tes trois filles vienne ici pour se rendre à moi. Entends-tu ?

— Oui, j'entends...

— Emporte cette rose, puisque tu l'as coupée. Quand ta fille arrivera, qu'elle en coupe une autre. Je lui apparaîtrai... Après cela, à elle de faire, si elle sait, ce qui sera attendu d'elle. »

Il n'y avait pas à plaider. La bête, au demeurant, venait de disparaître. Ne restait au pauvre homme qu'à se remettre en route.

Et il s'y remit tout pensif et dolent. « Cette bête, qu'est-ce qu'elle attend de ma fille ? Qu'est-ce qu'elle entend faire de mon enfant, de ma petite ? »

Il ne se demandait même pas quelle serait celle qui irait au château de la bête. Il le savait d'avance. De ses trois fleurs, il voyait celle qui ferait fleurir le bon courage tout dévoué, comme un rosier fait fleurir la rose. Et le frisson le parcourait, tandis qu'il allait cheminant. La neige, fondant des branches, lui gouttait dans le cou ; et il ne savait pas que c'était de la neige ; il butait du pied aux cailloux, et il ne savait pas que c'étaient des cailloux, il faisait envoler les linots du buisson et il ne savait pas que c'étaient des linots. Il en était toujours à la minute où avait paru l'affreuse bête, et à la terrible parole qu'elle avait dite. « Qu'est-ce qu'elle attend de ma fille ? De mon enfant, qu'est-ce qu'elle fera ? »

Enfin, il arriva chez lui, secoué de tremblements, le blanc de l'œil tout jaune. Et défait comme s'il avait pris dix ans d'âge. Sa femme, ses filles, crurent que c'était la fatigue, qu'il s'était marri, à la nuit, dans les neiges. Elles auraient voulu lui faire manger un peu de viande. Mais lui, il ne voulut que boire. Et ne boire qu'un verre d'eau fraîche. Il s'assit là, devant le feu.

La Marguerite et la Julienne, cependant, lui demandèrent s'il avait acheté leurs beaux habillements de lune et de soleil. Il les tira de son sac. Il les leur donna.

« A toi, ma pauvre Rose, je te rapporte cette rose que tu m'a demandée. Mais elle nous coûtera plus cher que les beaux habits de tes sœurs ! »

Alors, il commença de les mettre au fait de ce qui lui était arrivé.

« Et pour finir, cette bête m'a dit qu'elle viendrait me prendre. Elle me dévorera si, à huit jours d'ici, je ne lui ai donné une de mes trois filles. »

Personne ne parlait plus. Il n'y avait que le feu au noir de la cheminée qui faisait son bruit.

« Moi, fit la Marguerite, je ne pourrais jamais entrer dans ce château que mon père vient de dire, et où tout se fait sans qu'on y voie personne.

« Et moi, fit la Julienne, je tomberais morte sur le chemin rien qu'à l'idée de cette bête qui va se montrer... Pourquoi faut-il que Rose ait eu cette triste envie d'une rose ?

— Ha oui, reprit la Marguerite, être allée demander cette rose a mis le père dans le malheur !...

— Ce sera moi qui irai au château, fit Rose, sans pouvoir se tenir de pleurer. Vous êtes dures de me le dire : mais de vrai, c'est par moi que peine et angoisse sont venues à mon père : l'heure venue de payer, j'irai trouver la bête. »

Comme ils passèrent, ces huits jours ! Longs à passer et si vite passés. Dans la chambre des peines, dans la chambre des larmes...

Vint le matin où Rose avec son père prit le chemin du château de l'effroi. Et lui y retournant, il butait aux mêmes cailloux, s'accrochait aux mêmes buissons, à cause de ces mêmes pensées qui se levaient en sa cervelle. « Que fera-t-elle de ma fille, cette bête ? A son commandement elle aura notre Rose. Belle-Rose, ma grande fille toute bonne, qui m'apportait l'écuelle de soupe à midi, au bord du labour. Et cet été, lorsque je faisais la moisson, elle était tout derrière moi, liant les gerbes. Je me retournerai, et plus jamais je ne la verrai là, me riant de ses yeux. Ha, les soirs, quand j'entendrai les garçons chanter sur le chemin :

Belle rose du rosier blanc
Charmante rose du printemps !

je sentirai mon cœur qui s'en ira de moi. »

Ils arrivent sans parler au château de la bête. Ils entrent dans la cour. Portes toutes ouvertes, tables toutes servies. Même on voit la soupière qui fume. Mais Rose est allée droit à ce grand beau rosier : elle y coupe une rose.

Aussitôt, la Bête apparaît.

Ho, cette bête, ces gros yeux ressortis, tout pleins de rouge, ce mufle où pend la bave, cette peau grenue comme d'une oie, mais gluante comme d'un crapaud.

Si répugnante et effroyable à voir que la pauvre Rose frémit de tout son corps.

Cependant les yeux de la bête se faisaient tout bons, tout suppliants. Et elle parla avec une douceur, comment dire, d'amitié...

« Est-ce toi, Belle-Rose ?

— Oui... Rose, c'est moi...

— Ne crains pas, si des choses en ce château t'étonnent. Je voudrais tant qu'il y en eût une plus grande pour t'étonner un jour. Rose, tout sera tien dans le logis. Comme ton père y a passé sa nuit, tu y passeras tes moments. Même tu trouverais le bonheur pour tout ton âge, si tu savais le prendre comme il veut qu'on le prenne... Voilà, quand tu désireras me parler, te faudra couper une rose. »

Là-dessus, la bête soupire et disparaît.

Rose et son père passèrent trois journées tous deux ensemble en ce château. Ils ne voyaient personne, mais la table était mise et les lits faits toujours. Aux trois angélus, ce qu'ils désiraient pour manger, ils le trouvaient servi sur table. Mais ils ne pensaient pas tellement à manger. Ils vivaient de la vie des châteaux, autrement mieux qu'en leur pauvre maison ; et ils n'auraient voulu qu'être dans leur maison : sans idée de se séparer, sans ce poids-là pour peser sur le cœur.

Le père pourtant fut bien forcé de repartir. Rose même le lui demanda, en songeant à sa mère. Il repartit, il alla pousser la charrue, à la queue des vaches. Et il ne savait toujours pas comme il en irait, de sa Rose et de cette bête.

« La bête a parlé doucement, mais peut-être qu'elle a la gueule noire de mensonge. Et que veut-elle dire avec ses paroles qu'on ne comprend pas ? Oui, qu'attend-elle de ma fille ? Mon enfant, cette pauvre chair baptisée, qu'il m'a fallu laisser au pouvoir de la bête... Ha, je sais bien que dans les yeux de Rose, se voit son ange qui lui fait compagnie. Mais même si la bête n'est pas une bête toute bête, saura-t-elle voir l'ange de Rose, et qu'elle est toute bonté et tout soleil ? »

Ainsi se parlait-il en retournant, le long des champs, et par moments il se sentait le cœur moins lourd.

Rose l'avait accompagné jusqu'au portail. Puis elle revint au rosier qui montait là, sitôt l'entrée, tout comme le secret et l'âme du château. Elle en coupa révérencieusement une rose...

La bête aussitôt reparut.

Rose aurait désiré que lui fût fait comprendre ce que la bête espérait d'elle. Repensant à ses yeux, à sa voix, à son dire, elle en avait quelque peu compassion. Elle n'aurait pas pu la toucher de la main, mais elle aurait aimé l'assister en ses peines.

La bête la voyait en ce grand bon vouloir, si secourable et claire et bonne. Et la plus belle qu'on pût voir sous ce rayonnement !

« Merci à vous d'avoir hébergé mon père, avant que je l'aie laissé repartir, dit Rose. Je vous ferai toute la courtoisie que je pourrai.

— Rose, ce que tu dis, l'as-tu bien dans le cœur ? Que tu es bonne de ne pas te fâcher de ma laideur, ô belle Rose. »

La bête s'était couchée à ses pieds, devant le rosier et la regardait doucement, les yeux arrêtés sur les siens. Et elle demeurait là disant des choses si tendres, si tristes, que Rose se sentait peu à peu attachée à elle.

« Je sais ce que je suis, que j'ai mérité d'être ; bête d'effroi, bête d'horreur, qui doit te faire frissonner plus que l'aragne et le crapaud. Et toi, Rose, ma Rose, tu as pourtant compassion de moi !... Si tu pouvais me deviner... Mais pour un mot de plus, je tue toute espérance... »

La bête la regardait, soupirant, gémissant, et des larmes coulaient de ses yeux. Des malignes, comme il y en a, n'auraient fait que rire d'elle. Mais Rose, c'était la saintcté de la bonté. Malgré son frisson, rendant le regard d'amitié, elle trouvait les paroles qu'il fallait dire pour adoucir le malheur de la bête. Elle lui promettait de ne jamais se rebuter de sa présence, et de lui demeurer amie.

« Pour chose qu'il advienne, je ne vous abandonnerai pas.

— Écoute, Rose, j'ai foi en toi. Dans un peu de temps, je te donnerai trois jours. Tu iras voir ton père, ta mère, ta maison. Mais le troisième jour, promets-le-moi, tu reviendras ici. »

« Mon Dieu, se disait Rose, dans quel sort me serai-je mise ? Non seulement prisonnière sur parole en ce château, mais prise d'amitié maintenant pour la bête. A cause de sa plainte, je n'ai su m'en défendre. Quand elle me regarde, je vois monter sa détresse en ses yeux. Sûrement il y a quelque secret, qu'elle ne peut me dire. Mais moi, je ne peux pas non plus le deviner. »

La pitié la travaillait si fort qu'elle voulut s'éloigner un peu. Elle rappela donc à la bête la promesse faite de la laisser trois jours chez elle.

« Ces trois jours, je vais me languir de toi, Rose, ma Rose, dit la bête. Quand je n'aurai plus ta présence ni ton regard, je me dessécherai, comme le foin qu'on a fauché, qui sèche sur la terre. Va donc, puisqu'il faut que tu ailles ! Je me fie à toi, pour le prompt retour ; je risque mon malheur, je m'en remets à toi. Si tu savais le don qui est en toi et la foi que je garde... »

Lorsque Rose se présenta sur la porte de sa maison, comme ses père et mère l'embrassèrent, et ses sœurs ! En gens qui avaient cru ne jamais la revoir. Et elle, la pauvre, elle leur demandait de lui pardonner tous ces chagrins qu'elle leur avait apportés.

On la questionna, sans trop oser la questionner, sur le château. C'est-à-dire sur la bête. Elle dit qu'elle n'y avait jamais senti qu'on lui voulait de mal ; que la bête avait des regards comme une personne ; qu'elle aurait même mérité qu'on s'attachât à elle, de cœur et d'affection...

Les trois jours passèrent vite, où on la fêta tant qu'on put. Les parents avaient le cœur plus à l'aise, après ce que Rose avait dit que la bête n'était pas méchante. Seulement, leur crainte levée, ils ne voulaient plus trop la laisser repartir.

Ils la pressèrent tant, avec tant de prières, tant d'instances, qu'elle passa encore la nuit à la maison. Elle devait de bon matin regagner le château. Mais ils s'ingénièrent à la retarder ; ce ne fut que dans l'après-dînée qu'elle put se mettre en chemin.

Elle arriva au château de la bête vers la chute du jour. Tout à travers pays, elle s'était hâtée en grand souci, et même en grand remords. Sans cesse allant, comme si elle volait, au milieu des étangs, des bocages, elle songeait au malheur qui devait suivre le moindre retard.

Et voilà qu'auprès de la porte, le grand rosier qui était l'âme de ces lieux semblait déjà flétri... Tout languissant et comme brûlé par le gel.

Elle en reçut un coup au cœur. Car ce rosier, c'était celui de l'amitié ; et son dépérissement ne le marquait-il pas ? L'amitié n'était pas allée à tout ce qu'elle aurait dû être. Ces roses s'étaient défeuillées, sauf peut-être une... Celle-là, Rose vitement la coupa.

Mais la bête n'apparut point.

Alors, le tremblement la prit. Prêtant l'oreille, elle entendit un peu de bruit, comme de quelqu'un qui s'essaie à bouger et qui gémit. Elle fit quatre pas du côté du jardin. D'autres gémissements lui vinrent. Elle avança de ce côté ; et près du puits-fontaine, elle aperçut la bête.

Mais en plus mauvais point encore que le rosier. Languissante, gisante et comme agonisante, prête à retomber dans ce puits d'où elle venait de sortir, sous les fougères. Sans forces, presque sans vie.

« Je viens prendre pardon de vous, dit Rose, le sang figé.

— Rose ! Ah, Rose, dit la bête, vois-tu que tu me fais mourir ?...

— Ne vous défiez pas de moi, vous n'en avez pas de raison. Et ne me veuillez pas de mal.

— Rose, je ne te veux pas de mal, mais vois où ton retard m'a mis ! Sais-tu que tu as pris mon cœur, et que loin de tes yeux, je ne saurai pas vivre ?

— Bête, ma bête, dit Rose, je suis là ! »

Elle avait le cœur si brûlant de compassion que ni

crainte ni dégoût, à cette minute, ne tinrent. Comme elle voyait la bête souillée de bourbe, elle se penche, elle la prend entre ses bras pour la laver dans la fontaine.

Mais, ô la merveille ! Dès qu'elle l'a touchée de ses bonnes mains, dès qu'elle lui a fait cette charité d'amour, elle a devant elle, non plus la bête, mais un garçon qui sent son fils de roi, un prince rayonnant comme le jour. Rose le voit si beau qu'elle s'étonne, et même elle sent quelque chose de plus que de l'étonnement.

« Rose, dit le prince, en mettant le genou en terre, j'avais mérité qu'un mauvais sort tombât sur moi. Je ne rêvais que fêtes et batailles : à peine si je connaissais la pitié aux bons regards. Les mendiants me répugnaient tant avec leurs loques, avec leurs croûtes. Un jour que je m'étais ri d'un pauvre homme qui demandait son pain à cette porte, je me suis vu changé en bête. Mon château devait être ouvert à tout venant et lui offrir le manger et le gîte, tandis que je vivrais dans un trou de la terre. Cependant, devant la porte fleurissait un rosier d'amours : il faudrait que la première rose en fût portée à une belle qui fût la fille d'un pauvre homme ; puis qu'elle acceptât de venir et enfin de faire charité de son cœur à la bête, qu'un jour elle la touchât de ses mains : mais d'elle-même, sans qu'elle en fût priée ! Sans qu'il lui répugnât ! Alors, le sort serait levé. Sinon, je mourrais sous figure de bête, et la belle, à qui la compassion n'aurait pas su grandir le cœur, mourrait aussi... »

Mais il n'avait pas besoin d'en tant dire. Sans

aucune envie de mourir, la Belle-Rose, comme lui, rayonnait.

Se tenant par la main, ils allèrent au rosier d'amours. Il avait reverdi, il avait refleuri. Cela montrait la grande amitié faite. Le rosier le disait, le rosier le chantait : Belle-Rose et la bête, le prince du château, la fille du pauvre homme étaient pour être tous les deux mari et femme.

Les père et mère, avec les sœurs, vinrent pour les noces. Rose ensuite les garda près d'elle. Et le château pour tous les pauvres gens resta château du bon accueil.

Et tout l'âge de Belle-Rose et de son prince, le grand rosier près de la porte fleurit en arbre d'amitié, roses sur roses.

Les Amours, 208

Jean de Calais

Il y avait une fois dans la ville de Calais un marchand très entendu à la navigation. Il eut un fils, plus entendu encore que lui aux choses de la mer et de la guerre sur mer : manœuvrant, se battant, comme ferait un démon. Son père, voyant cela, fit construire pour lui un navire bien armé, et l'envoya en course.

Ce garçon, si jeune fût-il encore, a couru du midi jusqu'à l'ourse, du levant au ponant. Et son nom a volé partout ; comme il se nommait Jean, on ne parlait plus que de Jean de Calais.

Un jour où la tempête l'avait contraint de relâcher dans un port, alors qu'il allait en repartir, il vit une nef des terres lointaines venir jeter l'ancre près de lui.

Sur le pont, serrées l'une contre l'autre et tout en pleurs, se tenaient deux jeunes demoiselles. Il s'informa. Il apprit que c'étaient deux captives, qui seraient vendues le lendemain au marché de la ville. Il demanda à les acheter sur l'heure. Les difficultés ne tenaient guère devant Jean de Calais. Le feu, dès qu'elles s'élevaient, lui sortait par les yeux, un feu à faire flamber la nef de ces corsaires, le port avec, la ville par là-dessus. On s'accorda donc vite à tout ce qu'il voulut, et contre grosse somme d'argent, car il ne regarda guère à cela, on lui remit les deux captives.

L'une surtout lui avait touché le cœur. On a des yeux sous le front pour quelque chose, peut-être : lui, du premier coup d'œil il avait vu en elle un cœur plus pur que la rosée du matin.

« Demoiselle, lui a-t-il dit, le bonnet à la main, je ne vous ai rachetée que pour vous rendre libre. Vous l'êtes, dès cet instant, et en toute assurance. Je vais mettre à la voile, et je vous conduirai, votre compagne et vous, en quelque terre chrétienne. »

La belle l'a regardé d'un long regard sans effroi ni hardiesse.

« Capitaine, a-t-elle répondu, je me fie à vous. Et je remercie Dieu. »

La voix lui a tremblé au gosier, elle n'a pu parler davantage.

Elle a tâché de tout dire alors par un regard. Et ce regard n'en a peut-être que trop dit. Car, de cette heure à celle de sa mort, Jean de Calais s'est donné à elle.

La belle l'a bien senti.

« J'ai nom Constance, ma compagne Isabelle, a-t-elle dit, raffermissant sa voix. Souffrez que je ne dise rien de plus, même à vous mon sauveur. Il ne convient pas que le malheur de ma capture soit jamais reproché à mon père et qu'il vienne à en être honni. Justement, croyez que ma naissance... »

Elle s'est tue de nouveau tandis que ses joues se paraient du plus beau feu du monde.

Et Jean de Calais à qui le tonnerre du canon et les

éclairs des haches n'avaient jamais fait perdre pied, en cette minute n'a su que mettre un genou en terre.

« Je vais, sans plus attendre, vous conduire en terre des chrétiens… Si vous daignez alors ne pas repousser celui qui pour jamais du meilleur de son cœur est votre serviteur, à la première église je vous épouserai… »

La belle a posé sa petite main sur celle de Jean de Calais. Et les voilà tous deux au milieu des étoiles.

Au premier port, ils ont donc débarqué. A la première église, ils se sont épousés.

Les vents ont été bons et la mer favorable. Un matin, ils ont vu Calais sur son rivage.

Jean de Calais a couru à son père. Et Dieu sait s'il a su parler de la belle Constance.

Mais le vieillard avait un autre projet en tête. Tout glorieux de ce fils, il s'était donné bien des peines pour le marier à une demoiselle, fille du grand amiral de la flotte.

« Alors, toi, l'étourneau, tu t'es bien laissé prendre à quelque miroir aux alouettes ? La belle aux yeux brillants qui ne peut même pas dire d'où elle sort ! Une vagabonde, la coureuse d'aventures !… »

Il s'échauffait et s'enflammait, tout en parlant, si transporté de colère qu'on aurait dit un fol.

« Mon père, si seulement vous vouliez bien la voir…

— La voir ! Je jure ici que jamais je ne l'accueillerai ! Jamais, au grand jamais, ne la tiendrai pour ma fille ! »

Jean de Calais s'est retiré, saluant bien bas son père et s'en remettant à Dieu d'arranger toutes choses.

Avec sa chère Constance, il est allé vivre en une petite maison qu'il avait sur le port.

Une année a passé. Puis une autre. Et une autre. Ils ont eu un enfant, beau comme leurs amours. Isabelle, fidèlement a vécu près de Constance.

Cependant peu à peu, comme le vieux marchand, les bourgeois de Calais ont maudit ce mariage. Parce que Jean avait cessé de naviguer et que les pirates avaient reparu sur les flots.

Un jour est venu où ils ont tout d'une voix supplié Jean de reprendre ses campagnes. Ils lui ont donné le commandement du bâtiment le meilleur coureur et le mieux armé qui en ce temps roulât les mers.

« Souffrez seulement, lui a dit Constance, qu'à deux genoux je vous demande deux choses... »

Jean de Calais l'a relevée, entre ses bras l'a prise, jurant qu'il ne saurait jamais lui refuser quoi que ce fût.

« La première est que sur la grand-voile vous fassiez peindre mon portrait, celui de notre enfant, aussi celui d'Isabelle. La seconde sera que votre campagne vous mène au Portugal, devant Lisbonne et le château du roi. »

Jean de Calais a promis cela. La voile, par un peintre des Flandres a été peinte ainsi que l'avait demandé Constance. Et le vaisseau lorsqu'il a pris la mer, a gouverné vers le Portugal.

Le roi, qui est en fenêtre, tout triste et tout pensif, regarde la mer couler. Mais il a vu ce vaisseau, et bientôt il tressaille. Il se lève, il s'écrie. Il appelle auprès de lui les seigneurs de sa cour :

« Regardez ! Regardez ! Ne sont-ce point les portraits de ma fille Constance et de sa compagne Isabelle ? Sans perdre une minute, qu'on équipe ma barque, qu'on me conduise à ce bord ! »

Comme il a dit, vite on a fait. Bonnet au poing, Jean de Calais est venu recevoir le roi.

« Capitaine, salut à vous ! Dites-moi quelle est cette image ?

— Sire le roi, elle est de celle qu'on nomme Constance, ma femme bien-aimée, entre ses bras tenant notre enfant. Et près d'elle vous voyez sa fidèle compagne, celle qu'on nomme Isabelle. »

Jean de Calais a conté son histoire au roi tout éperdu.

« Jean de Calais, Jean de Calais, a dit le roi, vous êtes roi des mers : vous serez roi de ce pays ! Retournez à Calais, ramenez-moi ma fille et mon petit-fils qu'il me tarde de voir. Isabelle est la fille d'un des plus hauts ducs du royaume. Demain, vous débarquerez en grande fête. Après-demain, vous vous rembarquerez ; je vous le demande en grâce, tant maintenant il me tarde. »

Ainsi dit, encore, ainsi fait. Débarquement, rembarquement, volées de cloches et salves de canons. Le prince don Juan, le premier cousin du roi, a accompagné Jean de Calais. Les trois vaisseaux les plus beaux de la flotte, à cordages de soie, à pavillons de pourpre, et tout éclatants d'or, ont escorté son bâtiment.

Un soir, les bourgeois de Calais ont vu au loin étinceler ces vaisseaux. Toute la ville s'est pressée sur le port. « Jean de Calais, Jean de Calais qui revient ! »

Cloches, canons. Les fifres ont joué, les tambours ont roulé. Au milieu des cris de joie, Jean de Calais a pris terre, et ces seigneurs du Portugal, vêtus de soie et de perles. Dans le moment, on a appris qui était la belle Constance. Fille de roi ! Enlevée un jour par des pirates et tant pleurée, tant pleurée par son père, qui avait fait bâtir chapelle au nom de la demoiselle...

Tremblant et confondu, le père de Jean de Calais est venu se jeter aux pieds de celle qu'il n'avait su reconnaître pour sa belle-fille.

Mais dès le lendemain, comme l'avait si fort demandé le roi, Jean de Calais, emmenant Constance et leur enfant, et aussi la belle Isabelle, Jean de Calais a repris la mer.

Le premier jour, ils ont fait route heureusement.

Le deuxième jour, ils ont vu venir l'orage.

Le troisième jour, en cet orage de mer, ils ont perdu de vue les vaisseaux de l'escorte. Tandis que des torrents d'eau se déversaient de la nue, les carreaux de la foudre volaient de toutes parts. Des abîmes soudain se creusaient, puis des lames s'abattaient plus hautes que les tours de Calais, et sous ces montagnes d'eau ou dans leurs précipices, la nef à tout moment menaçait de s'engloutir.

Le jour s'est éteint sans que la tempête ait fait relâche. La nuit est venue. Voyant redoubler le danger, Jean de Calais veillait à tout, était partout, commandait les manœuvres, de sa hache abattait la mâture, ou tranchait les cordages.

Don Juan, le cousin du roi, et qui eût été roi, n'eût reparu Jean de Calais, dans le désordre et dans le noir s'est glissé jusqu'à lui. Et prenant son moment, se jetant soudain de l'avant a des deux bras rué à la mer Jean de Calais.

Les mariniers ont entendu quelque grand cri. Mais le fracas de la foudre et des flots couvrait tous les appels.

Jean de Calais, à ce que dit le conte, Jean de Calais qui était sorti vainqueur de tant de combats ou de tornades, est sorti de ce gouffre même.

Roulé, demi-broyé, demi-noyé, il s'est laissé porter dans les ténèbres par la tempête. Et, venant l'aube, il a repris ses sens sur le rivage d'un îlot.

Échoué dans une île déserte ! Il lui a fallu vivre de coquillages, de racines et de baies de buisson. Passer là des années, lentes, lentes à passer ; se faire une peau plus tannée qu'un cuir ; se faire surtout l'esprit bien fort, pour éviter de céder au désespoir. « Ma femme chérie, mon cher petit garçon, ha, que deviennent-ils ? Moi, je suis là, loin d'eux, à des milliers de lieues, plus prisonnier que dans la tour de Londres, sans pain et sans lumière, sans armes, sans moyens... Peut-être en ce jour même, leur beau cousin don Juan trame-t-il quelque perfidie, va-t-il les faire mourir en trahison... Les pirates aussi ont dû reparaître sur les mers... Jean de Calais, que feras-tu ? Ronge tes poings, et meurs de rage ! »

Il ne faut pas s'arrêter à cet endroit du conte. Jean de Calais sur son récif en a eu trop à voir.

Puis une heure vient qui donne ce que mille n'ont donné.

Devant l'île quelque soir un vaisseau a jeté l'ancre. Une barque au matin est venue jusqu'à la rive.

Jean de Calais a vu paraître des mariniers. Et comme si Dieu le voulait, ces mariniers étaient du Portugal.

« Des nouvelles du roi ? Ha, des bonnes, des belles, depuis qu'il a recouvré sa fille. Don Juan la lui a ramenée de Calais sur la mer.

— De Jean de Calais, que se dit-il ?

— Jean de Calais, qui avait sauvé cette belle Constance, a disparu dans une tempête. Il se dit que la belle l'a longuement pleuré et ne saurait souffrir don Juan. Mais don Juan est prince et devait hériter du trône, il faudra bien qu'elle l'épouse. Il est maître des choses, car le roi s'est fait vieux.

— Le peuple ne saurait-il se mettre avec le roi et mener ce don Juan de la bonne manière ?

— Naufragé, tu parles bien haut. Que te font ces affaires des grands ?

— Mariniers, mariniers, y a-t-il une place à votre bord ?

— Oui, place à notre bord pour un garçon qui n'ait pas peur de monter dans les voiles ni de tirer le sabre !

— Je saurai servir le roi.

— Ho, le roi... Nous, comprends-tu, nous nous servons nous-mêmes. Viens, si le cœur t'en dit. »

Jean de Calais a bien vu d'où le vent soufflait. Navire corsaire, sinon navire pirate ! Mais il fallait passer par le pont ou par l'eau. Et le sang lui bouillait depuis ces nouvelles de sa chère Constance. Il serait mort de fureur après cela, Jean de Calais, s'il avait été forcé de demeurer sur le récif.

Une nuit, il s'est sauvé de son bord à la nage. Un jour, il a pris pied sur la côte du Portugal. Car enfin, il n'était pas monté sur ce vaisseau pour toujours ! Mais débarquer, c'était se mettre en grand hasard. Il se pouvait qu'on se saisît de lui, qu'on le pendît comme pirate. Si don Juan avait le moindre soupçon sur lui, don Juan l'expédierait sans lui laisser ouvrir la bouche.

Jean de Calais a pensé qu'il ne serait nulle part mieux caché que dans le château du roi même. Et il est allé s'engager comme garçon de peine aux cuisines.

Sous trois jours devaient se faire les noces de don Juan et de la belle Constance.

Mais Jean de Calais s'est trouvé sur le passage de la belle. Elle n'allait que tête basse, les yeux brouillés de larmes. Dieu a voulu pourtant qu'à ce moment elle ait relevé le front. Leurs regards se sont engagés.

A n'en pouvoir douter, elle a reconnu Jean de Calais. Elle s'est jetée en ses bras.

Lui, alors, soudainement, dans cette force qui l'a rempli, plus de prudence, plus d'attente !

Il a osé aller droit à don Juan lui-même, faire main basse sur lui, le traîner devant le roi, là, lui faire confesser son crime.

Et le roi s'est retrouvé roi, a commandé que sur l'heure fût faite la justice.

Les seigneurs du royaume ont acclamé Jean de Calais comme leur seigneur.

Jean de Calais a paru aux côtés de la belle Constance. Sur son bras, elle tenait leur fils.

Ils ont vécu longtemps pour le bonheur de leur peuple. Et Jean de Calais jusqu'au soir de son âge est allé selon sa devise :

Va où tu peux, fais ce que tu dois.

Les Amours, 405

La chemise de la fée 7
Jean-Loup 23
La branche qui chante, l'oiseau de vérité et l'eau qui rend verdeur de vie 33
Le grain de blé 46
La demoiselle au long nez 54
Les chausses fines 70
La fille à l'esprit délié 72
La fille sauvage 77
Le fondeur de vieilles 87
La Patte-Pelue 100
Le diable en bouteille 114
L'adroit filou 124
Le père pendu 126
La visite aux scieurs de long 128
Le chasseur, le seigneur et les sorcières 137
La queue du diable 145
Le petit oiseau gris ou l'apprenti qui mangea le maître 158
La pache avec la diablesse 172
La Montagne Noire 182
La belle aux cheveux d'or 209

La courte jambe 218
La lanterne 220
Le bouc blanc 221
Le bouc communal 238
Le coq et le renard 240
Le serpent, le renard et l'homme 243
Riquet à la houppe 246
La belle Rose 256
Jean de Calais 271

DU MÊME AUTEUR

Aux Éditions Gallimard

LE MAUVAIS GARÇON *(Folio)*

LE BOSQUET PASTORAL

Hors série luxe
sous la direction de Claire Pourrat

LE TRÉSOR DES CONTES :

LES FÉES

LE DIABLE ET SES DIABLERIES

LES BRIGANDS

AU VILLAGE

LES FOUS ET LES SAGES

LE BESTIAIRE

LES AMOURS

Impression S.E.P.C. à Saint-Amand (Cher),
le 29 janvier 1993.
Dépôt légal : janvier 1993.
1er dépôt légal dans la collection : mai 1987.
Numéro d'imprimeur : 283.
ISBN 2-07-037892-6./Imprimé en France.

64490